Der Autor

Ulrich Wißmann weiß, wovon er schreibt: Er ist Profigitarrist und Lehrer für E-Gitarre. Nach dem Studium an der Musikhochschule Hamburg spielt er in verschiedensten Ensembles Jazz, Blues und Rock, reiste und musizierte auf allen fünf Kontinenten. Als Dozent arbeitete er auf etlichen Jazz- und Rock-Workshops.Seine Rocksinfonie „Hymn of the Earth - an Electric Symphony" wurde 2017 uraufgeführt.

Neben unzähligen Live-Gigs spielte er in Radio und Fernsehen, über einhundert Kompositionen von ihm wurden bisher auf elf CDs veröffentlicht.

Die Songs *Fear, Mr. President, der Minusmann* und *Fall of the World,* die im Text vorkommen, sind auf CDs erschienen und über den Autor erhältlich. *Fear, Mr. President* ist auf der CD *American Dream, American Drama* von Uli Wißmann erschienen. Die CD ist bei amazon erhältlich, die Titel sind auch über spotify oder andere Streaming-Dienste herunterzuladen.

Ulrich Wißmann

Nicht schön, aber laut

Ein Rockmusik-Roman

© 2021 Ulrich Wißmann

Verlag: tredition GmbH
ISBN:
978-3-347-42461-6 (Paperback)
978-3-347-42462-3 (Hardcover)
978-3-347-42463-0 (e-Book)
Printed in Germany

Bibliografische Information der Deutschen Nationalbibliothek: Die Deutsche Nationalbibliothek verzeichnet diese Publikation in der Deutschen Nationalbibliografie; detaillierte bibliografische Daten sind im Internet über http://dnb.d-nb.de abrufbar.

CRISIS? WHAT CRISIS? (SUPERTRAMP)

Soundcheck
Aftershow
die Idee
Festhalle Boppensen

SEX AND DRUGS AND ROCK & ROLL (IAN DURY)

Rock&Roll (Led Zeppelin)
Krisengespräch
Umsonst und draußen
Die Band
~~Sex and Drugs and~~ Rock&Roll

WITH A LITTLE HELP FROM MY FRIENDS (Beatles)

Tom
Olli
Frank
Ecki
Phil

MONEY (Pink Floyd)

Allerlei Kulturinitiativen
Der Agent
Musik
Management
Technik
CD
Tournee
Hit

SUPPER´S READY (Genesis)

Strange beautiful music (Joe Satriani)
Old school
Open air
Fans
Umbesetzung
Aftershow-Party

THE ROAD (Danny O´Keefe)

Musikerleben
Show
Driving Home for Christmas (Chris Rea)
Andere Formationen
Kneipengigs
Jazz
Routine

THE END (The Doors)
Bad Vibrations
Close to the edge (Yes)
This is the End, my only Friend
Zugabe

Crisis? What Crisis? (Supertramp)

Soundcheck

GRAAAAANG....

Tom hatte nur die oberen Saiten seiner Stratocaster angeschlagen. Die Wände der Halle bebten. Vereinzelt hielten sich die Leute vor der Bühne die Ohren zu. Nochmal.

GRAAAAAAAAANNG!!!

Ja, geiler Sound! Diesmal hatte er alle Saiten angeschlagen, schööön!

GASCH!

Tom zuckte zusammen und drehte sich um. Phil hatte auf seine Snare geschlagen. Tom war versucht, sich auch die Ohren zuzuhalten.

GASCH; GASCH; GASCH!!!

Der Drummer schlug jetzt mit aller Wucht auf sein Set ein. Von der hinteren Wand der Halle wogte ein Echo zurück, nicht ganz so laut wie das Originalsignal.
Jetzt war auch Ecki auf der Bühne, nestelte an seinem Precision Bass herum. Oh Gott, das würde laut werden!

KRRRRRAAAK.

Ecki versuchte, das Kabel in den Eingang des Instrumentes zu stecken, während der Kanal offensichtlich schon voll hochgedreht war.

KRRRRRAAAK; KRRRRRAAAAAKKKKK

Jetzt hatte er es geschafft.

BAUUUUUMMM!

Die Bühnenbretter bebten deutlich unter Toms Füssen. Satter Sound, musste man Ecki lassen. Auch Olli an den Keyboards wurstelte jetzt an seinem Instrument herum. Ein Streichersound erklang, Klavier, dann Orgel.

NIIIIIEEEET.

Aha, ein Synthi-Solosound. Und ein ziemlich hässlicher dazu.
Tom schlug wieder die Gitarre an.

GRRRAAAANG.

Zu leise! Tom ging zu seinem Amp zurück, aber der 100-Watt-Marshall stand schon auf voller Lautstärke. Englische Einstellung, wie man sagte, alle Regler auf 10.
Tom brüllte in sein Mikro, konnte sich aber nicht hören. Die Kollegen dengelten, quietschten und ballerten alle auf ihren Instrumenten herum, als ob das Höllenfeuer ausgebrochen wäre.
Tom deutete auf die Monitorbox, dann auf seine Ohren und dann mit dem Zeigefinger nach oben: „Hör mich nicht! Muss lauter", sollte das heißen.
„Hör mich nicht! Muss viel lauter!", schrie er ins Mikrophon.
Niemand schien Notiz von ihm zu nehmen. Resigniert beobachtete Tom, wie ihr Sänger, Frank, in sein Mikro brüllte. Den hörte man gut!

„HEY, JA, EINS, EINS, EINS, JA, HEY, AHAHAHAHAU, YEHIYEHIYEAH, MUSS LAUTER!"

Die Leute vor der Bühne hatten sich inzwischen verzogen, warteten den Soundcheck lieber im Vorraum ab. Nur ein paar bierselige Freak-Eltern standen noch am Biertresen, wo es wohl schon Getränke gab, während ihre kleinen Kinder in der Halle spielten, und brüllten sich wie die Geisteskranken gegenseitig an. Ein Kind fing an zu weinen, nicht beachtet von seiner Mutter am Tresen. Man konnte es auch nicht hören.

Ein offensichtlich total tauber Hund mit buntem Halstuch stand bedächtig wedelnd vor der Bühne und sah versonnen zu den Musikern hoch.

Tom schlug nochmal an:

GRRRAAAAAAAAAAANNGGG!

Schon besser! Seine 4 mal 10er Box vibrierte sichtbar und aus dem Monitor hörte er jetzt auch was. Mehr! Lauter! Tom zeigte wieder auf die Box, dann nach oben, in der Hoffnung, dass irgendwer am Mischpult ihn beachten würde.

„So, jetzt mal nur Schlagzeug", ließ sich die Stimme des Mischers vernehmen. „Bass Drum!"

BUMMMPF; BUMMMPF; BUMMMMPF...

Hölle, war das laut!

Der Mischer nestelte eine Weile an seinem Pult rum, dann sagte er in sein Mikro: „Okay, jetzt Snare!"

GASCH; GASCH; GASCH....

„Ok, die Toms....„

GASCH; GASCH; GASCH....

„Tooohoms..."

GASCH; GASCH....

Hallo?... HALLO!!! Gib mir mal die Trommeln, ja?", brüllte der Mann am Mischpult ins Mikro.

Jetzt hatte Phil ihn gehört und hörte auf, auf die Snare einzudreschen. Stattdessen ballerte er jetzt auf Hängetoms und Standtom ein.

DAT; DOT; DUMPF; DAT; DOT; DUMPF....

„Okay. OKAY! HALLO! IS GUT JETZT!" Man hörte den Mischer genervt ausatmen. „Jetzt mal Overheads!"

Phil dengelte auf den Becken herum:

ZISCH; ZISCH; ZISCH; ZISCH; ZISCH...

„Und nochma Hihat, ja?"

„ZIP; ZIP ;ZIP; ZIP...

„DAHAAANKE! Ganzes Set bitte!"

DRADAT DADAT DADAT DADAT GUMPF GASCH GAGUMPFGUMPF GASCH GUM...

„Okay, reicht, Danke!"

Phil hörte nix, spielte weiter.

GUMPFGASCH GAGUMPFGUMPF GASCH...

„REICHT, DANKE!"

Keine Reaktion.

„EEEEIIYYY! HÖR AUF! IS GUT JETZT!"

...GUMPF GASCH GAGUMPFGUMPF GASCH DATA GUMPF...

„AUUUSS!!!"

„Was is?" fragte Phil.

Frank war inzwischen zu Phil gegangen und bedeutete ihm, aufzuhören.

„Boah, eyh", sagte der Mischer. „Bass".

BAAAAAUUUUUUUUUUMMMM

„Wow, ja, okay, das reicht schon! Danke. Keyboard."

PIIIEEEP; SCHWWWWWWW; QUIIIIIETSCHH; KLING KLING...

Alle möglichen mehr oder weniger geschmackvollen Klänge waren zu hören.

„Jau, okay auch gut! Dann jetzt bitte mal Gitarre"

GRRRAAAAAAANNNGG; GRAAAAAAAANNNGGGGG;

Der Mischer schraubte wieder eine Weile an seinen Knöpfen. „Okay!"
„Ich hab da noch Solosounds, die ich gern mal checken würde", meinte Tom.

BRAAAAT; BRAAAAT; HIDELDI HIDELDI HIDELDI.....

„Ja, ja. Ne, is okay. Gesang bitte", meinte der Mann an der Mische. „Wer singt alles?"

„Ich Lead, Tom und Ecki Satzgesang." Frank deutete auf seine Kollegen an Bass und Gitarre.

„Okay, erstmal Leadgesang. Du bist auf der eins, ne?"

„Äh, keine Ahnung", meinte Frank.

„Was steht denn auf Deinem Mikro, häh?", fragte der Mischer geduldig.

„Äh, eins", meinte Frank, nachdem er die auf einem Klebestreifen am Stecker des Mikrokabels angebrachte Zahl gelesen hatte.

„Siehste."

„Äh, YEHIYEAHIYEAHH; HUHUHU..."

„Moment", meinte der Mischer und schraubte hier und da an seinem Pult etwas.
„Nochmal bitte!"

„YEAHEAHEAH, EINS, EINS, EINS, YEAH..."

„Danke. Alles klar. Die zwei bitte."

Tom hatte inzwischen herausgefunden, dass das sein Mikro war:

„EINS; ZWEI; DREI; HAAAALLLOO"

„Kannste ma was singen?"

„ÄH, JA, ÄH. THERE MUST BE SOME KIND OF WAY OUT OF HERE SAID THE JOKER TO THE THIEF THERE MUST BE SOME KIND OF CONFUSISCHOHON I CAN GET NO RELIEF..."

„Danke reicht!"

Ecki fuhr fort:

„BUSINESSMEN THEY DRINK MY WINE PLOWMEN DIG MY EARTH..."   13

„Reicht!"

„NONE WILL LEVEL ON THE LINE..."

„JAAHHAA! Ruhe jetzt!"

„Kann ich nochmal wegen meinem Solosound...", hob Tom an.

„So, jetzt mal alle zusammen", unterbrach ihn der Mann am Mischpult.

„Was spielen wir denn?", fragte Tom, aber das ging schon im Lärm unter:

DADATDADATDATDUMPFGASCHQUIIITSCHBAUUUUMMMBRΛΛΛT
TTTYEHIYEEAAH....

„OKAY SUPER! JAHAA!", rief der Mann von der Mische herüber und gestikulierte mit den Armen, bis sie auf ihn aufmerksam wurden und aufhörten zu spielen. „Alles klar dann. In zehn Minuten geht's los!"

„Äh, ich müsste nochmal wegen meinem Solosound...", sagte Tom ins Mikro. Keine Antwort. „Hallo?" Er schirmte seine Augen gegen die jetzt voll aufgedrehten Scheinwerfer ab, um das Mischpult sehen zu können, aber da war niemand mehr.

Aftershow

„Geil gespielt, Alter!"

„Du aber auch, Mann!"

Sie saßen in der Garderobe, falls man das so nennen konnte. Hauptsächlich schien der Veranstalter hier alte Sachen zu lagern: Ausrangierte Boxen, eine alte Kühltruhe und große Pappkartons, in denen wahrscheinlich irgendein Müll vor sich hin gammelte, stapelten sich neben etlichen Wasserkisten und Kartons mit Billigsäften. Natürlich keine Bierkästen, da hätten die zahllosen Rockmusiker, die hier auf ihren Auftritt warteten, sich ja ungehindert bedienen können.

Sie saßen an einem versifften Tisch auf altersschwachen Campingstühlen und tranken aus dem Kasten Bier, der ihnen zur Verfügung gestellt war, auf den Gig.

„Super Solo bei der Zugabe, Tom", meinte Frank.

„Danke! Hast aber auch super gesungen", gab Tom zurück.

Eigentlich waren sie aus der Phase „Wir sind die Größten" heraus. Aber nach einem mäßig besuchten Auftritt tat es gut, sich gegenseitig zu beweihräuchern.

Hier wird es Zeit für eine Anmerkung: Apropos Zeit: Bei einem Auftritt konnte man prima merken, dass Zeit nicht immer gleichmäßig verläuft: War eine Band eingespielt und harmonierte auf der Bühne und das Publikum ging mit, ging der Gig wie im Flug vorbei: Man kam auf die Bühne, spielte wie im Zeitraffer, wie im Rausch und SSCHWWWWUUUUUAAAP war man wieder runter von der Bühne und fragte sich, was geschehen war. Wenn eine Band nicht so gut zusammenspielte und ständig irgendwas nicht klappte oder immer irgendwer nicht wusste, wo man war, oder die Leute vor der Bühne gähnten und das Publikum sich lieber an den Tresen am hintersten Ende des Raumes und am weitesten von der Bühne entfernt zurückzog oder die Leute vor der Bühne sich die Ohren zuhielten (alles schon dagewesen), konnte so ein Gig sich endlos hinziehen.

Aber jetzt zur Anmerkung: Jede Band macht fünf Phasen durch:

1.Phase: Wo kriegen wir einen Bassisten/Keyboarder/Sänger/Schlagzeuger her? (die Frage nach einem Gitarristen taucht in dieser Phase eigentlich nie auf, weil a) jeder Penner Gitarre spielt und es b) bei der Bandgründung drei oder vier Gitarristen gab)

2.Phase: Wie werden wir den schlechten Gitarristen los und werden trotzdem noch von ihm auf Partys eingeladen?

3.Phase: Was spielen wir?

4.Phase: Wo spielen wir? Ein Proberaum muss gefunden und erst mal mit Millionen Eierpappen als Schallschutz verkleidet werden.

5.Phase: Probephase: Man stellt fest, dass das doch alles gar nicht so einfach ist.

6.Phase: a) Ein Chef kristallisiert sich raus, entweder der Sänger (weil das Publikum sowieso nur den sehen will) oder jemand, der etwas von Musik versteht und daher das Ganze leiten kann (selten) oder

b) die Band beschließt, demokratisch die Entschlüsse alle gemeinsam zu fassen und löst sich auf. (Sollte die Band sich an dieser Stelle nicht auflösen, sollte darauf geachtet werden, dass es eine ungerade Anzahl von Bandmitgliedern gibt, damit Mehrheitsentscheidungen leichter zu Stande kommen können, dringend zu empfehlen ist ein Trio, weil es dann immer eine 2:1 Mehrheit gibt.

7.Phase: Erster Auftritt. WIR SIND DIE GRÖßTEN!

8.Phase: Wir sind doch nicht die Größten. Erste Umbesetzungen (weil der Sänger gut aussieht, aber eben doch nicht singen kann, der Bassist nichts spielen kann, was mehr als einen Finger erfordert, der Keyboarder zwar ein

Keyboard besitzt aber ÜBERHAUPT nicht spielen kann, der Gitarrist zwar echt spielen kann, aber mit seinen endlosen Soli alles zumüllt, der Drummer nur rumrumpelt und als Einziger das Timing nicht halten kann).

In dieser Phase sind Bands richtig gut geworden: Als Pete Best bei den Beatles durch Ringo Starr ersetzt wurde und Paul McCartney von Stuart Sutcliffe (der selbst aussteigen wollte) den Bass übernahm, nahm der Wahnsinn seinen Lauf. Die Band Yes holte konsequent die besten Rockmusiker ihrer Zeit in die Gruppe, um dann etliche Jahre in Folge immer zur besten Band der Welt gewählt zu werden.

9.Phase: Arbeitsphase, auch genannt die Ochsentour: Man tingelt durch unzählige Clubs und Kneipen, tritt auf jedem Stadtfest und Festival auf, kurz, man spielt an jeder Milchkanne um sich einen Namen zu machen.

10.Phase: a) Die Band löst sich auf oder b) wird schweineberühmt (na gut oder verdient wenigstens Geld)

Okay, dann halt zehn Phasen...

Sie saßen um den Tisch, auf dem sich leere Bierflaschen und halbleere Platten mit lieblos belegten Broten stapelten.

„Es kommen einfach zu wenig Leute", meinte Phil.

Er war Profimusiker und verdiente sein Geld mit mehr oder weniger erträglichen Tanzbands. Er stand zwar auf ihre Band, The Tribe, aber es ärgerte ihn, dass er immer wieder lukrative Tanzgigs sausen lassen musste, um mit einer Rockband durch die Lande zu tingeln, die oft nicht mehr als die Fahrtkosten einspielte.

„Wenigstens hatten wir ne Garantie", meinte Ecki.

„Die 300 Euro decken ja mal gerade die Fahrtkosten", gab Phil zurück.

Sie hatten eine Garantiegage ausgehandelt, einen Betrag, den sie in jedem Fall bekamen. Erst wenn die Kasse diesen Betrag überstieg, wurde der Gewinn zu siebzig Prozent an sie ausgezahlt, dreißig Prozent erhielt der Veranstalter.

„Haben wir morgen in dem Laden ne Garantie?"

„Ne, das hätten die nicht gemacht. Aber wo wir sowieso in der Gegend sind..."

„Ich finde, wir sollten nur spielen, wenns ne Festgage gibt!"

„Dann können wir den Laden auch gleich zumachen", antwortete Tom.

„Oder wenigstens ne Garantie...", beharrte Phil.

„Es gibt halt genug Bands, die froh sind, wenn sie überhaupt irgendwo spielen dürfen. Die spielen auch umsonst oder auf Kasse."

„Das ist die Scheiße...", pflichtete Frank bei.

„Wer ne gute Band sehen will, muss dafür auch was bezahlen", sagte Olli. „Sonst hat ja auch keiner mehr Achtung vor der Leistung der Musiker. Das ist auch eine Frage des Wertes von Musik."

„Was für ein Wert von Musik?", fragte Ecki etwas angetrunken.

„Genau: Musik hat doch heute keinen Wert mehr", meinte Tom. Er war in Sachen Alkohol auch nicht mehr ganz allein.

„Die meisten Leute merken ja gar nicht, ob eine Band gut ist oder nicht", nahm Phil den Faden wieder auf.

„Oder es ist ihnen egal. Lieber ne schlechte Amateurband für umme als ne gute Band gegen Kohle", sagte Tom.

„Eben: Viele Leute drehen ja schon um, wenn ein Konzert Eintritt kostet und gehen lieber woanders hin, wo sie mit dem Geld ein Bier mehr trinken können!"

„Und leider sind ja gar nicht alle Bands, die umsonst spielen, schlecht. Es gibt ja auch gute Bands, die halt unbedingt spielen wollen und es auch zu allen Konditionen machen."

„Genau: Gerade die Ami-Bands, die in Deutschland auf Tour sind, spielen ja oft für ganz kleine Gagen oder sogar für den Hut!"

Sie waren bei ihrem Lieblingsthema: Die Welt war schlecht. Und ungerecht.
Und die Welt war schlecht zu ihnen.

„Die haben ja oft keine Wahl: Wenn die Agentur sagt „Ihr spielt da und da",
müssen sie das machen. Und gerade Montag, Dienstag, wenn sie keinen
lukrativen Gig haben, schickt die Agentur sie halt in die Provinz. Besser die
spielen da und sind im Hotel untergebracht, dann hat die Agentur keine
Kosten."

„Das is der Mist: Da können die Leute richtig gute Bands für umsonst sehen,
warum sollen sie da Geld ausgeben, um uns zu sehen?", meinte Ecki.

„Na ja und sie können halt überall grottenschlechte Bands sehen, die ihnen
vielleicht besser gefallen als wir und das auch umsonst."

„Die Welt ist schlecht", sagte Olli.

Die Idee

Tom stand in seiner Stammkneipe. Einen Sitzplatz gab es nicht. Es spielte eine Band. Wie oft am Anfang der Woche, wenn die Bands aus dem Ausland, die in Deutschland auf Tour waren, hier auftraten. Die Bands hatten an den off-days ihrer Tournee nichts anderes zu tun, als in den kleinen Clubs zu spielen, die sich auf diese Konzerte spezialisiert hatten. Tom hatte schon oft angefragt, ob seine Band nicht hier spielen könnte. Konnte sie aber nicht. Hier spielten nur Amis. Na, oder jedenfalls Ausländer. Das fanden die Leute interessanter.

Man kannte ihn hier und wusste, dass er Musiker war. Manche Leute, die sich etwas mit Musik auskannten, wussten wohl auch, dass er besser spielte als viele der hier auftretenden Musiker. Die meisten dachten aber wohl eher, er sei halt ganz gut, könne aber mit diesen Koryphäen aus Amerika, Kanada oder Australien nicht mithalten. Er hatte auch zweimal hier gespielt. Mit Amis.

Ab und zu wurde er angeheuert, eine Tour mit ausländischen Musikern zu spielen. Da verdiente er dann deutlich besser als mit seiner eigenen Band The Tribe und spielte auch in den Läden, die The Tribe immer ablehnten (beziehungsweise sich auf e-mails nie zurückmeldeten und wenn man anrief immer gerade keine Zeit hatten und sagten: „schick mir doch mal ne e-mail").

Heute spielte die Jeff Snipes Band. Nach dem Namen zu urteilen aus einem englischsprachigen Land. Nach dem Gesang zu urteilen vom Balkan. **„Gat a black maczac waman..."** brüllte der Typ gerade ins Mikrophon. Er war einer englischen Aussprache offensichtlich nicht fähig. Tom würgte. Die Leute fandens toll. Gitarre spielen konnte er auch nicht. Er hatte zwar gelernt, wie man Töne auf dem Ding erzeugte und das sogar in halsbrecherischem Tempo. Aber was er spielte war völlig unzusammenhängendes, sinnloses Zeug, bestenfalls von anderen Gitarristen abgeguckte Licks, die gar nicht zu dem Stück passten.

Tom verglich Gitarristen gerne mit Revolverhelden aus dem Wilden Westen: Die meisten meinten offenbar, ihr Überleben hinge von ihrer Schnelligkeit ab. Selbst viele bekannte Gitarristen gaben ständig mehr oder weniger geschmackvolle, halsbrecherische Läufe von sich, die mit Musik nicht viel zu tun hatten, dafür aber von ihren Fans gefeiert wurden. Bei vielen Hobbygitarristen führte das dazu, dass sie wie die Hammerkranken vor sich hin pfuschten, ohne noch in irgendeinem Zusammenhang mit dem Rhythmus zu stehen. Das schätzten Toms Kollegen an ihm, dass jeder Ton, egal ob schnell oder langsam, immer genau auf dem Groove aufbaute. Natürlich brauchte man eine gute Technik, um alles spielen und damit alles ausdrücken zu können. Aber die wahren Könner erkannte man eben daran, dass sie ihre Technik in den Dienst der Musik stellten und nicht nur möglichst viele Tönen in möglichst kurzer Zeit spielten.

Obwohl Tom den meisten Gitarristen gepflegt den Arsch abspielen konnte, bemühte er sich, seine Technik nie zum Selbstzweck werden zu lassen. Er nahm sich Zeit für lange ausdrucksstarke Töne und musste nicht immer beweisen, was er konnte.

Na ja, die Leute amüsierten sich, wie Tom feststellte. Die Band war auch gruselig: Alle dengelten so vor sich hin, jeder für sich, es groovte nicht für fünf Pfennig. Dafür war es erschreckend laut. Tom beschloss erstmal draußen eine zu rauchen. Im Hof trafen sich Raucher und frustrierte Musiker. Dort war es nicht so laut, aber man hörte trotzdem alles. Schade!

„Na, was macht das Profimusiker-Leben?", wurde er gleich angequatscht.

„Bin noch nicht verhungert."

„Hähähäh!"

Tom wand sich weiter durch die Umstehenden. Da kam Pete, der Chef von dem Laden auf in zu, ein monströses Sparschwein in den Händen. Er sammelte für die Band oder um die eigenen Kosten etwas zu decken.

„Na, wie findest du die Band?", sprach er Tom freudig an und hielt ihm das Schwein hin.

„Scheiße", meinte Tom und ließ der Aussage zum Trotz ein paar Münzen in das Porzellanschwein klimpern.

Pete entglitt das Gesicht kurz, aber er fing sich sofort wieder: „Nicht so geil, was?"

„Ne, die sind echt furchtbar! Spielen überhaupt nicht zusammen!"

„Aber der Gitarrist ist geil", versuchte Pete es nochmal.

„Oh, ne! Der spielt zwar schnell, aber überhaupt nicht dem Stück angemessen. Daddelt nur seine Phrasen runter und sagt gar nichts! Ätzend!"

Das Gespräch verlief nicht so wie Pete es erwartet hatte. Er sah sich um, ob auch niemand diese geschäftsschädigenden Aussagen mithörte. Glücklicher Weise standen die Leute nicht gerade Schlange, wenn er mit dem Schwein durchs Publikum lief. Viele hatten dann plötzlich irgendwas ganz Wichtiges zu erledigen oder mussten dringend aufs Klo. Wenn er eine hübsche weibliche Bedienung mit dem Schwein losschickte, erhöhte das die Freiwilligenquote ein kleines bisschen.

„Wo kommt die Band eigentlich her?", fragte Tom.

„Aus Serbien oder Kroatien, weiß nicht genau", antwortete Pete und hatte gleich das Gefühl, dass Tom das nicht freuen würde.

Tom verdrehte die Augen. Dann heißt Jeff Heart wohl eigentlich Woidzlaw Tschnitichik, he?"

Darauf ging Pete gar nicht ein. „Letzte Woche war Soundso soundso da. Das hättest Du sehen müssen! Echt der Hammer! Der Gitarrist ist auf den Tresen gesprungen und hat da ein Solo gespielt! Und hinterm Rücken hat er gespielt! Und mit den Zähnen! Der Hammer!"

Tom verdrehte wieder die Augen. Er hatte Pete schon oft zu erklären versucht, was er an Musik toll fand: Musik! Nicht irgendwelche Artistik oder Showeinlagen! Aber immer wieder erzählte Pete ihm davon, dass Musiker mit Zähnen, Füssen oder sonst welchen Körperteilen spielten und was weiß ich für Kunststückchen vorführten und schien das für das Ausschlaggebende für eine überzeugende Band zu halten.

Von ihm aus konnten die auch mit ihrem Pullermatz spielen oder sonst wo drauf springen, das machte keinen guten Song und auch kein gutes Solo aus!

„Von mir aus können die auch mit ihrem Pullermatz spielen, das hat doch mit Musik nichts zu tun", sagte Tom.

Pete entglitt das Gesicht wieder etwas. Dann lachte er, klopfte Tom auf die Schulter und drängelte sich durch die Menge davon. Offensichtlich hatte er neue Opfer für sein Schwein entdeckt.

Tom kannte viele Clubs, die ganz klar sagten: „Bei uns spielen nur Amerikaner". Oder sogar: „Hier spielen nur Schwarze". Ein umgekehrter Rassismus, wie Tom fand, der den Schwarzen aber zu gönnen war: Jahrzehntelang hatten schwarze Musiker im Blues und Jazz ja alle wichtigen Neuerungen geschaffen und weiße Musiker, die ihnen meistens nicht das Wasser reichen konnten, hatten es ihnen dann nachgemacht und waren im Gegensatz zu den Innovatoren zu Reichtum und Anerkennung gekommen. Oft hatten die schwarzen Musiker in den Konzertsälen, wo ihre Musik berühmt wurde (oder ein Abklatsch davon) ja selbst gar nicht auftreten dürfen. Und immer wieder hatten Schwarze auf diesen Diebstahl ihres geistigen Eigentums reagiert, indem sie wieder etwas Neues erschufen, was die Weißen zunächst nicht spielen konnten, so dass sie es zumindest für eine Weile für sich hatten.

Aber es war schon komisch, dass ein Land gar nicht seine eigenen Musiker und

Bands unterstützte (außer halt beim deutschen Schlager), sondern die Kultur lieber importierte. Als Deutscher hatte man doppelt verloren: In Deutschland fand das Publikum Ausländer interessanter (am besten englischsprachig aber sonst halt auch alle). Auf der anderen Seite bekamen aber nur sehr wenige deutsche Bands die Gelegenheit, zum Beispiel in den USA zu spielen. Die Amerikaner gingen davon aus, dass die „Krauts" gar keinen Rock oder Jazz spielen konnten. Außerdem wachte die amerikanische Musikergewerkschaft darüber, dass die Ausländer ihren Landsleuten nicht die Jobs wegnahmen, während man in Deutschland jede ausländische Band überschwänglich und mit offenen Armen empfing. Das war zwar sehr nett, dachte Tom, aber diese Ungleichbehandlung nervte ihn. Vor einiger Zeit war ihm ein Job bei einer Big Band angeboten worden, die eine Tournee durch die USA spielen sollte. Daraufhin intervenierte die amerikanische Gewerkschaft und setzte durch, dass nur eine Grundbesetzung von vier oder fünf Musikern in die USA reiste. Das Gros der benötigten Instrumente musste mit amerikanischen Musikern besetzt werden und Tom war den Job los. Wenn eine amerikanische Big Band in Deutschland spielte (was viel öfter vorkam), konnte sie natürlich problemlos in ihrer gewünschten Besetzung auftreten.

Selbst als in Deutschland eine Quote eingeführt wurde, die im Radio den Anteil der einheimischen Musik gegenüber den ausländischen Produktionen gewährleisten sollte (was es in anderen Ländern schon lange gab), ging das nach hinten los: Es wurde nämlich deutschsprachige Musik gefördert, so dass der deutsche Schlager und ähnliches wieder einmal profitierten, aber ernsthafte Rock-Künstler, deren Texte oft auf Englisch waren, guckten wieder in die Röhre. Für sie wurde es jetzt sogar noch schwieriger als vorher, weil sie ja auch unter die Quote der englischsprachigen Musik fielen.

Die Band fing wieder an zu spielen. Ein Klassiker von den Stones:

„Sho`s o hoooohohohohoooonko tonk womon, dätdedä, so gommo, gommo, gommo, so honkotonk bloos...“

Tom hatte eine Idee: Warum gaben sie sich nicht einen anderen Namen? Wenn Woitilla Tschiniktschek sich Jeff Snipes nennen konnte, konnten sie das doch auch! Seiner Erfahrung nach waren diese englischen Namen mit -Band dahinter ein Garant für Publikumszuspruch.

Tom war ganz enthusiastisch. Er nahm noch einen Schluck Bier. Er sprach ziemlich gut Englisch. Sogar mit amerikanischem Akzent. Schließlich war er lange in Amerika gewesen. Fürs deutsche Publikum würde es allemal reichen. Durfte nur kein anderer was sagen. Dann hieße die Band nach ihm. Tom Stanton Band. Oder gar nix mit Tom? John Hinsley Band. Derek McSonstwas Band. Toll! Er war ganz begeistert. Würden die anderen die Notwendigkeit einer Namensänderung verstehen? Die Chance darin erkennen? Sie hätten einen englischen Namen. Sie würden nur noch Englisch reden. Mit Ami-Slang. Die Pausen würden schwer werden. Egal. Dann waren halt ein paar Bandmitglieder doch Deutsche. Völkerverständigung. Er würde nur noch Englisch reden. Er hatte das schon mal gemacht. Als er aus den USA zurückkam, war er durch Deutschland getrampt und hatte sich als Amerikaner ausgegeben. Was waren die Leute nett zu ihm gewesen! In den USA waren die Leute super nett zu ihm gewesen. Nachdem er zurückkam, hatte er rauskriegen wollen, ob das in Deutschland auch ging. Und tatsächlich, er war eingeladen worden, Leute machten Umwege wegen ihm, um ihm etwas von der Gegend zu zeigen und waren überhaupt super freundlich. Klar gab es in Deutschland eine Menge ausländerfeindliche Leute, aber denen war er beim Trampen nicht begegnet. Wahrscheinlich nahmen solche Leute auch keinen Tramper mit. Aber hey, wie viel ausländerfeindliche oder rassistische Leute gab es in den USA und er hatte dort nur sehr nette Leute getroffen. Na okay, fast.   25

Wenn jemand bemerkte, dass er doch einen Akzent hatte oder nicht alles so flüssig auf Englisch ausdrücken konnte, sagte er, er wäre in einer finnischen Einwandererfamilie aufgewachsen, wo zu Hause finnisch gesprochen worden war und daher sei sein Englisch eben auch nicht perfekt (was es ja in Einwanderungsländern wie Amerika wirklich oft gab). Und das jemand Finnisch sprach war echt unwahrscheinlich.

Er musste den anderen von seiner Idee erzählen.

Festhalle Boppensen

Phil sah hinunter ins Publikum. Die Tanzfläche war nicht mehr so voll wie in den letzten Stunden. Und die Pärchen, die sich dort unten eng umschlungen zu der Schnulze wiegten, die die Band gerade spielte, waren alkoholtechnisch inzwischen weit vorne.

Sie spielten in Boppensen, irgendeinem kleinen Kaff in der Lüneburger Heide, es war Schützenfest. Um achtzehn Uhr hatten sie aufgebaut, um zwanzig Uhr angefangen zu spielen, jetzt war es kurz nach drei. Noch eine Stunde vielleicht, dann war das hier zu Ende. Dann noch abbauen und zwei, drei Stunden Fahrt, dann war er mit etwas Glück um sieben Uhr morgens zu Hause. Sie spielten immer circa zwanzig Minuten, machten zwanzig Minuten Pause. In diesem Rhythmus hatten sie dann etwa acht Stunden gespielt. Gab sechshundertvierzig Euro pro Musiker. Naja, der Bandchef sackte mehr ein. Er machte die Auftritte klar und stellte die Anlage. Phil sehnte sich nach seiner Rockband. Mit den Jungs machte das Spielen richtig Spaß. Und es war richtige Musik. Dafür gab es aber extrem wenig Geld. Und man musste ja auch von etwas leben. Phil seufzte.

Der Chef war jetzt in seinem Element: **„Ganz in weiiiiiiiß mit einem Blumenstrauuuuuss, so siehst Duuuuu in meinen Träumen auuuusss..."**
Deutsche Schlager brachte er mit dem dazu passenden widerlich schleimigen Timbre dar. Wenn er Englisch sang, hatte er einen grauenerregenden Akzent. Dazu spielte er mehr schlecht als recht Keyboard. Mehr als dreistimmige Akkorde kannte er nicht und selbst mit denen hatte er seine liebe Not. Aber er war der Chef der Band.

Der Gitarrist war gar nicht so schlecht und sang auch, ebenso wie Phil (wobei der sich weigerte, deutsche Schlager zu singen). Einen Bassisten hatten sie nicht: Bass, Bläsersätze und auch zusätzliche Keyboard- und Gitarrenstimmen kamen vom Midi-File. Deshalb musste Phil mit Kopfhörern spielen. Er hatte den Klick auf dem Ohr und musste dafür sorgen, dass die Band halbwegs mit dem Sequenzer zusammenspielte. Meistens musste er sich höllisch anstrengen, die anderen davon abzuhalten, immer schneller zu werden. Natürlich musste er auch mit angezogener Handbremse spielen, er war mehr Taktgeber als richtiger Schlagzeuger. Interessante Fills oder rhythmische Überlagerungen, wie jeder gute Schlagzeuger sie gerne spielte, waren hier nicht erlaubt. Wenn es genug Geld gab, gingen sie auch mit einer zusätzlichen Sängerin los, aber das war selten. Noch vor zehn Jahren hatte Phil auf solchen Veranstaltungen mit großen Bands gespielt: Schlagzeug, Bass, Gitarre, Keyboard, Saxofon und Sängerin. Damals war er auch mit Tom und den anderen auf Hochzeiten, Geburtstagen und Betriebsfesten aufgetreten. Sie hatten keine Schlager oder deutsche Volksmusik gespielt, aber wenn der Veranstalter internationale Popmusik, Soul, Funk und ähnliches hatte hören wollen, dann hatten sie das gerne gemacht. Inzwischen fragte jeder, der eine Band suchte, ob es denn wirklich nötig sei, mit fünf oder sechs Musikern zu kommen. Und da alle Tanzbands inzwischen mit Midi-Files arbeiteten und so mit wenig Musikern auskamen, musste man das selber auch machen, sonst war man zu teuer. Das sklavische Festhalten am Tempo, die Unmöglichkeit, die Form des Stückes zu verändern, die Files (die zwar erstaunlich gut klangen, aber eben nicht wie eine echte Band) und die Begrenztheit musikalischer Ausdrucksmöglichkeiten hatten mit Musik natürlich nicht mehr viel zu tun.

Das Stück war erfreulicher Weise zu Ende, der Chef bedankte sich schleimig beim Publikum und kündigte eine weitere Pause an. Ein paar Leute auf der Tanzfläche klatschten freudlos und die Band spielte ihren Jingle, der Anfang und Ende jedes Sets anzeigte. 28

Sie gingen von der Bühne. Chef und Gitarrist gingen lachend und schulterklopfend zu ihrem Tisch. Phil schlenderte zum Tresen und holte sich ein Wasser. Er hielt sich meistens abseits von den anderen. Mit ihrem aufgesetzten Tanzmusiker-Humor und ihren ständigen blöden Sprüchen gingen sie ihm auf die Nerven. Sie hatten auch kein gemeinsames Gesprächsthema. Die beiden anderen machten entweder schlüpfrige Bemerkungen über die anwesenden Damen, über die sie sich dann vor Lachen ausschütteten oder sie fachsimpelten über Sequenzer, Drumcomputer, Effektgeräte und ähnliches, was Phil als endlos aneinandergereihte Kette von Gerätebezeichnungen wie AX-1214, ZBS5b, KT11XT und so weiter grenzenlos langweilte.

Die anderen mochten ihn auch nicht sonderlich, da war Phil sicher. Er meinte auch, sie suchten schon hinter seinem Rücken nach einem anderen Drummer. Er passte ja auch nicht zu ihnen. Mit seinem ernsthaften Interesse für Musik und seinen instrumentalen Fähigkeiten war er ihnen ein Dorn im Auge. Sie brauchten eigentlich nur einen Drummer, der geradeaus spielte. Außerdem war Phil mit seinen fast fünfzig Jahren deutlich älter als die beiden. Und sie suchten sicher einen jüngeren, vermeintlich cooleren Kollegen. Beide hatten so ein Ziegenbärtchen und kurze Haare, waren sehr gestylt, während Phil eher leger rumlief (außer auf der Bühne, da trugen sie alle die Banduniform, schwarze Hose, weißes Hemd, Fliege und die unvermeidliche Glitzerweste).

Ein Typ, der neben Phil am Tresen lehnte, sprach ihn an: „He, hast Du auch mal was anständiges gelernt?"
Phil hätte dem Mann am liebsten eine reingehauen, aber das konnte er sich nicht leisten. Und ihm zu erzählen, dass er auch mal Musik studiert hatte, wäre vergeudete Liebesmüh gewesen.
„Is ja gute Musik, aber spielt ihr auch was von Helene Fischer?" ließ die Dumpfbacke sich wieder hören.   29

„Na, ja, wir haben ja keine Sängerin dabei..."

„Na, wie heißt das noch? Kennste auch", fuhr der Mann ungeachtet des Einwands fort.

„Ich fürchte, das kenne ich nicht..."

„Doch, doch, das kennste! Hier: **Lalalalala...** Kennste doch!"

„Ne, das kenne ich nicht!"

„Doch, klar kennste das! **Lalalalalalalalala...**"

„Ne, das kenne ich wirklich nicht! Ich bin auch nicht so der Helene Fischer-Fan...", versuchte es Phil.

„Hähähä, klar. Aber das kennste doch: **Lalalalalala...**"

„Ne wirklich nicht!"

„Sieht aber gut aus, wa? Und ist bestimmt angenehm auf der Haut, hähähäh...", versuchte Phils Gesprächspartner das Thema zu erweitern und knuffte ihn verschwörerisch in den Bauch.

Phil bekam sein Wasser und versuchte dem Mann zu entgehen, aber der hielt ihn am Arm fest: „Aber das kennste doch: **Laölaölalaöö...**"

„Nein, wirklich nicht", meinte Phil.

„Doooch, das kennste: **Laölaölalaöölalalaöööö**"

„Ich glaub ich muss dann mal", meinte Phil und machte sich von dem Mann los.

„Blödmann", nuschelte der Mann hinter ihm her.

Eine ältere Frau stellte sich ihm in den Weg und sprach ihn an: „Hey Süßer, bist Du nicht von der Band?"

„Ja, aber ich glaube, ich muss wieder auf die Bühne."

„Bist du nicht der Trommelspieler?", fuhr die Frau ohne seine Antwort ernst zu nehmen fort. Sie war sicher sechzig oder älter und war bereits etwas derangiert.

Reste verschütteter Getränke bildeten sich auf ihrer Kleidung ab. Ihre Bluse war weit über die Schulter herunter gerutscht und gab unerfreuliche Ausblicke frei.

„Ich muss jetzt echt zur Bühne", versuchte Phil es nochmal.

„Ne, ne, du bleibst jetzt schön hier", mischte sich eine andere Dame ein, die sich bereits in einem ähnlichen Zustand befand und hakte ihren Arm bei ihm ein.

„Könnt Ihr auch was von Howard Carpendale?", fragte die erste Dame jetzt.

„Bestimmt, ich frage mal die anderen", sagte Phil und versuchte sich loszumachen.

„Genau, was von Howi. **Bäbädudädä...**", fing sie an zu singen und die andere stimmte sofort mit ein: **„Bäbädudädädädädädubäbä..."**

Phil machte sich sanft, aber mit Nachdruck los und floh.

„Kannst wohl nix von Howi!"

„Ne, kann er nicht!"

„Blödmann!"

„Hau doch ab!"

„Genau! Wixer!"

Er hörte die Damen hinter sich lachen.

Phil hasste das. Früher war man als Musiker angesehen gewesen und gefeiert worden. Heute war man sozial noch unter den Kellnern angesiedelt. Die Leute meinten, man müsste alles tun, was sie von einem wollten und sie müssten den Musikern keinerlei Respekt entgegen bringen. Der Chef stellte sich ihm in den Weg. „Hör mal: Du musst mit den Leuten netter umgehen! Das sind unsere Kunden! Wir leben von denen! Also reiß Dich zusammen!"

„Ja, gut, mach ich!"

„Okay! Los, geht weiter, auf die Bühne!"

„Bäbädudädädädädädubäbä..." schall es hinter ihm.   31

Phil bahnte sich gerade seinen Weg zur Bühne, als er einen Schrei hörte: „Draußen wird geschossen!"

„Was ist los?" fragte Phil entgeistert den Chef, der ebenfalls in Richtung Bühne strebte.

„Geh halt nicht raus! Hier drin passiert schon nichts", riet ihm der Chef, der weiter erklärte, dass einer der anwesenden Schützen wohl durchgedreht sei und jetzt draußen rumballere. Ein anderer Mann habe wohl mit der Frau des Schützen auf der Toilette eine Nummer geschoben, führte der Chef grinsend aus und jetzt sei der Gehörnte mit seiner Flinte hinter ihm her.

„Der will ja nix von Dir! Außerdem scheint er ziemlich besoffen zu sein. Bis jetzt hat er jedenfalls nicht getroffen", meinte der Chef.

„Wie beruhigend", dachte Phil.

In das **„Bäbädudädädädädubäbä..."**, das inzwischen von einem gemischten Chor in seinem Rücken mehr schlecht als recht intoniert wurde, mischte sich jetzt gelegentlich das Krachen eines Schusses.

Sie spielten irgend eins von den sogenannten modernen Stücken, Dance. Vom Computer kam Mmmmttzzz, mmmmttzzz, mmmmttzzz, mmmmttzzz. Dieses als modern gefeierte Gedröhne hatte die Popmusik rhythmisch, melodisch und harmonisch in die Steinzeit zurück befördert. Phil konnte die Stücke kaum auseinanderhalten, geschweige denn, sich die Namen merken. Die Gitarre hatte Pause, der Chef sang aus voller Kehle und Phil musste nicht viel machen. Der Gitarrist hatte sein Instrument leise gestellt, schrabbte wie bescheuert auf der stummen Gitarre rum und grinste blöd ins Publikum (der Chef sagte immer, es sei nicht wichtig, was man spielte, man müsse nur immer freundlich lächeln).

Die Tanzfläche war wieder ziemlich voll. Die Herren hatten sich inzwischen ihre Krawatten als Stirnbänder um den Kopf geschlungen und tanzten die wenigen, einzeln tanzenden Damen hemmungslos an. Die Damen bewegten sich inzwischen sehr freizügig und hatten auch einiges an Garderobe abgelegt. Ein gelungener Abend. Phil gähnte und erntete dafür einen bösen Blick vom Chef.

Das Stück war zu Ende und zwei völlig betrunkene Typen mit Krawatten-Stirnbändern bauten sich schwankend vor der Bühne auf, Bier und Zigarette in der Hand.

„Spielt Rock", forderte einer von beiden.

„Ja, was Rockiges", stimmte der andere mit ein. „Los, macht schon!"
„**Datdatdaaaa, datdatdadaaaa**", sangen sie.

„Smoke on the water? Klar, machen wir", jubilierte der Chef.

Phil bekam den Klick, zählte ein und der Gitarrist fing an: **Datdatdaaaa, datdatdadaaaa...**

Die Männer im Publikum waren aus dem Häuschen und begannen wie wild herum zu hüpfen, die Frauen zogen sich an den Rand der Tanzfläche zurück.

„**Wie ohl käim daun to monrtöö ät se leik djeniwa schorlein...**", sang der Chef. Phil gähnte wieder und versicherte sich schnell, dass seine Kollegen das nicht gesehen hatten. Aber die waren voll in ihrem Element. Sie hatten nur Augen für das Publikum, das sie jetzt feierte wie Rockstars. Mehrere Herren hatten sich vor der Bühne aufgebaut und jubelten der Band zu. Sie schwenkten ihre Krawatten wie nicht vorhandene lange Haare beim Headbangen. Eine Dame hatte sich auch direkt am Bühnenrand eingefunden und himmelte den Gitarristen an. Der fühlte sich geschmeichelt und warf ihr feurige Blicke zu. Sie winkte ihm zu und warf Kusshändchen, dann plötzlich erbrach sie sich in einem weiten Schwall auf die Bühne. Der Gitarrist sprang schnell einen Schritt

33

zurück, aber die Fontäne dünner Flüssigkeit traf voll auf seine Effektgeräte. „Smoke" war zu Ende und der Gitarrist fragte, ob sie eine Pause machen könnten, damit er seine Sachen sauber machen könnte, aber der Chef winkte ab: „Geht nicht, jetzt müssen wir weiterspielen! Stell dich nicht so an!"

Sie spielten in schneller Folge noch zwei Rocknummern, dann etwas Ruhigeres. Um die Stimmung zu halten, fing der Chef mit Spielchen an: „Wir klatschen mal alle in die Hände", rief er und die Betrunken gehorchten sofort.

Sie klatschten auf eins und drei wie man das in deutschen Festzelten immer machte, obwohl das Stück einen klaren Backbeat auf zwei und vier hatte. Phil verdrehte die Augen.

„Wir wiegen uns alle in den Hüften, wie unser Gitarrist es Euch vormacht", brüllte der Chef.

Der Gitarrist sah ihn verzweifelt an, aber der Chef forderte den Angesprochenen mit einem aggressiven Kopfnicken noch einmal auf zu tun, was er von ihm wollte. Der arme Kerl begann sich in den Hüften zu wiegen und die Deppen vor der Bühne machten es sofort nach. Gut dass Phil hinter seinem Schlagzeug sich nicht so zum Affen machen konnte.

„So, und jetzt wackeln wir mal alle mit dem Popo", rief der Chef und wackelte mit seinem gewaltigen Hinterteil in Richtung Publikum. Die Leute machten auch das sofort nach und begannen zu lachen, weil das so herrlich blöd aussah. Allerdings verzogen sich bereits die ersten von der Tanzfläche, weil ihnen das dann vielleicht doch zu doof war.

Allmählich begann dem Publikum die Luft auszugehen und die Leute zogen sich von der Tanzfläche zurück. Um die Stimmung herunterzufahren, spielten sie jetzt noch eine Ballade.

Nur ein torkelndes Pärchen und ein heillos betrunkener Krawatten-Stirnbandträger hielten sich noch auf dem Parkett. Die Frau, die auf die Effekte

34

ihres Gitarristen gekotzt hatte, schlief zusammengesunken auf einem Stuhl kurz vor der Box, aus der ein Höllenlärm kam, die beiden Typen waren umgefallen und einfach liegen geblieben, wo sie hingefallen waren.

Im hinteren Teil der Boppenser Festhalle räumten die Angestellten schon dezent auf.

„Endlich, es ist vorbei", dachte Phil.

Eine Stunde später saß er im Wagen. Um diese Zeit war noch kein Auto unterwegs. Da es Sommer war, war die Sonne bereits aufgegangen. Der Tag erwachte langsam und das Sonnenlicht warf lange Schatten über das Land. Das Gras war von Myriaden funkelnder Tautropfen bedeckt. Die Halme der Wiesen und Felder wogten in einem leichten Wind. Wälder zogen sich bis zum Horizont und Feldlerchen sangen ihr Lied. Hoch oben an einem strahlend blauen Firmament ließ sich ein großer Raubvogel von den Aufwinden empor tragen. Die Schönheit des neu geborenen Tages kam wie eine Vision über Phil.

„Ich muss mit der Scheiße aufhören", dachte er.

Sex & Drugs & Rock&Roll (Ian Dury)

Rock&Roll (Led Zeppelin)

„Do you wanna hear some more music of Mister Tom Hörner?"

„JAAAAAAAAA", brüllte die Menge außer sich.

Tom stand am Bühnenrand und sah in die Gesichter in der ersten Reihe. Alle sahen ihn an und schrien wie verrückt. Dahinter zehntausend Menschen. Das war schon geil!

Er spielte das Intro zu einem Blues von Stevie Ray Vaughn, den man gefahrlos auch ungeprobt spielen konnte. Das Schreien des Publikums mischte sich mit der Musik.

Sie spielten auf dem Münchner Opernplatz. Und der war rammelvoll. Sie waren eine international zusammengewürfelte Band: Er, der Keyboarder aus München, der Bassist und ein Rapper aus den USA, beides Schwarze, der Drummer, der ursprünglich aus dem Libanon kam, und eine Menge Sängerinnen, zwei Philippina, eine Amerikanerin, eine Australierin, eine Kolumbianerin und eine Deutsche. Der schwarze Pianist und der englische Saxofonist, mit denen sie sonst spielten, waren diesmal nicht dabei.

Sie hatten schon ein langes Programm gespielt, in dem verschiedene Sängerinnen und Sänger die Hauptstimme übernahmen. Aber die Leute wollten immer mehr. Sie mussten improvisieren. Deshalb hatte er jetzt seine Feature-Nummern, die er auch sang. Gerade hatte er in einer Ballade ein circa fünfminütiges Gitarrensolo gespielt, indem er mit wenigen, melodiösen Tönen anfing und dann immer mehr, immer dichter spielte, bis er schließlich in einem virtuosen Höhepunkt endete. Jetzt überließen sie ihm die Show. Es war wunderbar. Tom machte sich keine Gedanken, wie lange er diese Intensität halten konnte. Er war einfach hier und spielte und die Band folgte ihm. Er genoss den Jubel und das Geschrei der Menge, die total aus dem Häuschen war.

Der Bassist, ein alter Profi, dachte weiter als er: Sie mussten zu einem Ende kommen, bevor ihnen die Luft ausging, auch wenn das Publikum immer mehr forderte. Er machte ein Basssolo, slappte wie verrückt auf dem Instrument. Eine Saite riss, aber der Bassist donnerte weiter auf seinem Bass. Eine weitere Saite riss. Obwohl er nur noch zwei Saiten auf seinem Instrument hatte, ließ der ekstatische Klang nicht im Geringsten nach. Tom fragte sich, wie er das machte. Eine Kaskade von schnellen Tönen, wo andere nichts mehr hätten herausholen können. Noch eine weitere Saite riss. Der Sound blieb trotzdem, Schlagzeug, Keyboard und Gitarre begleiteten wie verrückt. Der Bassist stand am vorderen Bühnenrand, neben Tom und hob sein Instrument in die Höhe: Mit einer letzten Kraftanstrengung riss er die verbliebene Saite von seinem Bass und hielt ihn der Menge entgegen: Wir können nicht mehr weiterspielen! Erst jetzt wurde Tom klar, dass er die Saiten absichtlich zerrissen hatte. Vielleicht war auch eine Saite gerissen und er hatte darin seine Chance erkannt, das Konzert zu einem Ende zu bringen.

Das Publikum brüllte und verlangte nach mehr. Egal wie. Der Bassist schnappte sich Toms Ersatzgitarre und begann Rhythmus zu spielen. Glücklicherweise hatte Tom einen Octaver dabei, so dass er einen Bass imitieren konnte. So spielten sie noch zwei oder drei Nummern, in denen Tom den Bass ersetzte und der Bassist Gitarre spielte und sang. Dann ließ das Publikum sie endlich von der Bühne. Tom und der Bassist nahmen sich in den Arm: Tom bemerkte, dass die Kleidung des Mannes so nass von Schweiß war, als ob er gerade aus dem Wasser gestiegen wäre.

Sie waren am Tag zuvor mit einem Tourbus in München angekommen, der Keyboarder und einige Sängerinnen waren erst hier dazu gestoßen. Sie hatten in einem super noblen Hotel gewohnt. Zur Probe war ihnen ein Indoor-

Golfplatz zur Verfügung gestellt worden. Das synthetische Grün dehnte sich über ein ganzes Stockwerk aus. Überall standen hohe Kühlschränke mit Glastür, wie Tom sie nur aus manchen Bars oder eben Hotels kannte. Und diese Kühlschränke waren bis oben hin voll mit Champagnerflaschen! Beim Proben bedienten sie sich alle nach Kräften daran. Tom stand zwar gar nicht so auf Champagner, aber wenn`s ihn schon mal umsonst gab... Livrierte Diener tauchten von Zeit zu Zeit mit Tabletts voller Schnittchen und edelster Leckereien auf und gingen durch die Musiker, die sich auch hier nicht lange bitten ließen. Tom hatte sich gefühlt wie im Musikerhimmel.

Wie anders waren da doch die Proben mit seiner eigenen Band! Und die Unterbringung! Tom erinnerte sich an üble Absteigen, wo die feuchte Tapete von den Wänden fiel. Oft schliefen sie auch im Büro des Veranstalters auf dem Boden oder teilten sich einen Billardtisch, um nicht auf dem dreckigen Boden schlafen zu müssen.

Sie hatten irgendwo in Schleswig-Holstein in einer Diskothek gespielt. Viele Leute waren nicht da gewesen. Die Gage war nicht besonders, Hotel gabs auch nicht. Aber frei saufen. Sie würden sowieso in dem Laden übernachten, also: Hoch die Tassen! Angesichts der Situation machten sie keine Umwege: Kein Bier, nur Cocktails. Morgen hatten sie wieder einen Auftritt irgendwo in der Nähe, aber wer interessierte sich für morgen?
Ein paar Mai Thais, Singapore Slings, Caipis und Zombies weiter hatte Frank mit einer ansprechenden jungen Dame das Etablissement verlassen und Ecki lag schnarchend auf dem Billardtisch. Nur Olli, Tom und Phil hielten noch durch und arbeiteten dran, ihre Gage durch Naturalien aufzubessern. Es waren auch nicht mehr viele Gäste da.

„Noch einen Zombie, aber diesmal MIT Alkohol", meinte Olli zu dem Barkeeper, der das mit einem ziemlich sauren Gesichtsausdruck quittierte.

Es dauerte eine Weile, bis er und die anderen wieder Gläser mit bunten Flüssigkeiten, Schirmchen und Obststücken in Händen hielten und sich gut gelaunt zu prosteten.

„Boah, Mann, der ist echt mit Alkohol", bestätigte Olli dem Barmann und schüttelte sich.

Fünf Minuten später kotzte er sich in einem kleinen Raum zwei Türen weiter die Seele aus dem Leib.

„Selbst Schuld! Hat mich in meiner Berufsehre gekränkt", erläuterte der Keeper Phil und Tom, die sich vor Lachen ausschütteten.

„Macht man auch nich!"

„Nee, macht man nicht!"

„In so´nem Zombie sind sowieso schon so ziemlich alle Schnäpse drin, aber normal noch mit Säften gemischt. Der war so ziemlich pur."

„So was will ich auch", erklärten Phil und Tom wie aus einem Mund.

„Kriegt ihr!"

Es erinnerte die beiden an eine andere saufselige Nacht, als der Veranstalter hinter seinem Tresen zusammengesunken war, ihnen aber noch erlaubt hatte, zu trinken was immer sie wollten. Da auch da die Gage mal wieder schlecht gewesen war und sie auch im selben Gebäude übernachteten, beschlossen sie, das Angebot ernst zu nehmen. Die Aufgabe, die sie sich stellten, war, Cocktails herzustellen ohne die Verwendung von Säften. Sie hatten viel Spaß gehabt mit ihren teilweise grauen, schwarzen oder giftgrünen Getränken, die nur aus Hochprozentigem bestanden. Der Gig am nächsten Tag war allerdings nicht so besonders gewesen.

Kaum dass Olli vom Klo zurück war, nippte er auch schon wieder an einem Pina Colada.

„Is magenfreundlicher", nuschelte er, was seine Freunde bezweifelten.

Allerdings musste Olli mehrere Anläufe nehmen, ehe der Strohhalm nicht in seinem Auge, sondern wie geplant in seinem Mund landete, was bei Tom und Phil unbezähmbare Heiterkeit auslöste. Tom entdeckte, dass er jetzt auch mehrere Versuche brauchte, um den Strohhalm in seinen Mund zu bekommen und sich nicht nur damit in die Wange zu pieksen.

Olli wurde in seinem alkoholdurchfluteten Hirn klar, dass wer immer als nächster schlafen ginge, immerhin noch einen Platz auf dem Billardtisch neben Ecki ergattern konnte, während die anderen mit dem Fußboden würden Vorlieb nehmen müssen. Er guckte auf die Uhr, die sich verdächtig an seinem Arm auf und ab bewegte: Fünf Uhr.

„Nahacht", sprach er und zog mit seinem Gute-Nacht-Drink in Richtung Billardtisch davon.

Tom und Phil waren oft die letzten bei solchen Gelagen und kamen wie immer noch auf die Lage der Band und die Schlechtigkeit der Welt zu sprechen. Bis Tom im Sitzen und mit offenen Augen einschlief und zu schnarchen begann. Phil seufzte, legte seinen Kopf auf den Tresen und war auch schon eingeschlafen.

Unbändiger Alkohol- und Drogenkonsum hatte auch ein entscheidende Rolle gespielt, als sie auf denkwürdige Weise zu Zeugen von Unstimmigkeiten zwischen einer anderen Band und einem Veranstalter geworden waren. Sie sollten auf einem Konzert mit mehreren Bands auftreten. Die Hauptband, die nach ihnen spielte, war eine zumindest ehedem bekannte Krautrockband gewesen. Sie schuldete dem Veranstalter wohl seit langem Geld und man war schließlich übereingekommen, dass sie ihre Schulden nun durch einen Gratis-Auftritt wett machen sollten. Danach sollte es noch eine *open stage* geben, das hieß, dass jeder auf der Bühne etwas spielen oder mitspielen konnte.

Dummerweise hatten die Krautrocker die Zeit bis zu ihrem Auftritt offenbar genutzt, um sich alle möglichen Drogen und alkoholischen Getränke einzuführen, jedenfalls geriet ihr Auftritt zu einer gottserbärmlichen Kakophonie. Der völlig zugekiffte Schlagzeuger, dem das nicht entging, musste darüber so lachen, dass er von Lachkrämpfen geschüttelt langsam von seinem Stuhl zu rutschten drohte. In dieser Position war er nicht mehr in der Lage, die Becken seines Schlagzeugs zu treffen, was noch größere Heiterkeit bei ihm auslöste. Bei jedem Schlag ins Leere sank er weiter in sich zusammen. Die anderen Bandmitglieder dängelten vor sich hin, was das Zeug hielt, spielten aber, nicht nur auf Grund des inzwischen fast völlig fehlenden Schlagzeugs, überhaupt nicht zusammen. Glücklicherweise stand das Schlagzeug direkt an der Wand, so dass unser fröhlicher Drummer schließlich prustend und gröhlend an der selben herunterrutschte, ohne direkt zu fallen. Jetzt bemerkten seine Kollegen auch endlich, dass ein Weiterspielen so keinen Sinn ergab. Und da geschah etwas Erstaunliches: in kürzester Zeit gelang es den alten Profis, ihr gesamtes Bühnenequipment zusammenzupacken und zu verschwinden. Zu Hilfe kam ihnen dabei die Tatsache, dass das halbe Publikum eigentlich nur auf die open stage gewartet hatte und die Hobbymusiker sofort die Chance nutzten und auf die Bühne sprangen, ihre Verstärker anschlossen und auch schon los daddelten, so dass der Strom an unerfreulichen Geräuschen von der Bühne gar nicht erst abriss. Im Schutze dieses Geräuschpegels war es der Band gelungen, ihre Instrumente und ihren sich vor Lachen windenden Schlagzeuger hinaus zu tragen und im Dunkel der Nacht zu verschwinden, ehe der Veranstalter etwas bemerkt hatte.   42

Sie hatten auch mal auf der Feier eines Motorradclubs gespielt. Eigentlich war es eher ein Rockerclub, wie ihnen dann klar wurde. Tom, der den Gig abgemacht hatte, grinste seine Freunde entschuldigend an. Sie beendeten ihr erstes Stück und es passierte folgendes: gar nichts. Niemand klatschte. Ein paar Leute vor der Bühne unterhielten sich lautstark. Andere gingen sich ein neues Getränk holen. Die meisten standen da und sahen auf die Bühne. Sie spielten das nächste Stück. Es gab wieder keinerlei Reaktion aus dem Publikum. Tom erntete einige unfreundliche Blicke und tat so, als ob er das gar nicht mitbekäme. Sie spielten ein paar bekannte Rockklassiker. Die Publikumsreaktion auf die Bemühungen der Band blieb ähnlich verhalten. Frank, Olli und Ecki begannen sich ein bisschen zu fürchten. Womöglich würden sie hier gleich eine ordentliche Tracht Prügel bekommen. Tom schämte sich. Phil machte sich bereit. Er würde sein Leben so teuer wie möglich verkaufen. Sie spielten Born to be Wild. Das hatten sie noch nie gespielt. Aber sie dachten, es würde den Rockern vielleicht gefallen. Tat es nicht. Jedenfalls sahen sie, wo kein Bier gehalten wurde, weiter mit verschränkten Armen stoisch zur Bühne empor. Frank fragte sich, ob es seine Schuld war. Er hatte seine Freunde vor Kurzem überredet, umsonst auf einem Rock gegen Rechts-Festival aufzutreten. Hatte ihnen das das Ungemach ihres Auditoriums eingebracht? Waren das hier Nazis? Sie brachten den Gig hinter sich und gingen etwas verängstigt, ob der Dinge die da kommen mochten, von der Bühne. Da begannen die Umstehenden zuerst vereinzelt, dann immer mehr von ihnen zu klatschen. Schließlich klatschte der ganze Platz begeistert und forderte mehr. Die Jungs sahen sich verstört, aber erleichtert an und kletterten wieder auf die Bühne. Einige Stücke später wurden sie endgültig von der Bühne gelassen. Überall wurde ihnen auf den Rücken geklopft und einige ziemlich Furcht einflößende Gestalten sagten, wie gut ihnen das Konzert gefallen habe.

43

Die Freunde waren sehr erleichtert und nahmen die vielen herbeigetragenen Biere gern entgegen. Auf ihre Nachfrage wurde ihnen später mitgeteilt, dass es hier nicht üblich sei zwischen den Stücken zu klatschen. Ihnen war ein Stein vom Herzen gefallen und einige saufselige Stunden später kam es immer öfter zu Verbrüderungsszenen zwischen Band und Publikum.

Unbezähmbare Heiterkeit löste auch immer wieder die Erinnerung an eine Szene bei einem Konzert in Köln aus. Zumindest bei Olli, Ecki, Phil und Frank. Tom fands nicht so lustig. Sie hatten in einer großen Halle gespielt, über zweitausend Zuschauer waren da gewesen. Weil es ein großes Konzert war und alles schnell gehen musste hatte Tom an dem Tag tatsächlich einen „Gitarrenroadie" gehabt, etwas was er normalerweise nur vom Hörensagen kannte. Der Mann war für seine Gitarren zuständig, brachte ihm zwischen den Stücken eine andere Gitarre, wo das vorgesehen war und stimmte die Gitarren zwischendurch. Bei einem Stück benutzte Tom eine andere Stimmung (das heißt, die Saiten der Gitarre werden anders gestimmt, um Klänge zu erzielen, die mit einer normal gestimmten Gitarre nicht möglich sind, wozu auch andere Griffe benutzt werden). Der Roadie reichte Tom die Gitarre und der eröffnete das neue Stück selbstbewusst mit einem kräftigen, außergewöhnlichen Akkord. Der Akkord war tatsächlich sehr außergewöhnlich. Er war total schief. Das Publikum erschrak. Die Band brach vor Lachen in Tränen aus. Olli schlug sich brüllend auf die Schenkel. Tom wäre am liebsten im Boden versunken. Der Gitarrenroadie verschwand durch die Hintertür.

Sie hatten auch mal mit Joe Cocker spielen sollen. Nach einem Auftritt in einem Club hatte sie ein Mann angesprochen und gefragt, ob sie dazu Lust hätten. Sie hatten ihn erst nicht sonderlich ernst genommen, aber nachdem der

Typ nicht locker ließ und einige Tequilla später, hatten sie ihm zugehört. Er erklärte, dass er gute Kontakte habe und einen Club betrieben habe, indem etliche bekannte Musiker und Sänger aufgetreten seien und dass er ihnen das gerne auf Video zeigen könne. Tatsächlich erinnerte sich Phil, dass er vor einiger Zeit einen Anruf von dem Mann gehabt hatte, ob er Chaka Khan bei einem Auftritt begleiten könne. Phil hatte aber keine Zeit gehabt und sich tierisch geärgert.

Außerdem habe er bereits die schriftliche Zusage des Rock-Promotors Gillian Zali für den Auftritt und brauche nur noch die Begleitband. Der Name sagte Phil und Frank etwas und so verabredeten sich Tom und Phil für den nächsten Tag mit dem Mann.

Er zeigte ihnen Videomitschnitte mit verschiedenen bekannten Künstlern, in denen er selbst auch immer wieder mit ihnen zu sehen war. Dann zeigte er ihnen mehrere Faxe, in denen über den Auftritt Joe Cockers verhandelt wurde, das letzte davon mit der Zusage für das Konzert, unterzeichnet von Gillian Zali. Phil und Tom waren überzeugt.

Sie hatten mit einigen anderen Musikern für das Konzert geprobt. Es sollte zunächst als Konzert ihrer Band anfangen, dann sollten die Gastmusiker allmählich dazukommen und als Höhepunkt sollte der Meister dazustoßen und einige seiner Stücke darbieten.

Es war ein Heidenaufwand. Sie hatten lange proben müssen, dann Aufnahmen der Stücke ohne Gesang gemacht, die der Veranstalter Herrn Cocker schicken wollte, um sein OK zu erhalten. Der Maestro ließ ausrichten, es wäre alles gut.

Am Tag der Veranstaltung trafen sie sich schon früh zum Soundcheck. Der Veranstalter zeigte ihnen stolz eine weiße Stretchlimousine mit Chauffeur, die

Cocker vom Flughafen abholen sollte. Aber auch der Hubschrauberlandeplatz war hergerichtet, falls es zeitlich eng werden sollte. In und um die Konzerthalle wimmelte es von Security. Alle hatten Kopfhörer im Ohr und unterhielten sich die ganze Zeit über Funk. Alles war sehr wichtig. Als Tom in die Halle wollte, versagten sie ihm den Zugang. Er hatte drei Gitarren dabei und versicherte, dass er der Gitarrist der Band sei und echt zur Bühne müsse, aber man glaubte ihm nicht. Erst als der Veranstalter sein OK gab, wurde er durchgelassen. Der Sound war schrecklich. Offensichtlich verfuhren die Leute am Mischpult nach der alten Regel, dass die Vorband schlecht klingen muss, damit sie dem Haupt-Act keine Konkurrenz machen kann. Das hier eigentlich die selbe Band den ganzen Abend spielte, schienen sie nicht zu kapieren. Vielleicht sollte es auch erst mit dem Auftritt von Cocker gut klingen. Tom war froh, seine große Anlage dabei zu haben. Mit der war er autark. Auch wenn die Mischer nicht auf seine Bitten reagierten und er sich auf dem Monitor nicht hören konnte, riss er seinen Verstärker so auf, dass er die ganze Halle beschallen konnte, auch ohne Hilfe des PA-Systems.

Obwohl laut Vertrag nicht mit dem Namen Joe Cocker geworben werden durfte und das Konzert so nur mit dem Hinweis „with a little help from a very special guest" beworben worden war, hatte die Mund-zu-Mund-Propaganda gut funktioniert und die Halle war bis auf den letzten Platz ausverkauft.

Das Konzert lief prima, die Band war klasse, das Publikum begeistert. Als der große Augenblick gekommen war, passierte Folgendes: nichts. Kein Cocker! Sie zogen das Ganze etwas in die Länge, fragten die Stagehands, die an der Bühne arbeiteten, was los sei: keine Ahnung! Cocker sei nicht da! Aha. Schließlich machten sie eine Pause.

Langsam wurde ihnen klar, dass sie verladen worden waren. Wo war der Veranstalter? Tom, Phil und Ecki fanden ihn schließlich hinter der Halle. Er lehnte an der Stretchlimousine.

„Was ist hier los?", brüllte Tom aufgebracht. „Wo ist Cocker?"

Phil hatte den Mann am Kragen gepackt und holte bereits zum Schlag aus. Dann sahen sie, dass der Typ weinte. Tränen rannen an seinen Wangen herab. Phils erhobene Faust geriet ins Wanken. Er und die anderen sahen sich an. Einen Mann, der weinte, konnte man nicht schlagen.

Der Veranstalter beharrte darauf, dass Cocker hätte kommen sollen und er sich auch nicht erklären könnte, was passiert sei. Eine vernünftige Aussage war aus ihm nicht heraus zu bekommen. Sie hatten auch keine Zeit, mussten wieder auf die Bühne. Als sie wieder in die Halle kamen, war von der Security nichts mehr zu sehen. Die ganzen wichtigen Aufpasser, die bisher immer im Weg gestanden hatten, waren jetzt, da man sie brauchte, einfach verschwunden! Sie hatten offensichtlich schon andere geplatzte Konzerte erlebt und wussten, dass es jetzt gefährlich werden konnte.

Der Bereich hinter der Bühne, den sie vor dem Publikum hätten abschirmen sollen, war somit offen und Hunderte von Zuschauern flanierten inzwischen in diesem Backstage-Bereich herum, in dem sie eigentlich nichts zu suchen hatten. Das Problem war, dass die Musiker dadurch nicht zusammen kommen konnten, um zu besprechen, was sie nun tun sollten.

Ein deutlich angetrunkener Mann hielt eine Mundharmonika hoch und rief: „Lass´ erstmal ´n Blues spielen!"

„Ja, lass ma´ Session machen", rief ein anderer fröhlich zurück.

Ein paar weitere Freaks machten Anstalten, die Bühne zu erkunden.

„Wir müssen irgendwas spielen", brüllte Phil Ecki und Tom über die Köpfe der Schaulustigen zu. „Egal was!"

Tom gab Frank und Olli, die er in der Menge erkannte, ein Zeichen, dass sie auf die Bühne gehen sollten. Die beiden gaben es an die Gastmusiker durch, die sie in ihrer Nähe entdeckten. Irgendwie bahnten sie sich einen Weg durch die Menschenmenge.

Als sie auf der Bühne waren, stand plötzlich ein Bekannter von ihnen auf der Bühne, der auch in einer Band sang.

„Ich kann die Cocker-Stücke singen", rief er ihnen zu.

Sie hatten keine Wahl. Sie sahen sich an und nickten. Dann spielten sie die Stücke mit dem Sänger. Das Publikum beruhigte sich langsam und sie brachten das Konzert zu Ende.

Sie hatten überlebt! In den nächsten Tagen hatten sie sich mit dem Leiter des Veranstaltungszentrums und dem Veranstalter des Abends getroffen, um abzurechnen und das Desaster zu besprechen. Der Veranstalter war mit seinem Rechtsanwalt da, der immer wieder betonte, sein Mandant werde hier gar nichts sagen. Inzwischen war ihnen klar, dass der Mann sie betrogen hatte. Gillian Zali hatte auf Anfrage erklärt, dass er nichts von dieser Sache wisse und Herrn Cocker auch gar nicht vertrete. Die Faxe mit seiner Unterschrift waren dem Gericht übergeben worden und Tom, Phil, Frank, Olli und Ecki hatten Anzeige wegen Betrugs erstattet.

Als es zur Auszahlung der Gagen kam, stellte sich heraus, dass, obwohl mehrere Tausend Zuschauer auf dem Konzert gewesen waren, nicht die zu erwartende Summe in der Kasse war: Die Getränke waren schnell ausgegangen, weil man falsch gerechnet hatte. Die Beschallungsanlage, Security und das Catering hatten Unsummen gekostet. Der Veranstalter hatte für die Versorgung der Musiker einen Freund engagiert, der für die belegten Brötchen 1000 Euro einstrich.

Nachdem alle Kosten getilgt waren, war nur noch eine bescheidene Summe übrig. Netterweise sagte der Leiter des Veranstaltungszentrums: „Hier, das Geld nehmt Ihr erstmal! Ist sowieso nicht soviel wie versprochen! Verteilt das an die Musiker. Damit ihr nicht leer ausgeht! Ihr habt einen tollen Job gemacht!"

Er schob Tom den Stapel Scheine zu. „Sonst kriegt hier keiner was, bis nicht geklärt ist, was überhaupt los war!"

Der Veranstalter reagierte darauf gar nicht und sah auch niemanden an. Auch sein Anwalt hatte wohl nichts mehr zu sagen und sie verabschiedeten sich bald.

In der Folge stellte sich heraus, dass man den Veranstalter nicht haftbar machen konnte. Da er kein Geld bekommen hatte, lag keine Bereicherungsabsicht vor, was juristisch die Voraussetzung für einen Betrug gewesen wäre. Allenfalls könnte man ihn wegen Urkundenfälschung vor Gericht bringen. Da Phil und Tom aber nur Kopien der Faxe hatten, mit denen der Veranstalter sie geködert hatte, bezweifelte der Staatsanwalt, dass es zu einer Verurteilung kommen würde und war sicher, dass spätestens bei einer Revision in einer anderen Stadt ein Urteil keinen Bestand haben würde. Es ging also aus wie das Hornberger Schießen.

Die Freunde kamen zu dem Schluss, dass sie es mit einem totalen Psychopathen zu tun gehabt hatten. Er hatte sie bewusst betrogen, hatte offensichtlich später dann aber selbst an die Veranstaltung geglaubt, so schräg das auch war. Auch Jahre später wurden Phil, Tom und die anderen immer wieder auf dieses denkwürdige Konzert angesprochen: „Komm, ihr habt doch genau gewusst, was los war" und allen gegenteiligen Beteuerungen zum Trotz: „Kannste mir doch nicht erzählen! War aber trotzdem 'n tolles Konzert!"

Krisengespräch

„Das geht so nicht weiter", sagte Phil.

Sie waren im Übungsraum, probten neue Stücke.

„Wir machen zu wenig Gigs! Man müsste eigentlich ständig auftreten, um wirklich tight zusammen zu spielen."

„Na ja, aber du willst doch nicht öfter spielen", gab Frank zu bedenken.

„Nicht umsonst halt..."

„Da liegt das Problem! Wir könnten natürlich öfter auftreten. Aber dann müssten wir auch auf Kasse oder für den Hut spielen."

„Hey, ich bin Profimusiker! Wenn Du nen Klempner brauchst, erwartest du auch nicht, dass der das umsonst macht!"

„Und meine Brötchen gibt mir der Bäcker auch nicht umsonst", meinte Olli.

„Nur bei Musikern denken die Leute: Musik macht man zum Spaß, warum sollen die auch noch Geld dafür kriegen?"

„Ich bin übrigens kein Profi", meldete sich Frank.

„Ok, dann halt Semi-Profi. Aber bei dem, was du an Zeit und Arbeit investierst, musst du doch auch was dabei rauskriegen!"

Frank nickte.

„Ich bin es auch echt leid, dass wir uns selber um die Auftritte kümmern! Das kann ja auch keiner von uns richtig!"

„Ist halt auch schwer, sich selbst anzupreisen", meinte Ecki.

„Das müsste jemand machen, der Bock drauf hat, mit Veranstaltern zu quatschen..."

„Und das auch kann!"

„Ham wir ja alles schon probiert."

„Man bräuchte halt ´ne Agentur", sagte Phil.

„Darf ich dich daran erinnern, dass du derjenige warst, der immer wieder die Gigs von der Agentur abgesagt hat?", fragte Tom.

„Und dann haben sie sich nicht mehr gemeldet", ergänzte Ecki.

Sie hatten eine Zeit lang für eine Agentur gearbeitet, die bundesweit sogenannte Kneipenfestivals veranstaltete. Dabei traten an einem Abend in der selben Stadt parallel zehn oder mehr Bands in verschiedenen Clubs oder Kneipen auf. Sie hatten eine Hotelübernachtung gehabt und eine Gage, die zwar nicht hoch war, aber immerhin.

„Ey, ich kann nicht für hundert Euro auf so einem Festival spielen, wenn ich woanders sechs oder acht Scheine verdienen kann!"

„Ja, aber wenn man mehrmals so ein Angebot ablehnt, nehmen die halt ne andere Band. Es gibt ja genug, die mit Kusshand überall spielen!"

„Dann brauchen wir halt Subs", antwortete Phil.

Ein Sub war ein Ersatzmusiker, der für den einsprang, der gerade nicht konnte und möglichst schon eingearbeitet war und das Programm kannte.

„Ja, das wäre schon gut", meinte Olli. „War zu ärgerlich, dass wir so viele Gigs absagen mussten, weil einer nicht konnte."

„Und auch gut bezahlte Gigs", ergänzte Tom.

„Aber letztlich sind wir die Band! Also sollten es schon möglichst die richtigen Leute machen!"

„Und wenn du das über 'ne Agentur machst, hast du einen Vertrag, hast drei Wochen Urlaub im Jahr und ansonsten musst du immer bereit stehen!"

„Ja, und dann kann man nicht mal davon leben", meinte Phil.

„Oder denk an die Hamburger Agentur", sagte Frank.

Die hatte ihnen angeboten, sie zu managen, hatte auch gleich einen Auftritt in der Hansestadt angeboten, bei dem sie jeder nur 80 Euro bekommen hätten und dafür einen ungeheuren Aufwand gehabt hätten. Als sie das nicht gemacht hatten, hatten sie von der Agentur nie wieder etwas gehört.

„Aber die Agenturen, die es überhaupt noch gibt, würden uns gar nicht annehmen!

Die verdienen viel mehr mit den ausländischen Bands. An dem Deal mit deren Management und auch noch an dem Tourbus. Und die spielen dann ein paar Monate lang überall, wo die Agentur sie hinschickt."

„Für wenig Geld."

„Yep. Das würden wir gar nicht mitmachen!"

„Scheiße", fasste Olli zusammen.

Da war es wieder: Die Welt war schlecht!

„Die Welt ist schlecht!"

„Und ungerecht!"

„Rockmusik ist tot!"

„Gar nich!"

„Dohoch!"

„Blödmann!"

„Selber!"

„Pfffffrrrrtt!" Olli streckte Tom die Zunge raus und sie lachten.

„Unsere Stücke sind zu schwierig", meinte Phil.

„Ich dachte, du stehst auf anspruchsvolle Musik", verteidigte sich Tom, der sich gleich angegriffen fühlte, weil er einen Teil der Stücke schrieb.

„Ja, versteh´ mich nicht falsch: Eure Stücke sind echt toll! Aber die Leute wollen so was nicht mehr hören!"

Olli nickte: „Da ist schon was dran. Das Zeug ist ganz schön komplex. Zu viele Akkorde, Taktwechsel, ungerade Metren, viele Teile. Das überfordert die Zuhörer!" Er sah Tom entschuldigend an: „Obwohl ich ja auch total drauf stehe!"

„Ja, es macht echt Spaß das zu spielen", ergänzte Phil.

„Die Jungs haben Recht: Ich mag unsere Stücke auch total, aber es ist nicht zeitgemäß. Die Leute wollen was nettes, einfaches hören" erklärte Frank.

Tom sah in die Runde. Das Gefühl hatte er auch. „Was meinst´n du, Ecki?"

„Ich seh´s genau so", meinte Ecki. „Wir sollten das Ganze vereinfachen und die Leute nicht musikalisch erziehen."

„Ok, seh ich ein", meinte Tom.

„Wir können ja einige Instrumentalteile rausschmeißen, Soli kürzen. Ein paar hippe Akkorde weniger und die krummen Taktarten etwas glätten. Die Themen sind ja gut und auch oft eingängig."

„Aber auch die müsste man etwas vereinfachen, hier und da auch mal was weglassen und lieber ´nen Refrain nochmal wiederholen. Das geht dann besser ins Ohr..."

„Würg...", meinte Tom. „Nee, aber ehrlich, ihr habt Recht! Und ich hätte da auch noch eine Idee!" Er sah die anderen auffordernd an.

„Oh, toll, ne Idee, ne Idee" rief Ecki und klatschte in die Hände, als ob er nicht alle Latten am Zaun hätte.

„Erzähl schon", meinte Frank.

„Ihr wisst doch, im Club spielen eigentlich nur noch Bands aus Amiland oder England...."

„Yep", meinte Phil. „Wie überall!"

„Und egal, wie schlecht die sind", ergänzte Olli.

„Genau", meinte Tom. „Und auf dem Stadtfest hat neulich auch wieder ne schwarze Sängerin mit ihrer Band gespielt. Früher haben wir da doch auch oft gespielt mit Susi. Die hätte das doch mindestens so gut gemacht."

Susi war eine Sängerin, die von Jazz über Blues, Soul, Funk und Pop wirklich alles singen konnte, ansprechend aussah und sich auf der Bühne auch noch so nett präsentierte, wie keiner von ihnen das konnte.

„Klar, Susi ist ganz eindeutig die bessere Sängerin! Keine Frage", meinte Phil, der auch da gewesen war.

„Aber eben keine Schwarze", meinte Ecki.   53

„Eben! Ich meine, ich gönne es der schwarzen Sängerin, aber warum müssen immer Leute von außerhalb die Jobs hier abgreifen? Die sind auch auf jeden Fall teurer als die Leute von hier."

„Und nicht unbedingt besser", meinte Olli.

„Überhaupt gar nich", ergänzte Ecki

„Die Leute wollen halt Amis hören", erklärte Frank.

„Jau. Das ist halt schicker!"

„Deshalb finde ich, wir sollten uns anders nennen. Englisch halt. Jeff Hines Band, John Goodwyn Band. Irgend so was!"

„Und du meinst nicht, dass die Leute merken, dass wir gar keine Amis sind, he?", fragte Frank skeptisch.

„Du kannst doch super Englisch! Du redest natürlich nur noch Englisch mit dem Publikum."

„Das fänden die Leute natürlich klasse", räumte Phil ein, der langsam kapiert hatte, worauf Tom hinaus wollte.

„Ich sprech ja auch ganz gut, ich würde natürlich auch nur Englisch sprechen."

„Du hast ja sogar ´nen richtigen Ami-Slang drauf", meinte Phil.

„Und was machen wir in den Pausen?"

„Da bleiben wir dann wohl unter uns", sagte Ecki, der des Englischen nicht besonders mächtig war. „Sonst gibt's bestimmt bald auf die Omme!"

„Wir können ja auch ruhig sagen, dass einige aus der Band Deutsche sind. Das machts vielleicht sogar noch interessanter. Aber von der Bühne wird nur noch Englisch geredet."

„Das würde das Interesse an uns bestimmt ziemlich erhöhen", sagte Phil nachdenklich.

„Naja und außerdem ist das ja eigentlich nur ein Bandname und eine Geschichte dazu, wie sie sich viele Bands ausgedacht haben!"

„Stimmt! So schlimm finde ich das auch nicht", meinte Olli. „Aber was machen wir, wenn wir hier spielen?"

„Ich glaube hier in dem Kaff brauchen wir dann gar nicht mehr zu spielen! Ich wette mit euch, dass wir als englische oder amerikanische Band ganz andere Chancen haben", verkündete Tom mit leuchtenden Augen.

„Man müsste sich noch ein, zwei Zitate von bekannten Musiker oder Bands holen. Paul McCartney sagt: Die geilste Band der Neuzeit. Oder Eric Clapton sagt über den Gitarristen: He´s the man. So was", meinte Frank nachdenklich.

Phil sah Tom an: „Wir kennen ja einige bekannte Mucker. Da werden wir schon so ein paar Referenzen kriegen!"

Tom nickte: „Klar! Vielleicht nicht gerade von Paul McCartney oder Clapton aber egal!"

Sie debattierten über den neuen Namen und als sie zwei Kästen Bier später alle beschwingt nach Hause gingen, hießen sie John Heart Band (nach dem Gitarristen John Heart alias Tom Hörner).

Die Band

Eine Band kann alles sein: Eine Zweckgemeinschaft zum Geldverdienen, ein Zusammenschluss von Leuten, die sich nicht ausstehen können und nur zusammen arbeiten, aber auch eine Familie, eine Gemeinschaft von Verschworenen, eine Trutzburg gegen die ganze Welt. Die Band ist das Alpha und das Omega der Rockmusik. Auch schlechte Musiker können durch die Band zu Genies erhoben werden. In vielen Bands der Rockmusik spielten Feierabend-Mucker mit handwerklich relativ überschaubaren Fähigkeiten, die aber durch das Zusammenspiel in der Band zu Koryphäen aufsteigen konnten. Schon bei den Beatles, die anfangs auch keine großartigen Musiker waren, entstand mit der Zeit eine Arbeitsteilung, bei der jeder zu einem Spezialist auf seinem Gebiet wurde.

Der Satzgesang entwickelte sich bei den Beatles, den Beach Boys und später bei Crosby, Stills, Nash & Young zu ungeahnter Komplexität und Präzision.

In manchen Bands wurden Bandmitglieder kaltblütig gegen versierte Studiomusiker ausgetauscht, während andere zusammenhielten und sich gegen Versuche, Bandmitglieder zu ersetzen, erfolgreich verteidigten.

.

Bei Deep Purple und auch bei Crosby, Stills, Nash & Young prügelten sich Bandmitglieder auf offener Bühne, aber trotz dieser Animositäten blieb die Band zusammen. Gerade die Verschiedenartigkeit der Persönlichkeiten und deren Vorlieben verbanden oft Gegensätzlichkeiten in der Musik, die neue Perspektiven eröffneten. Die brutale Rockgitarre Richie Blackmores und das an klassischer Musik orientierte Orgelspiel Jon Lords schufen bei Deep Purple eine spannende Synthese.

John Lennon und Paul McCartney wurden gerade durch ihre unterschiedlichen

Vorlieben und Ideen zu den vielleicht größten Liedkomponisten der Musikgeschichte: Wenn Paul mit einer seiner wunderschönen Melodien daherkam, konnte man schon mal über den Kauf der einen oder anderen Schloßanlage mittels der Tantiemen nachdenken. Allerdings drehte sich John angesichts dieser kitschigen Kleinode oft der Magen um. Ihm ist es zu verdanken, dass durch Zugabe rockiger Elemente, schräger Akkorde und zynischer Texte daraus wirklich großartige Musik wurde.

Andersherum konnte Paul Johns etwas sperrige und wenig eingängige Ideen durch ein paar schöne Akkorde oder hübsche melodische Phrasen veredeln. So wundert es nicht, dass von beiden nach Ende der Beatles nicht mehr viel weltbewegendes kam. Während John Lennons Werke zwar textlich und von der Aussage beeindruckten, waren sie musikalisch einfach nicht mehr auf dem selben Niveau (von Imagine einmal abgesehen). Paul McCartney wiederum schrieb eingängige Schlager, von denen er sich noch etliche weitere Schlösser kaufen konnte, die aber unter uns gesagt oft echt schleimig waren (man denke nur an das musikalisch großartige aber kitschige Mull of Kintyre oder an das mit Stefan Wunder zusammen aufgenommene Ebony and Ivory).

Dass die Beatles einen derartigen Höhenflug erlebten lag sicher auch daran, dass sie eben wirkliche Freunde waren. Sie waren durch dick und dünn gegangen. Bei Interviews alberten sie einfach zusammen herum, warfen sich die Bälle zu, wie sie es schon als Jugendliche getan hatten. Als neben John Lennon und Paul McCartney auch George Harrison einige der schönsten Beatles-Songs geschrieben und auch gesungen hatte, wollten die Freunde, dass auch Ringo Star als Sänger in Erscheinung treten sollte (ok, sicher auch das Management, da jeder Beatle sein weibliches Gefolge hatte, dass auch akustisch befriedigt werden musste).

Da Ringo aber nur über einen sehr begrenzten Tonumfang verfügte, schrieben John und Paul ihm Stücke auf den Leib. In „Octopus`s garden" oder „With a little help from my friends" (!) kämpfte er sich souverän durch eine aus nur fünf Tönen bestehende, leichte Melodie, während im Hintergrund die anderen Beatles wahre Perlen des Satzgesanges beisteuerten. Schillernde Kaskaden von Harmoniestimmen, kontrapunktische Gegenbewegungen, ein Feuerwerk melodischer Einfälle, Kanons, aaaahs und oooohs tragen Ringos recht stoisch agierende Singstimme zu ungeahnten Höhenflügen.

Viele Bands verloren durch den Erfolg ihre Freundschaft, die einmal die Basis für alles gewesen war. In dieser Hinsicht hatten The Tribe bisher nichts zu befürchten. Sie waren erfolglos aber gute Freunde. Um das zu festigen, gingen sie regelmäßig zusammen einen trinken.

Umsonst und draußen

„Noch ´n Bier?", fragte Olli in die Runde.

Alle nickten.

Sie hatten das Wochenende frei. Olli und Phil hatten am Freitag noch einen Job gehabt, aber heute, am Samstag, musste keiner von ihnen irgendwo spielen. Also waren sie zusammen auf ein Festival gegangen.

Tom machte sich schnell daran, sein Bier auszutrinken. „Gulp, gulp, gulp." Er reichte Olli sein leeres Gefäß, der mit dem Stapel Becher loszog, um am Tresen in einem komplizierten Akt und unter Verwendung verschiedener bunter Zettelchen, die er vorher an einem anderen Tresen gegen Geld hatte eintauschen müssen, die leeren Becher unter Hinweis auf das damit einhergehende Pfand gegen neue und mit Bier gefüllte Becher einzutauschen.

Als Olli mit Phils Hilfe die Biere herangebracht und verteilt hatte, prosteten sie sich zu und tranken.

„Strusener", sagte Olli.

Er hatte sich, als sie sich trafen, mit Boris Strusener aus Oblomov, Novosibirsk vorgestellt. So was machte er öfter. Das letzte Mal hatte er sich Otti Otter aus Ottawa, Ottario genannt. Insofern beunruhigte das keinen seiner Freunde und sie erwiderten seinen fröhlichen Trinkspruch: „Strusener!"

„Beckstaben verwuchseln" verkündete Olli und eröffnete mit „Puper Sils".

„Silser Pup", antwortete Tom, nachdem er einen kleinen Moment etwas angestrengt vor sich hin gesehen hatte.

„Pilser Sup", erklärte Ecki.

Das Wetter war schön, sie trafen viele nette Leute, das Bier schmeckte. Wenn nur die Musik nicht gewesen wäre!

Auf der Bühne mühte sich eine völlig untalentierte Band ab.

Ecki lugte zum x-ten Mal auf seine Armbanduhr: „Müssen die nicht langsam mal fertig werden?", fragte er mit verzweifeltem Unterton.

„Laut Programm schon lange", antwortete Frank, während die anderen nur resigniert mit den Schultern zuckten.

Vorher war eine Rock´n´Roll-Kapelle dran gewesen, deren Sänger und Background-Sängerinnen so gnadenlos schief gesungen hatten, dass es einem die Schuhe auszog. Sie waren an den hinteren Zaun des Geländes gegangen, wo man am Weitesten von der Bühne entfernt war. Aber dem Grauen konnte man doch nicht entgehen.

Jetzt war die Dilettanten-Band fertig. Sie prosteten sich gut gelaunt zu und genossen die Pause, in der richtige Musik von U2 und Sting aus den Lautsprechern ertönte.

„Ach, wie schön, diese Ruhe", meinte Phil.

„Freu dich nicht zu früh. Das geht gleich weiter", meinte Tom.

Und er hatte Recht. Als nächstes kam eine Heavy Metal Band. Schon der Soundcheck, den jede Band noch gnadenlos durchzog, obwohl es offensichtlich überhaupt nichts nützte, konnte einem Angst machen. Und als sie anfingen zu spielen, wurde es noch deutlich schlimmer: Zwei Gitarristen und ein Bassist schrubbten die ganze Zeit die selben zwei oder drei Akkorde, und der Schlagzeuger hämmerte wie ein Geisteskranker auf sein Set ein. Der Sänger hatte schon während des Soundchecks die ganze Zeit mit einer Flüssigkeit gegurgelt, um dann gnadenlos die metal-typischen tiefen Kehllaute zu produzieren. Jetzt growlte er nach Herzenslust und mit erstaunlicher Lautstärke: „HASS, HASS", meinte Tom herauszuhören.

Die Gitarristen schlugen wie verrückt auf ihre Instrumente ein und es dauerte nicht lange, da riss dem einen Gitarristen eine Saite. Auch dem anderen riss nach kurzer Zeit die erste Saite. Tom freute sich schon, dass es eine Pause geben würde, aber es gab keine.

Auch eine zweite Saite hing nach kurzer Zeit nutzlos von der Gitarre des einen Gitarristen. Es schien ihn und auch die anderen Bandmitglieder aber nicht zu stören.

„Bei dem unsauberen Geschruppe ist es eh egal, wie viele Saiten noch auf der Gitarre sind", raunte Phil Tom zu und machte damit seine Hoffnung auf etwas Ruhe zunichte.

„Wollen wir mal zur kleinen Bühne gucken?", fragte Olli, der den Lärm wohl auch nicht mehr aushielt. Erleichtert sagten alle zu und so zogen sie im weiten Bogen, um der Bühne nicht zu nahe zu kommen, zu der kleinen Bühne.

Dort trat gerade ein älterer Liedermacher auf. Er konnte zwar nicht für fünf Pfennig Gitarre spielen und auch sein Gesang war furchtbar, aber seine Texte waren, wenn auch keine literarischen Kostbarkeiten, doch anhörbar. Er hatte ein klare politische Botschaft und schien auch dazu zu stehen. Von Fremdenfeindlichkeit, verlogenen Politikern, Umweltzerstörung und Raubtierkapitalismus sang er. Leider spielte er gerade sein letztes Stück. Phil, Tom, Olli, Frank und Ecki fielen in die begeisterten Rufe nach einer Zugabe mit ein. Sie waren froh, jemandem zuzuhören, der das was er sang offensichtlich ernst meinte. Der Barde spielte noch ein Stück von Ton, Steine, Scherben und rief zur Revolution auf. Die meist jugendlichen Zuhörer, die wahrscheinlich viel von dem Text nicht richtig verstanden hatten und am Montag wieder brav zur Schule oder zu ihrer Banklehre zurückkehren würden, bejubelten ihn frenetisch. Aber es half nichts. Er schlug noch den Kauf seiner CD vor und verschwand von der Bühne. Es entstand eine Pause, die den Jungs nicht ungelegen kam. Von der anderen Bühne hörte man weiter infernalisches Gedröhne und so drängelten sie sich etwas näher an die kleine Bühne, wo leise Pausenmusik den Krach von nebenan sanft übertönte.

Dadadadat daaaaa dudeli dudeli dudel

schallte es aus den Lautsprechern.

„Ah, Enrico Claptone", rief Olli in italienischem Singsang und gestikulierte wild mit den Händen.

Dadadadat daaaaa

„Erich Klappstuhl", konterte Phil urdeutsch.

If you wanna hang out, you gotta take her out, cocaine... schallte es aus den Boxen.

„Enrice Clapata", meinte Frank.

„E-lic-Clap-ton", antwortete Tom und zog sich mit beiden Zeigefingern die Augen zu Schlitzen zusammen.

„Uhhhnnnd??", stieß Olli Ecki an.

„Ohnri Clatoon", erwiderte der etwas verunsichert.

„Was solln das sein?", fragte Olli dann auch gleich.

„Fransösisch???"

Sie verballhornten die Namen der großen Stars aus meist englischsprachigen Ländern gerne in verdeutschter Form oder anderen Sprachen.

So wurde generell Stefan Wunder für Stevie Wonder und Peter Metternich für Pat Metheny benutzt. Su-Pel-Tlamp wulde dagegen geln in del chinesischen Valiante ausgedlückt.

Phil hatte eine neue Runde organisiert und so tranken sie gut gelaunt auf sein Wohl.

„Ist die Mucke dieses Jahr noch schlimmer als sonst?", fragte Frank.

„Nö, das war doch immer grauenhaft", antwortete Ecki.

„Das kommt davon, wenn man jeden auf die Bühne lässt", meinte Phil.

„Ja, wenn man die Bands nicht bezahlt, muss man sich halt jeden Schrott anhören."

„Es ist doch toll, dass die jungen Leute mal eine Chance kriegen, auch mal aufzutreten", flötete Phil nicht ganz ernst gemeint.

„Ja, ist es auch. Ehrlich! Die Kids müssen ja auch mal was ausprobieren können", sagte Tom.

„Aber nur, wenn du nicht hier bist, oder? Ich kann mir den Scheiß jedenfalls echt nicht anhören", konterte Olli.

„Geteiltes Leid ist halbes Leid", zitierte Tom und stieß mit allen an.

„Ja, aber geteiltes Pils ist halbes Pils", ergänzte Olli tiefsinnig.

„Vielleicht könnte man die ganz schlechten Bands nachmittags spielen lassen. Dann können ihre Kumpel ja kommen, aber es muss sich nicht jeder anhören", schlug Frank vor.

„Leider sind hier alle Bands ganz schlecht", konterte Phil trocken.

„Ja, das ist der Punkt. Es gibt ja auch Bands, die umsonst spielen, die gar nicht übel sind. Aber hier ist ja eine Band grässlicher als die andere", gab Tom zu bedenken.

„Meinst du, die suchen echt absichtlich die schlechtesten Bands weit und breit aus?", fragte Olli nachdenklich.

Auf der Bühne begann die nächste Band und schien diese Vermutung zu bestätigen. Die Musiker spielten total durcheinander und der Sänger war ganz offensichtlich meist in einem ganz anderen Takt als seine Mitmusiker.

„Das ist ja grauenhaft", schrie Frank über den Lärm hinweg.

„Lasst uns verschwinden", brüllte Tom.

Alle nickten und sie kämpften sich durch die Menschenmenge, die ungeachtet der Kakophonie von der Bühne jetzt wieder dichter wurde. Zum Glück war die Heavy Metal Band mit ihrem Programm durch. Sie ließen sich gerade noch zu einer Zugabe überreden, die genau so klang wie das, was sie vorher gespielt hatten. Endlich war auch das überstanden.

Sie standen jetzt wieder vor der großen Bühne, wo sie viele Bekannte trafen.

„Wieder echt gruselig die Musik, was?", rief Frank ein alter Kumpel zu.

Und Tom war im Gespräch mit einer früheren Freundin, die ihm auch bestätigte, wie schrecklich sie die Musik fand.

„Scheint nicht nur uns arroganten Muckern so zu gehen, dass wir die Musik schrecklich finden", meinte Tom zu Olli, nachdem seine Bekannte weiter gegangen war.

„Ne, das merken inzwischen echt einige Leute, wie grottenschlecht das ist. Aber es kostet halt nix!"

„Ich sags euch: Die ganze Gegend ist echt verbrannte Erde! Überall spielen irgendwelche Hobby-Kapellen umsonst. Oder für ´n Almosen. Und die Leute finden´s gut, so lange es kein Geld kostet. Anstatt mal fünf Euro für ´ne Band auszugeben, trinken sie lieber mehr."

„Oder gucken sich dafür Lady Gaga für zweihundert Tacken an", meinte Ecki.

Tatsächlich gab es inzwischen einige Festivals in der Gegend, auf denen kaum eine Band gegen Bezahlung spielte. Das Gros der Veranstaltungen trugen Hobby-Bands von denen eine schlechter war als die andere. Tom, Phil und die anderen waren auch immer mal wieder gefragt worden, ob sie nicht dort auftreten wollten. Aber obwohl sie angeboten hatten, für eine sehr geringe Gage zu spielen, weil sie die Veranstalter mochten, war denen das immer noch zu teuer gewesen. So spielten in der ganzen Gegend im Sommer in fast jedem Kaff fröhlich die schlechtesten Bands, die man sich vorstellen konnte und das Publikum ertrug es.

„Ob die Leute sich deshalb hier so ungehemmt betrinken?" fragte Ecki, nachdem er eine weitere Runde Bier verteilt hatte.

„Kann schon sein", antwortete Frank. „Auffällig ist jedenfalls, dass hier die meisten Leute gar nicht vor der Bühne stehen, sondern schön weit weg."

Tom sah sich um. Tatsächlich war der Bereich vor der Bühne, wo jetzt eine Band versuchte, so etwas wie Ska zu spielen, ziemlich leer. Nur ein paar offensichtlich ziemlich Betrunkene wankten dort hin und her und einige Jugendliche tanzten so eine Art Pogo. Dabei war ihnen die Musik wahrscheinlich auch ziemlich egal. Der Großteil des Publikums aber hatte sich weit von der Bühne zurückgezogen und unterhielt sich. Auffällig war, dass die Meisten auch gar nicht zur Bühne sahen, sondern mit dem Rücken zu dem musikalischen Geschehen standen.

„Die Leute kommen halt gar nicht wegen der Musik", teilte Tom seine Beobachtung.

„Genau! Sehen und gesehen werden", ergänzte Ecki.

„Einen saufen und Leute treffen", meinte Frank. „Die Musik wird als notwendiges Übel ertragen!"

„Das hält man ja auch nur total betrunken aus," sagte Tom und trank sein Bier in einem Zug aus. Die anderen taten es ihm nach und so machte er sich an die Organisation neuen Hefesaftes.

Als die neue Runde verteilt war, entschlossen sie sich, wieder zur kleinen Bühne zu wandern, in der Hoffnung, dass die Musik dort nicht mehr ganz so schlimm sein würde, oder gerade Pause wäre, was insgeheim alle hofften.

Die grauenerregende Band von vorher war zur allgemeinen Erleichterung fertig. Dafür machte sich dort gerade ein Duo auf der Bühne bereit.

„Oh, oh, das sieht nicht gut aus", meinte Ecki.

„Miesepeter! Nun gib den jungen Leuten doch ´ne Chance", sagte Olli und machte die Stimme einer älteren Dame nach.

In diesem Moment eröffneten die Künstler auf der Bühne ihr Programm mit einigen schiefen Gitarrenakkorden.

„Oh, Gott", sagte Phil. „Kannst du dem bitte mal die Gitarre stimmen, Tom?"

Tom setzte nur sein Bier an und trank so schnell er konnte.   65

„Wir küssten uns unter den Sternen

nun müssen wir die Liebe lernen,"

trällerte die Sängerin, die offensichtlich nicht nur im Texten schlecht war, total schief ins Mikrofon.

„Nein, bitte nicht," flehte Frank.

„Das ist nicht wahr, oder?", fragte Tom.

„Ich lieb Dich so, mein Schatz

Du süßer kleiner Fratz",

tönte sie weiter.

„Ohgottohgott", wimmerte Phil.

„Ich hab auch kein Erbarmen

und küß Dich unter den Armen",

„Iiiieeehhh", rief Ecki aus.

„Ich könnte kotzen", meinte Phil und sah auch schon ganz grün aus.

„Das halt ich nicht aus", rief Ecki den anderen zu. „Lasst uns hier verschwinden!"

Alle folgten ihm, so schnell es ging. Nur Olli blieb stehen und grinste zu Toms Erstaunen zufrieden in die Menge. Als Tom ihn anstieß, bemerkte er den Grund für Ollis Gelassenheit. Er prokelte sich einen gelben Ohrstöpsel aus dem Gehörgang und ließ ein langgezogenes „Hmmmhh?" hören.

Dann hörte er, was auf der Bühne verbrochen wurde und ließ sich bereitwillig von Tom wegzerren.

„Ach, das ist aber sehr aufmerksam von Ihnen, junger Mann", flötete er mit seiner alten-Damen-Stimme.

„Wolltest du das ohne Ton genießen?", fragte Tom.

„Ich finde es immer interessant, die Leute zu beobachten. Einige schienen das echt gut zu finden", erklärte Olli.

„Das ist die Sache mit der Million Fliegen und der Scheiße", antwortete Tom.

„Vielleicht sind wir auch nur zu arrogant! Es gefällt ja manchen Leuten und dann ist das doch okay."

„Klar ist das okay, so lange ich es mir nicht anhören muss", meinte Tom. Nach einem kurzen Nachdenken fügte er aber hinzu: „Ich fände halt schön, wenn die Menschen ein kleines bisschen Grundbildung hätten. Auch in der Musik. Du liest ja auch keinen Goethe oder Sartre, wenn Du vorher immer nur die Blöd-Zeitung oder Frau im Spiegel gelesen hast!"

„Man wird ja heute überall mit so einem Mist vollgemüllt. In der Werbung, in Zeitschriften, im Fernsehen und Computer."

„Stimmt", meinte Tom.

„Früher war halt alles besser, junger Mann", sagte Olli wieder mit der Stimme der alten Dame.

Sie landeten an einem Platz hinter den Bühnen, wo man von beiden Bühnen etwa gleich viel hörte. Hier herrschte ein gleichmäßiger Lärmpegel, in dem man aber nicht wirklich etwas heraushörte.

„Man denkt immer, es kann gar nicht noch schlimmer werden, aber es geht doch immer noch", meinte Frank.

„Aber hier hört man nichts wirklich raus. Das ist schön", erklärte Phil.

„Das hält man wirklich nur total betrunken aus", fasste Frank zusammen.

„Apropos", meinte Olli und schüttelte seinen trockenen Becher: „Ich hab schon wieder nix!"

~~Sex and Drugs and~~ Rock&Roll

Früher, ja, früher, da hatten sie den Rock&Roll noch richtig gelebt! Alkohol, Drogen, Sex, die ganze Palette. Lange, durchzechte Nächte, zertrümmerte Hotelzimmer. Nein, Quatsch, keine zertrümmerten Hotelzimmer, weil sie nicht in Hotelzimmern wohnten.

Heute tranken sie zwar immer noch ganz ordentlich, aber nicht *vor* einem Auftritt und auch nicht mehr so oft und exzessiv wie damals. Drogen rührten sie alle schon lange nicht mehr an. Von sexuellen Ausschweifungen konnte bei ihnen auch nicht die Rede sein (außer bei Frank, der aber, seit er mit seiner Freundin Sabine zusammen war, monogam geworden zu sein schien) und in den letzten Jahren schon gar nicht mehr.

Phil, Tom und Frank hatten schon als Jugendliche unter dem Namen The Tribe zusammen gespielt. Olli mit seiner Begeisterung für Jazz hatten sie damals gar nicht wahrgenommen. Erst nachdem Tom und Phil in Hamburg und Berlin mit ihm zusammengespielt hatten und er auch wieder in seine Heimatstadt gezogen war, stieg er bei The Tribe ein. Ecki hatten sie erst kennengelernt, als seine Frau aus beruflichen Gründen mit ihm zusammen in die Stadt zog.

Früher hatten sie schon auch mal während eines Auftrittes oder davor getrunken, was sich aber leider nicht positiv auf die Spielfähigkeit auswirkte. Denkwürdig war ein Auftritt in einem Jugendzentrum gewesen, wo sie nachmittags ihren Soundcheck gemacht hatten und dann aber erst als letzte Band um Mitternacht auftreten sollten. Das Rumhängen und Warten führte dazu, dass sie sich schon mal das eine oder andere Bier gönnten. Der Auftritt verzögerte sich immer weiter und als sie dann nach zwei Uhr endlich auf die Bühne gingen, mussten sie sich schon gegenseitig stützen.

Frank begrüßte das Publikum mit „Oh Gott, bin ich dun" und erntete fröhlichen Applaus.

Tom bemerkte, dass er seine Finger nicht richtig bewegen konnte und Olli schien es genauso zu gehen, nach dem seltsamen Gefriemel zu urteilen, das er auf dem Keyboard veranstaltete.

Ecki spielte weit hinter dem Beat und in einer falschen Tonart.

Nur Phil, der alte Profi schien relativ unbeeinträchtigt zu sein.

Erfreulicherweise war das Publikum inzwischen genauso betrunken wie die Band und merkte nichts. Oder ließ sich nichts anmerken.

Vor dem Auftritt hatte sie ein langhaariger Typ, der auch schon etwas angetrunken gewesen war, gefragt, ob er mit seiner Mundharmonika bei ihnen mitspielen könne: „Ey Männer, kann ich bei euch mit der Mundharmonika einsteigen?"

Sie hatten verneint. Mundharmonika war ein Instrument, dass sie hassen gelernt hatten. Unmengen Menschen spielten es, aber kaum jemand konnte es wirklich spielen. Das Instrument war klein, man konnte es überall ungesehen rein schmuggeln und dann im richtigen Moment zuschlagen, wenn niemand etwas Böses ahnte. Immer wieder erschienen irgendwelche Freaks ungebeten auf der Bühne und fingen an, unerfreuliche Töne auf ihrem Instrument zu erzeugen (meistens wussten sie einfach nicht, welche Mundharmonika man zu welcher Tonart spielte oder hatten die falsche dabei).

„Na los, lasst ma einen zusammen spielen", beharrte der Langhaarige.

Sie hatten wieder verneint, freundlich aber bestimmt. Ihre Musik war nicht geeignet, um mal kurz ungeprobt mit einzusteigen. Und meistens spielten diese Typen die üblichen Bluesklischees, die nicht in ihre Musik passten.

Der Typ zog, deutliche Verwünschungen murmelnd, von dannen.

Als sie spielten, wunderten sie sich nach einer Weile über seltsam unpassende Töne, die sich in ihr Spiel mischten. Jeder in der Band hatte jeden in Verdacht, auf Grund seines Alkoholpegels solchen musikalischen Müll von sich zu geben, bis sie den Langhaarigen im Publikum entdeckten. Er hatte sich seinen eigenen Verstärker mitgebracht, auf dem er jetzt saß und über den er seine Mundharmonika mühelos dem Klang der Band hinzufügen konnte. Der Typ spielte die gefürchteten Bluesklischees ohne dabei Rücksicht auf Tonart, Tempo, Stilistik oder ähnliches zu nehmen. Das betrunkene Publikum fands lustig und Frank, Tom, Olli und Ecki, die es nicht lustig fanden, waren zu betrunken, um etwas dagegen zu unternehmen. Schließlich lief Phil von der Bühne, ballerte dem Typ eine und nahm ihm die Mundharmonika weg. Als er wieder auf der Bühne war, zog der Freak allerdings mit großer Geste eine andere aus der Tasche und spielte weiter. Das Publikum johlte vor Vergnügen und Frank und Tom mussten Phil daran hindern, wieder von der Bühne zu stürzen und den Störenfried richtig zu verprügeln.

Normalerweise wurde aber erst nach dem Auftritt getrunken. Besonders gute Laune herrschte immer, wenn sie

a) in einem Hotel übernachteten, wo man anschließend in einem richtigen Bett schlafen konnte,

b) die Hotelbar lange geöffnet hatte und diese

c) gut sortiert war und

d) sie den Barmann verarschten.

„Ich nehm´n Worum dazu", erklärte Olli als die übliche Runde Pils bestellt war.

„Ich auch einen", meinte Phil.

Der Mann hinter dem Tresen sah die beiden ziemlich verständnislos an.

„Noch jemand?", fragte Olli.

„Nee, 'n Wierum", antwortete Ecki.

„Ich auch", meinte Tom.

Der Barkeeper wirkte nicht verständnisvoller. Er sah verzweifelt von einem seiner späten Gäste zum anderen.

„Zwei Worum, zwei Wierum", fasste Olli zusammen. „Und Du, Frank?"

„Ich nehm'n Warum", antwortete der.

„Was ist los?", fragte der Wirt entgeistert.

„Och nö", sagte Olli.

„Schmeckt doch nich'", meinte Ecki.

„Kleibenscheister", sagte Olli.

„Scheisterkleiben" meinte Phil und prustete los.

„Kleisterscheiben", grinste Tom.

„Was soll denn der Scheiß?", schrie der Mann hinter dem Tresen sie an. „Was wollt Ihr denn nun?"

„Fünf Bier, zwei Worum, zwei Wierum und äh, wirklich, Frank?", fragte Olli.

„Ja", antwortete Frank und nickte.

„...und ein Warum", beendete Olli seine Bestellung.

Vielleicht sollte man an dieser Stelle erläutern, dass es sich bei Worum, Wierum und Warum um Mischgetränke handelte, die sich die Freunde in einer saufseligen Nacht selbst ausgedacht hatten. Es handelte sich um relativ unkonventionelle Getränke auf Rum-Basis: Wodka-Rum, Whiskey-Rum und Wasser mit Rum. Letzteres wurde dabei als Schritt in die falsche Richtung und als nur für Weicheier geeignet angesehen.

„Seid ihr bescheuert?", brüllte der Barmann. „Wollt ihr mich verarschen?"

„He, he, hat der uns beleidigt?", fragte Phil und stand schon mal auf.

„Nein, nein", sagte Tom und drückte Phil sanft aber bestimmt wieder auf seinen Barhocker.

„Was soll denn dieses ganze warum und wozu", echauffierte sich der Barkeeper.

„Was ist denn ein Wozu?", fragte Olli interessiert.

Der Barkeeper sah ihn nur entgeistert an.

„Also ich nehm ´nen Wozu", meinte Olli.

„Häh?"

„Fischotter", sagte Olli.

„Ischfotter", meinte Frank.

„Was?", stammelte der Barmann.

„Fotterisch", erklärte Tom.

„Was soll denn..." hob der Barkeeper an, wurde aber von Ecki unterbrochen: „Otterfisch".

„Fischotter", komplettierte Phil und alle lachten.

Nein, der Mann hinter dem Tresen lachte nicht.

„Ist das ein Getränk?", fragte er zaghaft.

„Nö, ein Tier", antwortete Olli fröhlich. „Kennen Sie das nicht?"

Der Barmann sah ihn nur verständnislos an.

„Ich muss dann jetzt auch Schluss machen", sagte er.

„Nö, nö, nö", antwortete Phil. „Die Bar ist auf, so lange wir noch was bestellen wollen. Das haben wir an der Rezeption besprochen."

Der Barkeeper sah resigniert drein.

„Fünf Fischotter", bestellte Tom.

„Auf Eis", ergänzte Frank.

„Was?", schrie der Barmann, der kurzzeitig gedacht hatte, er verstehe, worüber gerade gesprochen wurde.

„He, he, he, vorsichtig", plusterte Phil sich auf.

„War nur Spaß", lachte Olli. „Wir bleiben bei zwei Worum, zwei Wierum und einem Warum", und erklärte dem Herrn hinter dem Tresen, worum es sich da handele.

Der Barmann atmete schwer aus und füllte fünf Gläser mit sehr viel Rum. Anschließend goss er das vollste Glas mit Wasser auf und füllte die anderen bis zum Rand mit Wodka beziehungsweise Whiskey.

„Oha", sagte Frank angesichts der beeindruckenden Alkoholmenge, die da auf sie zu kam.

„Eis ist aus", sagte der Barmann.

Früher hatten sie auch schon mal etwas Koks geschnieft und waren sich dann wie die Größten vorgekommen. Auch einen Trip hatten sie schon mal zusammen vor einem Auftritt geschmissen. Was man so hörte, hatten das in der wilden Zeit der Rockmusik ja etliche Bands gemacht. The Tribe waren aber froh, als das Konzert zu Ende war. Sie hatten zwar alle intensive und farbenfrohe Erlebnisse gehabt, sich aber nicht auf die Musik konzentrieren können. Ihre Kompositionen waren für so etwas zu komplex. Die Musik war ihnen zu wichtig, um sie im Drogenrausch untergehen zu lassen. Außerdem war die Musik Droge genug. Der Klang trug einen in andere und magische Welten, man musste nur die Augen schließen und die Musik die Kontrolle übernehmen lassen.

Tom hatte mal vor einem Konzert einen ordentlichen Joint geraucht. Sie hatten wieder einmal lange auf ihren Auftritt bei dem Festival warten müssen und als Tom so auf dem Boden der Halle saß und vor sich hin stierte, sah er vor sich eine dicke, weiße Kröte sitzen. Tom wunderte sich, warum hier bei dem Konzert eine dicke, weiße Kröte auf dem Boden zwischen den Zuschauern saß und begann sie anzustupsen.

Die Kröte ging nicht weg. Tom drückte ganz vorsichtig mit dem Finger ein bisschen in den Rücken der Kröte. Sie reagierte weiterhin überhaupt nicht. Stoned, wie er war, drückte Tom immer weiter mit dem Finger in die Kröte und wunderte sich, dass das keinerlei Reaktion bei dem Tier hervorrief. Es war ein schönes Gefühl, in den massigen Körper des Tieres zu piksen. Er machte das eine ganze Weile weiter bis er irgendwann aufsah und in das nicht übermäßig freundliche Gesicht des Zuschauers vor sich guckte, in dessen Hand er die ganze Zeit seinen Finger bohrte. Der Typ hatte ihn wohl schon eine ganze Weile verwundert beobachtet und Tom war froh, dass er ihm jetzt nicht eine reinhaute.

Der Auftritt war auch sehr seltsam gewesen. Tom hatte sich beim Spielen, ohne es zu wollen, Fragen nach dem Sinn der Musik, der Texte und überhaupt nach dem Sinn des Lebens gestellt und war über diesem Grübeln immer wieder in Parts hängengeblieben, die die anderen schon längst hinter sich gelassen hatten. Außerdem hatte er mega relaxed gespielt, so dass er immer hinter den Anderen her dudelte, ohne es zu merken.

Frauen. Ja, Frauen waren früher ein Thema gewesen. Nicht dass die sich sonderlich für sie interessiert hätten (außer für Frank). Tom wurde gelegentlich von älteren Damen angeschmachtet, die meinten, er sähe aus wie Wolle Petry. Phil wurde auch manchmal von einer Dame mitgenommen. Ansonsten passierte nicht viel. Ganz selten zeigten ein paar Mädels Interesse, was aber meist zu nichts weiter führte.
Einmal kam eine wirklich hübsche Blondine nach dem Konzert zu ihnen in den Backstage-Bereich und fragte: „Hat einer `ne geile Connection zu vögeln?"
Sie sahen sich ratlos an. Frank hatte keine Lust und Tom und Phil hätten sich

gar nicht getraut, so ohne Umschweife mit einer völlig Unbekannten Sex zu haben, womöglich auf der Toilette, oder wie auch immer sie sich das vorstellte. Olli und Ecki verstanden überhaupt nicht, worum es ging.

Die Blondine suchte sich jemanden aus dem Publikum und The Tribe machten sich noch ein paar Bier auf.

With A Little Help From My Friends (The Beatles)

Tom

Tom kam aus einer Musikerfamilie. Er hatte das aber erst vor ein paar Jahren erfahren. Sein Vater hatte sich mit seiner ganzen Familie verkracht und keinen Kontakt mehr gehabt, so dass auch seine Kinder kaum etwas über ihre Verwandten wussten. Als Tom dann zu einem Familientreffen eingeladen worden war, hatte er nicht schlecht gestaunt, als plötzlich alleine fünfzehn Leute mit einem Cello-Kasten aufliefen. Fast alle hatten irgend etwas mit Musik zu tun. Mit klassischer Musik natürlich. Aber niemand war überheblich gewesen und alle fanden sogar sehr interessant, dass er Rock und Jazz spielte.

Tom war mit klassischer Musik aufgewachsen. Er erinnerte sich an Sonntagsausflüge, bei denen niemand ein Wort sagen durfte, weil im Autoradio klassische Musik lief. Während seine Schwester als Mädchen Geige lernen musste, hatte er wie sein Bruder schon früh zunächst den obligatorischen Blockflötenunterricht und später Klavierunterricht bekommen. Beim Klavierüben saß sein Vater neben ihm und jedes Mal, wenn Tom eine falsche Taste erwischte, gab´s eine Ohrfeige. Dass hatte seine Begeisterung für klassische Musik etwas in Grenzen gehalten.

Rockmusik war für den kleinen Tom die Verheißung von Freiheit und Revolution gewesen. „Pups- und Furzmusik", war Rockmusik für seinen Vater und durfte in seinem Haus nicht gespielt werden. So wurden alle Plattenspieler sofort unsanft unterbrochen, wenn der Herr Papa das Haus betrat. Aber damals waren die Weichen gestellt worden. Rockmusik war für Tom der Ausbruch aus bürgerlichem Mief und die Antithese zum Leben seines Vaters.

Tom hielt immer noch die Flagge der Rockmusik hoch. Das sah man schon an seinem Äußeren, trug er doch immer noch lange Haare.

Auch wenn das bei einem Endvierziger mit seinen dünner werdenden Haaren und den grauen Strähnen, die sich durch seine Matte zogen, nicht mehr ganz so gut aussah wie früher, hätte Tom es doch als Verrat an seiner Einstellung empfunden, wenn er sich die Harre hätte abschneiden lassen. Er war mittelgroß und kräftig gebaut.

Tom stand auf härtere Rockbands wie Led Zeppelin, Deep Purple oder Van Halen. Das war die Musik, die ihn wirklich zur Gitarre gebracht hatte und der Grund, warum er wie ein Wahnsinniger übte und sein Geld mit der Musik verdienen wollte.

Aber natürlich prägten ihn auch die großen Rockgitarristen wie Jimi Hendrix und Eric Clapton und die neueren Gitarrenhelden Joe Satriani, Steve Vai oder Eric Johnson. Aber je länger und intensiver er sich mit Musik beschäftigte, desto mehr kamen auch andere Bands und Musikstile dazu. Die Begeisterung für Yes, die frühen Genesis und Pink Floyd teilte er mit seinen Bandkollegen. Aber auch für Jazz konnte er sich zunehmend begeistern. Mit Phil teilte er die Vorliebe für Jazzrock.

Das Gitarre-spielen hatte er sich selbst beigebracht. Als er seinen Vater fragte, ob er Gitarrenunterricht bekommen könne, antwortete dieser, dass die Gitarre in der klassischen Musik kein ernstzunehmendes Instrument sei. Tom sagte, er wolle ja Rock und Jazz spielen, aber sein Vater erwiderte, das sei nur eine Phase und später werde er diese Musik nicht mehr spielen oder auch nur hören. Nur die klassische Musik sei echte Musik. Aber Tom lernte sehr schnell und nachdem er selbst unterrichten konnte, hatte er das Geld, seinen Gitarrenunterricht selbst zu finanzieren. Sein erster Lehrer zeigte ihm Grundlagen der klassischen Gitarre und nahm später selbst bei Tom Unterricht. Einen Lehrer für Jazz- oder Rockgitarre gab es in seiner Nähe nicht und so musste Tom weite Bahnfahrten unternehmen, um von mäßigen Gitarristen Unterricht zu bekommen. Schließlich sprach er nach einem Konzert den großartigen Jazzgitarristen Toto Blanke an, ob er bei ihm Unterricht nehmen könne. Toto sagte, er könne nicht unterrichten, aber er könne vorbeikommen und ihn fragen, was er wissen wolle und sie könnten jammen. So machte Tom sich von Zeit zu Zeit auf die Dreihundert-Kilometer-Reise und blieb dann gleich für ein paar Stunden bei Toto. Er erklärte und zeigte ihm alles, was er wissen wollte, auch wenn er immer wieder beteuerte, das ja selbst nicht richtig gelernt zu haben und nicht unterrichten zu können. Als Tom ihn nach seiner virtuosen Technik fragte, sagte sein Lehrer, er wisse selbst nicht, was er da mache, das habe sich halt so entwickelt. Sie beschlossen, dass Tom sich auf den Boden setzen sollte um die Bewegungen, die Toto mit dem Plektrum machte, genau aufzuschreiben. Dabei fand Tom heraus, dass Toto eine Technik anwandte, die Jahre später als Speed Picking bekannt wurde.

Sein Vater hatte ihn immer klein gemacht, in ihm den Verlierer gesehen, der keinen anständigen Job hatte, und hatte ihm einzureden versucht, dass er von der Musik nicht würde leben können. Aber Tom hatte sich gegen ihn durchgesetzt und auch ohne seine Hilfe oder sogar gegen seinen Widerstand seinen Weg gemacht (und wenn er heute eine Familie ernähren konnte, dann genau deshalb). Im Alter hatte sein Vater sogar in guten Momenten durchblicken lassen, dass er stolz auf Tom war, wenn er Berichte über ihn in der Zeitung las. Aber das half auch nichts mehr (zumal er in anderen Momenten sagte, die einzig wahre Musik sei doch die klassische und damit Toms Arbeit und Berufung als minderwertig abtat).

Tom spielte in vielen Bands. Er studierte lustlos verschiedene Fächer, bis er endlich einen Studienplatz für E-Gitarre in Hamburg erhielt.

Sein Vater sagte, er könne so etwas nicht unterstützen und so musste Tom sehen, wie er sich durchschlug. Aber schon bald spielte er in diversen Bands in der Hansestadt und verdiente so etwas Geld. Nebenher gab er Gitarrenunterricht. Trotzdem wusste er meistens nicht, wovon er die Miete für das Loch, in dem er hauste, zahlen sollte. Seine Wohnung hatte nur einen Kohleofen, es gab keine Dusche oder Badewanne und warmes Wasser konnte er nur in einem Boiler in der Küche erzeugen. Oft hatte Tom kein Geld um Lebensmittel zu kaufen. Immer wenn er abends keinen bezahlten Auftritt hatte, spielte er im Lets Rock, einem legendären Club. Glücklicherweise gab es da für die Musiker freie Getränke und nach Beendigung der allabendlichen Session etwas zu essen. Der Chef selbst kochte und so saß Tom morgens um vier oder fünf Uhr vor seiner einzigen warmen Mahlzeit. Am Tag war dann oft nur trocken Brot angesagt.

Im Lets Rock spielte neben vielen bekannten Musikern auch oft Tony Sheridan, der Sänger, mit dem die Beatles ihre erste Platte aufgenommen hatten. Einmal kam Ringo Starr bei einem Hamburg-Besuch vorbei und spielte ein paar Stücke. Danach trank er Tom und die anderen Musiker gepflegt unter den Tisch.

Tom bekam Jobs als Studiomusiker. Für einen Musikverlag nahm er ganze Medleys auf wie „Berliner Lieder" „von Hamburg nach Hawaii" und ähnliches Zeug. Zu dieser Zeit bekam man hundert Mark für eine Grundspur und für jeden Overdub nochmal fünfzig. Meist spielte Tom eine E-Gitarre und eine akustische Gitarre ein. Oft wurde er gefragt, ob er nicht auch Banjo, Mandoline, Balalaika und andere Saiteninstrumente spielen könne.
„Klar", sagte Tom. Er stimmte die Instrumente, die alle eine eigene Stimmung

80

hatten, wie eine Gitarre oder wie die oberen Saiten einer Gitarre und konnte so sofort jedes Instrument bedienen. So ging er aus diesen Studiosessions oft nach zwei oder drei Stunden mit einer ordentlichen Summe heraus, die ihn eine ganze Weile finanzierte.

Tom spielte auch einige Tourneen. Besonders mit einem schwarzen Bassisten, Jeff, der schon mit Gott weiß wem gespielt hatte, war er viel auf Tour. Bei ihm hatte er viel gelernt. Vor allem da er bei Jeff jedes Stück, auch wenn er es nicht kannte, sofort mitspielen musste. Tom hatte sich allerdings aus der Affäre ziehen können, indem er zunächst eine rhythmische Phrase mit einzelnen Tönen spielte oder sogar ein paar improvisierte Fills, bis er die Akkorde des Stückes herausgefunden hatte. Als Tom am Anfang einen Notenständer auf die Bühne brachte, um eine Gedankenstütze für die vielen für ihn neuen Stücke zu haben, warf Jeff das Pult kurzerhand von der Bühne. Seine Musiker mussten auswendig spielen! Oder die Harmonien vorweg ahnen.

Ähnliches hatte Tom auch mit bekannten Jazz-Musikern erlebt, mit denen er auf Tournee ging: Sie kamen unvorbereitet zur Probe und spielten auswendig die Stücke, die sie kannten, in der Tonart, die sie kannten. Während des Spielens musste Tom diese Stücke im Kopf transponieren. Besonders wenn er ein Solo improvisierte, war das nicht einfach. Aber es war eine gute Schule, die ihn für das Leben als Musiker fit machte. So konnte er später bei einem Liedermacher-Festival, bei dem er einen der auftretenden Künstler begleitet hatte, einfach auf der Bühne sitzen bleiben und mit jedem der Barden mitspielen. Er fand immer die richtigen Akkorde und eine sinnvolle Ergänzung zu deren Spiel.

Nach dem Abitur war Tom mit seiner damaligen Freundin ein Jahr durch Amerika gereist.

Ihn hatte dabei besonders die amerikanische Musikszene interessiert. Sie hatten wundervolle Landschaften gesehen, waren vielen interessanten Menschen begegnet und hatten trotz ihres schmalen Budgets tolle Konzerte von großartigen Musikern in kleinen Clubs gehört. Tom hatte in vielen Music stores auf dem Weg spontane Sessions mit örtlichen Musikern gemacht und dabei inspirierende Begegnungen gehabt. Im kalifornischen Santa Cruz waren sie im Copper House, einem örtlichen Restaurant, mit den dort auftretenden Musikern in Kontakt gekommen. Der ursprünglich aus Deutschland stammende Bassist, der sich jetzt Richy McDavis nannte, lud zunächst Tom ein, ein paar Stücke mitzuspielen und später ihn und seine Freundin, in seiner Wohngemeinschaft zu übernachten. In der WG wohnte ein Posaunist, der im Ray Charles Orchestra spielte, der Gitarrist war der Begleitgitarrist von Leonard Cohen und Richy selbst machte aktuell Studioaufnahmen mit Buddy Miles. Mittags spielten die Musiker immer in einem Restaurant, um abends dann zu ihren regulären Auftritten zu fahren. In dem Restaurant ließen sie nach ihrer Darbietung einen Hut im Publikum rumgehen. Das brachte nicht viel, besserte aber ihre meist bescheidenen Gagen etwas auf. Sie alle fuhren von Santa Cruz aus zu Studiojobs und Auftritten nach San Francisco und zum weiter entfernten Los Angeles. So kam es, dass Tom mit Richy nach San Francisco fuhr und dort mit ihm und dem ehemaligen Jimi Hendrix-Schlagzeuger alte Hendrix-Nummern jammte. Und Buddy zeigte sich durchaus angetan von Toms Interpretationen der Stücke des Meisters. Auch bei den täglichen Jazzsessions im Coppers House spielte Tom mit und erntete die Anerkennung seiner professionellen Mitspieler.

Als Tom Jahre später das Angebot bekam, an der Musikschule in seiner Heimatstadt zu unterrichten, hatte er gerne angenommen. Er dachte, dass man doch auch in Deutschland in die umliegenden Großstädte fahren könnte, wie es die amerikanischen Musiker taten, auch wenn man in der Provinz wohnte. Mit der Zeit musste er aber feststellen, dass er von seinen Musikerkollegen aus Hamburg nicht mehr oft angerufen wurde und auch die Studiojobs weniger wurden. Es schien hierzulande doch eine größere Rolle zu spielen, direkt vor Ort zu sein, auf den richtigen Partys aufzutauchen und im Gespräch zu bleiben. Andererseits: Nächstes Jahr wurde Tom fünfzig und meinte, er könne es jetzt etwas ruhiger angehen lassen.

Olli

Im Gegensatz zu Tom war Olli schon als Jugendlicher begeistert von klassischer Musik. Eigenständig hatte er die großen Beethoven-Sonaten und besonders viel Bach und Chopin erarbeitet.

Und im Gegensatz zu Toms Vater förderten Ollis Eltern seine musikalische Begabung.

Olli hatte schon früh Klavierunterricht bekommen und später in Berlin und Hamburg Jazz studiert.

Er hatte unzählige Soli des großen Charlie Parker, von Miles Davis oder Dizzy Gillespie transkribiert. Auch von anderen großen Jazzmusikern, Pianisten, aber auch Bläsern oder Gitarristen hatte er die Soli nachgespielt und ihre musikalischen Einfälle analysiert und in sein Spiel aufgenommen. Ollis Idol war Keith Jarrett. Jarretts Spiel war sowohl in der afroamerikanischen Tradition von Jazz, Blues und Gospel als auch in der europäischen Klassik tief verwurzelt. Der Maestro improvisierte auf seinen rar gesäten Konzerten völlig frei und entwickelte dabei völlig unterschiedliche, weil der Stimmung des jeweiligen Abends geschuldete vielschichtige Kunstwerke. Vieles von dem, was der Amerikaner aufgenommen hatte, gehörte für Olli zum Schönsten, was je einem Klavier entlockt worden war.

Auch Olli konnte sich an einen Flügel setzen und einfach Stunden improvisieren, was aber nicht immer auf so große Begeisterung beim Publikum stieß. Ab und zu hatte er einen Job in einer Hotelbar. So lange man da eher unauffällig im Hintergrund leise Jazz-Standards vor sich hin plätscherte, war das leicht verdientes Geld. Leider vertiefte Olli sich aber, wenn er spielte, in die Musik und schon begann er sich musikalisch von der leichten Unterhaltung zu entfernen, worauf man dann ihn vom Klavier entfernte.

Olli war immer ein Einzelgänger gewesen. Eher unsportlich war er als Jugendlicher der Typ gewesen, der beim Auswählen der Spieler einer Mannschaft bis zuletzt stehen bleibt. Auch wenn sich andere nachmittags zum Spielen oder Fußball verabredeten, blieb Olli lieber zu Hause und übte Klavier. So hatte er schon früh eine wahre Meisterschaft entwickelt und seine ganz eigene musikalische Sprache gefunden. Dementsprechend war er musikalisch auch heute kompromisslos. Schlechte Musik tolerierte er nicht und mit deutschen Schlagern oder Popmusik konnte man ihn jagen.

Schlimm war auch, dass viele Klassikmusiker (die auf die Rockmusik herabgesehen hatten, als sie noch künstlerisch interessant und innovativ gewesen war) inzwischen mit der Popmusik liebäugelten. Olli beobachtete das auch bei seinen Kollegen an der Musikschule. Die wirklich anspruchsvolle Rockmusik hatten sie allerdings meistens gar nicht kennengelernt. So machten viele eigentlich gute klassische Musiker gemeinsame Sache mit irgendwelchen Pop-Idioten und fanden sich dabei total cool. Einige von Ollis und Toms Musikschulkollegen biederten sich im Unterricht auch bei ihren Schülern mit seichten Popstücken an, die irgendwelche Leute geschrieben hatten, die davon wirklich nichts verstanden. Wirklich typische Akkordverbindungen, Rhythmen und melodische Wendungen aus Rock, Blues, Jazz oder Pop kamen dabei meistens gar nicht vor und die Schüler lernten einen völlig belanglosen und unmusikalischen Quatsch. Olli hasste diese verwässerten und verschulten Popstückchen. Und er hasste Technik. Besonders, wenn sie zum Selbstzweck wurde. Viele Musiker und Tonleute waren völlig technikbegeistert und sahen dann den Wald vor lauter Bäumen nicht mehr. Im Studio musste jede technische Möglichkeit genutzt werden. Und alles musste mit Computern gemacht oder bearbeitet werden.

Olli hatte mal einen Studiojob gehabt, bei dem er für ein paar Rockstücke unter anderem auch ein Synthesizersolo aufnehmen sollte. Er hörte nur ein sehr kurzes Stück Musik, bevor er einsetzen musste. Dadurch geriet der Einstieg etwas holprig. Sie hörten sich die kurze Solopassage noch einmal an und Olli sagte:

„Mach ich nochmal!"

„Brauchst Du nicht", antwortete der Toningenieur. „Ist ja nur der erste Ton. Das biegen wir hin."

„Komm, lass es mich schnell noch mal spielen. Dauert ja nur ne Minute", meinte Olli.

Aber der Tonmann und sein Gehilfe waren ganz geil drauf, das digital auszubessern. Sie verschoben den ersten Ton, der etwas zu früh gespielt worden war, etwas nach hinten. Als sie sich das Ergebnis anhörten, bemerkten sie, dass jetzt der erste Ton zu nah an dem nächsten war. Als sie diesen dann auch etwas nach hinten verschoben, kam er dem dritten unrhythmisch nahe und sie mussten auch den verschieben.

„Lasst es mich doch einfach noch mal spielen", meldete sich Olli zu Wort, aber der Ehrgeiz der Computerfreaks war geweckt. Sie verschoben immer weitere Töne nach vorne oder hinten, es klang aber weiter komisch.

„Äh, wenn ich das einfach nochmal gespielt hätte, wäre ich jetzt schon zu Hause", versuchte Olli es nochmal. „Äh, hallo?" Niemand hörte auf ihn.

Sie schoben weiter Töne hin und her, in der Hoffnung, dass es sich irgendwann gut anhören würde. Tat es aber nicht.

Was war passiert? Ein Musiker, der einen Ton zum Beispiel zu früh spielt, wird darauf sofort reagieren. Anders als eine Maschine, der den nächsten Ton wieder an der korrekten Stelle platziert hätte, ging ein Musiker auf das, was er hörte, ein. In diesem Fall hatte Olli die nächsten Töne auch instinktiv etwas früher gespielt, um so die ganze Phrase noch einleuchtend klingen zu lassen, anstatt nur einen Ton falsch zu spielen und dann wieder gnadenlos perfekt zu spielen. Das klang im Ergebnis natürlich viel musikalischer.

So lange sie auch an der kurzen Phrase herumdokterten, es klang nie natürlich oder musikalisch. So wie ein Mensch es eben gespielt hätte. Olli bot immer mal wieder erfolglos an, die Stelle schnell nochmal aufzunehmen, stieß damit aber auf taube Ohren. Irgendwann begann er, in ein paar Fachzeitschriften zu lesen. Er hätte auch nach Hause gehen können. Die Tonmänner schraubten insgesamt etwa zehn Stunden an der kleinen Passage herum und schließlich war es zu spät, noch weiter zu arbeiten. Olli ging nach Hause und musste ein anderes Mal weitermachen.

Die Passage in seinem Solo klang auch später auf der fertigen CD immer noch schlecht.

Das war ja dasselbe beim Film: Die ungeheuren Möglichkeiten, die man heute durch die Digitalisierung hatte, führten leider dazu, dass viele Filme nur noch produziert wurden, um die neuste Computertechnik zu nutzen und großartige Effekte zu erzielen. Die Geschichte und das Drehbuch spielten bei diesen Produktionen kaum noch eine Rolle.

Und bei den großen Popacts spielte heute auch die Show eine viel wichtigere Rolle als die Musik. Ob bei Beyoncé, Pink, Lady Gaga oder wie sie alle hießen waren doch die Choreografie, Kostüme, Trapezkunststücke und Computereffekte viel wichtiger als die musikalische Darbietung. Auch hier waren die großen Bands der Siebziger wie Yes, Genesis und besonders Pink Floyd schuld, sie hatten durch Bühnenshow, optische Effekte und Filmsequenzen, die auf einer Leinwand hinter der Band abliefen eine Multi-Media-Show kreiert, die die Aussage der Musik auch noch in anderen Bereichen veranschaulichen sollte.

Aber was als überaus ausdrucksstarke Kunstform begonnen hatte, war heute zur reinen Effekthascherei verkommen.

Dass die Show oder die Präsentation heute ein wichtigere Rolle spielte als das musikalische Können, merkte man überall. Olli arbeitete manchmal als Dozent auf Workshops oder betreute die Pianisten bei Jazzpreisen. Bei seiner letzten Anstellung hatten jugendliche Jazzpianisten vorgespielt. Der ausdrucksstärkste und technisch versierteste hatte aber nicht den Preis bekommen, sondern ein anderer, erst zehnjähriger Musiker. Für sein Alter war der großartig gewesen, aber eben nicht so gut wie der deutlich ältere, den Olli favorisiert hatte. Aber es spielte eben selbst hier eine Rolle, dass der Auftritt eines Zehnjährigen natürlich publikumswirksamer war. Der ältere Pianist war totunglücklich gewesen und zweifelte an sich selbst, was Olli sehr mitgenommen hatte.

Natürlich gab es heute unglaubliche Möglichkeiten, die Technik zum Üben zu nutzen. Es gab Play-alongs, mit denen man Soli zu einer Aufnahme üben konnte, bei der man Tempo, Tonart oder Stilistik seinen Anforderungen anpassen konnte. Es gab Videos, auf denen man genau sehen konnte, wie etwas gespielt wurde. Allerdings brauchte Olli das alles nicht. Gerade als Pianist konnte er sich ja bei allem, was er spielte selbst begleiten. Und dabei lernte man immer noch am meisten.

Olli hatte früher öfter mit älteren Jazzmusikern zusammengespielt. Ein Bassist, der schon mit vielen Jazzgrößen unterwegs gewesen war, hatte damals schon gesagt, dass er die jungen Musiker beneide, weil es in ihrer Zeit so viel Material zum Lernen gäbe. Er hatte damals alle Stücke aus dem Radio heraushören müssen oder sich rare Schallplatten von amerikanischen GIs besorgen müssen, weil es in Deutschland gar keine Aufnahmen dieser Musik gab. Geschweige denn Noten. Heute gab es alles.

Aber waren die heutigen Musiker deshalb besser? Zumindest waren die wirklich weltbewegenden Musiker anders groß geworden. Olli vermutete, dass das miteinander zu tun hatte.

Auch von den Beatles wusste man, dass sie sich in Liverpool von amerikanischen Seeleuten hatten Schallplatten mit den neusten Rock´n´Roll-Stücken mitbringen lassen, die sie sich nach dem Einlaufen der Schiffe sofort holten, um sie gleich zu lernen und dann schneller als konkurrierende Bands drauf zu haben. Und aus den Beatles war echt was geworden. Vielleicht hatte es etwas damit zu tun, wie sehr man sich um eine Sache bemühte.

Olli war groß, blond und wirkte trotz seiner 48 Jahre durch seine schlaksige Figur immer noch wie ein Student. Wahrscheinlich auch auf Grund seiner Angewohnheit, extrem leger herumzulaufen, was ihm bei gut bezahlten Mucken, bei denen Anzugspflicht bestand, oft missbilligende Blicke von Veranstaltern wie Bandkollegen einbrachte.   Selbst im Smoking wirkte Olli immer irgendwie zerknittert. Er war prädestiniert, sich bei Hochzeiten und ähnlichen Gelegenheiten, wenn die Band auch zum Essen eingeladen war, mit verschiedenfarbigen Speisen zu bekleckern und sah dann noch heruntergekommener aus. Außerdem war er auch oft bei solchen Anlässen ziemlich schnell angetrunken, was seinen Mitmusikern den Angstschweiß auf die Stirn trieb. Er spielte dann zwar immer noch wie ein junger Gott, aber er begann Spaß an der Sache zu haben und achtete nicht mehr so sehr darauf, „brav" zu spielen, wie es sich für einen solchen Anlass geziemte. Dann baute er plötzlich eine Menge alterierter Zwischenakkorde ein und solierte auch moderner und virtuoser als die Gastgeber sich das wohl gewünscht hätten.

Da bei solchen Mucken eigentlich sehr gediegen gespielt werden musste, waren seine Engagements nicht sehr reichlich gesät. Auch wenn er alles sofort und gut vom Blatt spielen konnte, vertrauten viele Gebrauchs-Jazzbands lieber auf weniger fähige aber verlässlichere Pianisten.

Neben diesen Engagements und sporadischen Duo-Auftritten mit einer Sängerin oder einem Bläser hatte Olli sein eigenes Trio, das modernen Jazz spielte. Die Kompositionen hatte er alle selbst geschrieben. Sie spielten in Jazz-Clubs und auf Festivals. Obwohl sie in Radiosendungen und Zeitungsartikeln hoch gelobt wurden, spielten sie nicht sehr häufig. Ollis Mitmusiker waren exzellent und dementsprechend gut beschäftigt: Da beide nicht unterrichteten, sondern zum größten Teil von Tourneen mit verschiedenen Künstlern lebten, mussten sie oft Auftritte mit Olli absagen, bei denen sie nicht viel Geld einnahmen. Sie versicherten ihm zwar immer wieder, dass sie lieber mit ihm spielten als mit den kommerzielleren Bands, aber davon eben nicht leben konnten. Es war das selbe Problem wie mit der Rockband. Eigentlich hätte die Band viel öfter auftreten müssen, aber das ging nicht, weil damit nicht genug zu verdienen war. Eine Zeit lang hatte Olli versucht, sein Projekt mit ambitionierten Hobby-Musikern zu verwirklichen, um dieses Problem nicht zu haben. Aber die konnten seine Stücke einfach nie gut genug spielen. Er hatte keine Ahnung wie man diesen Teufelskreis durchbrechen konnte.

Sie spielten meist im Trio, manchmal (und wenn die Gage reichte) auch im Quartett mit einem Saxofonisten. Seine Mitmusiker waren echte Koryphäen, aber sie traten zu selten zusammen auf, um wirklich gut eingespielt zu sein und sich einen Namen zu machen, mit dem man mehr (und besser bezahlte) Engagements bekam. Olli war klar, dass eine Band eine Zeit lang an jeder Milchkanne spielen musste, um bekannt zu werden und dann auch davon leben zu können, aber das ließ sich mit versierten und etablierten Musikern nicht machen. Andererseits brauchte man solche Musiker, um anspruchsvolle Musik, wie die, die Olli schrieb, umzusetzen.

Inzwischen hatte Olli diesbezüglich die Einstellung, dass ihn alle mal kreuzweise könnten. Jetzt arbeitete er an derselben Musikschule wie Tom. Er war verheiratet und hatte eine Tochter. Er machte seinen Musikschuljob, spielte, wo sich die Gelegenheit bot und so lange er damit genug verdiente, um seine Frau und seine Tochter zu ernähren, bekam er auch keinen Ärger mit seiner Gemahlin. Für sich tüftelte er an Kompositionen mit schwierigen Harmoniefolgen und Rhythmen, von denen die meisten wahrscheinlich nie aufgeführt werden würden.

Frank

Frank war der Beau der Gruppe. Er war siebenundvierzig, schlank und mittelgroß, hatte kurze dunkle Haare mit grauen Schläfen und wirkte unwiderstehlich auf die Damenwelt. Während Phil und Tom sich früher immer hatten betrinken müssen, um ihre Schüchternheit zu überwinden und mal eine Frau anzusprechen (die dann meistens schon gegangen war, wenn sie so weit waren), hatten Olli und Ecki früh herausbekommen, dass Frauen auf ihre paddelige Art sowieso nicht standen und tranken einfach zum Spaß. Frank trank auch wie ein Weltmeister, aber aus Weltschmerz. Wenn er sich dann so richtig unglücklich getrunken hatte, ließ er sich vom hübschesten Feger weit und breit abschleppen.

So hatte Frank sich früher nie auf eine Frau festlegen können und hatte ständig wechselnde Affären gehabt. Die anderen fragten sich, wie er das machte, gönnten ihm aber seinen Erfolg und tranken noch mehr. Glücklich war Frank damit nie gewesen.

Er hatte Germanistik und Philosophie studiert und war, nachdem er so ziemlich die ganze Welt bereist hatte, wieder in seine Heimatstadt zurückgekehrt, wo er jetzt Lehrer an einem Gymnasium war. Seine Schüler liebten ihn (besonders die weiblichen). Er versuchte seinen Stundenplan so zu legen, dass er am Freitag möglichst nicht unterrichten musste. So konnte die Band zumindest von Donnerstag bis Sonntag durchgehend auftreten, ohne dass es Überschneidungen mit seinem Job gab.

Frank hatte sich eigentlich nie für besonders musikalisch gehalten (was er offensichtlich war). Aber er hatte sich schon als Jugendlicher viele Gedanken gemacht und hatte nach einem Weg gesucht, etwas zu verändern, etwas gegen den Wahnsinn zu tun, der vor sich ging.

Der Einfluss, den die Rockmusik und besonders Bands wie die Beatles auf die Gesellschaft ausgeübt hatten, hatte ihn stark beeindruckt. Wann hatte Kunst jemals vermocht die Gesellschaft und sogar die Politik so zu beeinflussen? Deshalb hatte Frank die Musik entdeckt. Er hatte gehofft, als Sänger und Songwriter die Menschen zu erreichen und zum Nachdenken zu bringen.

So wie die frühe Rockmusik der Hippies auf eine Veränderung der Gesellschaft gezielt hatte, war für Frank Rockmusik ein Instrument, um gesellschaftliche Verbesserung und Gleichberechtigung zu propagieren. Rockmusik war für ihn links (auch wenn das bei vielen Rockheroen gar nicht stimmte) und um so schlimmer empfand er, dass Nazi-Bands sich dieser Musikform bedienten oder Bands die mit einem Nazi-Image spielten, inzwischen salonfähig waren. Er hasste die Bösen Onkels oder auch Rammstein für ihre tumbe Deutschtümelei und die entsprechend ungroovige Musik.

Er mochte aber auch „Gröhlemeyer", Kunze, Westernhagen und Co. nicht, die er die „singende Sozialdemokratie" nannte. Er meinte damit, dass diese deutschen Barden seiner Meinung nach eben ziemliche Allgemeinplätze verbreiteten, anstatt eine eigenständige Botschaft zu haben. Es ärgerte Frank, dass in den Medien dieses Gesülze als DIE deutsche Rockmusik gehandelt wurde.

Oder wie Olli mal gesungen hatte:

Öber söben Doofe mosst Du gehen

Söben donkle Löder überstehen

Söbenmal wörst Du der Aharsch sein

Aber einmal auch das hölle Schwein

Gerade heute sah Frank die Notwendigkeit, sich mit Kunst, Musik und Literatur einzumischen: Es gab einen offenkundig wahnsinnigen US-Präsidenten, der eine Gefahr für den Frieden und die Umwelt darstellte, einen brasilianischen Präsidenten, der ein Rassist, Frauenfeind und Umweltzerstörer war und einen notorischen Lügner und Betrüger, der englischer Premierminister war. (Roger Waters von Pink Floyd hatte gesagt, dass sie mit „The Wall" versucht hatten, die Mauern zwischen den Menschen einzureißen und er jetzt mit ansehen müsse, wie sie wieder aufgebaut würden.) Und in Deutschland regten sich die braunen Kräfte wieder. Frank meinte, dass man umso mehr Stellung beziehen musste und gegen die schlechten Kräfte kämpfen musste.

So hatte Klein-Frank sich selbst Gitarre spielen beigebracht und angefangen, kritische Lieder zu schreiben. Er war nie ein Meister auf der Gitarre geworden, wie Tom es war, aber es reichte um seine eigenen Lieder zu schreiben und zu begleiten. In der Zusammenarbeit mit The Tribe fand er dann Musiker, die in der Lage waren, den Sinn seiner Texte musikalisch umzusetzen. Die Kompositionen, die dabei entstanden, waren die passenden Vehikel für seine Lyrics. Allerdings machte Frank sich heute keine Hoffnungen mehr, damit die Welt zu verändern. Die Zeiten waren offensichtlich vorbei.

Schon während der Schulzeit und während des Studiums hatte er immer in Bands gespielt und damit seine meist klamme Kasse aufgebessert. Er hatte unzählige Songtexte geschrieben und auch mehrere Romane, die sogar verlegt worden waren. Viel Geld hatte er damit nicht verdient. Er hatte auch Gedichte geschrieben. Er dachte darüber nach, einen Gedichtband herauszugeben. Allerdings hatte noch nie jemand seine Gedichte gelesen und er fragte sich, ob man es nicht lieber dabei belassen sollte.

Frank waren die Texte, die er für The Tribe schrieb, sehr wichtig.

94

Ungerechtigkeit, Unterdrückung und Kriege, die Zerstörung von Natur und Umwelt ließen ihn nicht los. Als Student hatte er in der Redaktion verschiedener gesellschaftskritischer Publikationen mitgemacht und eine Zeit lang hatte er bei Greenpeace gearbeitet. Weil er sich nicht an der Massentierhaltung mitschuldig machen wollte, war er Veganer geworden. Seine Texte waren politisch oder sozialkritisch aber auch spirituell und philosophisch.

In seinem an den Titel von Pinks „Dear Mr. President" angelehnten Song „Fear, Mr. President" über Präsident Trump klagte er an:

Nazis and clansmen your followers and servants
murderers dictators are your very friends
distruction of creation you believe is cool
if you stay for long we´ll surely have a war

you say there is no climate change
it seems you want to crash the world
all fake news what is not your mind
you´re in it for the profit you make

Obwohl ihm die Aussage seiner Texte sehr wichtig war, schrieb er auf englisch. Wenn er Texte auf deutsch verfasste, konnte das entweder gefährlich nahe an den Klang des deutschen Schlagers geraten oder es erinnerte gleich an Goethe oder Schiller. Die Phonetik der deutschen Sprache eignete sich, wie Frank fand, nicht so zum Verschleifen der Töne, das ein Ausdrucksmittel der Rockmusik war und für eine bluesige Phrasierung.

Blöd war nur, dass das Publikum meistens gar nicht so genau verstand, was er da sang. Oder sich dafür nicht sonderlich interessierte.

Nach einem Auftritt hatte Frank mal ein Amerikaner angesprochen und gesagt, sie müssten unbedingt in den USA auftreten.

„Die Leute hier verstehen der Texte doch uberhaupt nicht", sagte er. „In die US die Leute waren begeistert daruber! Ihr solltet beruhmt sein!"

Das fand Frank auch. Aber es nützte nix. Wenn selbst seine Bandkollegen manchmal nicht so genau wussten, wovon er denn da sang, konnte man erst recht nicht erwarten, dass das Publikum das verstand oder gar genau verfolgte.

Er hatte nur drei oder vier Texte in Deutsch geschrieben, mit denen er zufrieden war, und auch die waren eher ein Sprechgesang und hatten keine rockige oder bluesige Phrasierung.

Oder sie gerieten humoristisch im Gegensatz zu den meist ernsten Themen seiner englischen Texte. In einer Strophe seines Liedes „Der Minusmann" hieß es:

Du hast immer fettige Haare, körperlich bist du ein Wicht,
die Miete hast du diesen Monat auch wieder nicht.
Das Finanzamt gibt dir auch keinen Aufschub mehr
und manchmal liebst du das Leben nicht so sehr.
Die Klamotten, die du trägst sind nie der letzte Schrei,
die Leute fragen sich, was das mit dir nur sei
und verabredest du dich mal mit ´ner Frau
endest du doch wieder alleine

und blau.
Immer nur blau.

Du bist der Minusmann, der Schrecken jeder Party,
der Minusmann, kein Wunder dass dich keiner leiden kann.
Der Minusmann, der Alptraum jeder Frau,
der Minusmann, dich mag doch wirklich keine Sau.

Typisch für ihn waren dagegen tiefsinnige und lyrische Texte. Sein Song „Fall of the world" beschwor zum Beispiel eine apokalyptische Szene:

cypress moon rise above the highway
like the bone face of a dead mans head
empty fields and empty roads
ice and wind breaks fear to tears wich burst
in the crying silence

it´s here   and it´s now
it´s slippin´ and slidin´
into the dark
it´s the fall of the world

yellow leaves tumbling down the alleys
your lonely steps in the twighlight cold
you´ll walk alone and talk alone
if you found no friend until now you never will find one
´til the end of time

Er hatte früher tage- und nächtelang mit einem Wörterbuch dagesessen und sich die oft sperrigen und phantasievollen Texte von Songwritern und Bands übersetzt. Aber das machte wohl heute keiner mehr. Frank konnte in einer saufseligen Nacht immer noch alles von Bob Dylan und vielen anderen Songwritern aber auch das gesamte Genesis-Album „The lamb lies down on broadway" oder umfangreiche Yes-Kompositionen wie „The revealing science of god" mitsingen und tat das auch.

Mit Phil und Tom hatte er schon in ihrer Jugend in Rockbands zusammen gespielt. Frank hatte auch eine Zeit lang Gesangsunterricht genommen. Er war ein großartiger Sänger, dem auf der Bühne sein Charisma zu Gute kam (besonders bei den Mädels), ohne, dass er eine großartige Show machen musste. Früher hatte er sich teilweise zwischen den Stücken umgezogen, hatte mit Kostümen und Requisiten die Aussage der Stücke unterstützt. Er hatte sich sogar verschiedenfarbige, phosphoreszierende Kontaktlinsen in die Augen gesetzt.

97

Phil und Tom erinnerten sich an die eine oder andere Gänsehaut, die ihnen sein Auftritt mit Make up und im Scheinwerferlicht glühenden Augen bereitet hatte (und an Scharen verzückter weiblicher Fans).

Allerdings ärgerte Frank, dass heute in der Popmusik ein bestimmter Typ Sänger erwartet wurde. Die Sänger, die man in Musikclips sah und im Radio hörte, mussten dieses sexy Kratzen in der Stimme haben: Jugendliche Stimmen mit sexy Kratzen. Bei weiblichen Sängerinnen war das oft noch schlimmer: Wenn man sich durch ein paar moderne Popsongs durch hörte, konnte man den Eindruck gewinnen dem Soundtrack zu einem Porno zu lauschen, so wurde da gestöhnt und gewimmert. Natürlich mussten die Sänger auch jugendlich aussehen. Gern längere Haare, aber nicht hippiemäßig lange Haare, sondern sehr gestylt und männlich, gerne eine Tolle, die etwas ins Gesicht hing. Frank sah nicht jugendlich aus, überhaupt nicht, Frank war ein alter Sack. Und ein wirklich guter Sänger, der alles singen konnte, Rock, Blues, aber auch Balladen, der durch die Tonarten fand und improvisieren konnte. Aber diese melancholische, jugendliche Stimme mit dem leichten (sexy) Kratzen, worauf die Mädels heute so standen, war nicht sein Ding. Total albern war das! Es ging dabei gar nicht mehr um Musik, um die Melodie, gute Phrasierung und einen besonderen Ausdruck, sondern eben nur noch um dieses blöde sexy Kratzen.

Auf Grund seiner bescheidenen lokalen Bekanntheit war Frank vor Kurzem gebeten worden, bei einem Bandwettbewerb in der Jury zu sitzen. Er hatte sich richtig darauf gefreut. Als es dann soweit war, freute er sich gar nicht mehr: Die erste Band spielte so schlecht, dass er sich schwor, die würden von ihm keinen Punkt bekommen. Aber es wurde nicht besser. Ganz im Gegenteil! Die zweite Band hatte keinen Bass, sondern nur zwei „tiefergelegte" Gitarren, das heißt die Saiten waren tiefer gestimmt, um besonders viel Druck zu erzeugen und so gestimmt, dass man mit einem Finger einen „Power Chord" aus zwei Tönen spielen konnte, was viele Heavy-Bands machten. Mehr als einen Finger benutzten die Kids dann auch nicht.

Die dritte Band kam mit einem Sänger daher, der eine Maske trug und offenbar dank dieser Anonymisierung völlig enthemmt und schief ins Mikro brüllte. Frank hatte bestimmt nichts gegen ein gutes Bühnenoutfit, aber er war der altmodischen Meinung, dass man erst mal ruhig auch ein bisschen singen können sollte.

Die vierte Band war die schlimmste von allen, so dass Frank nach einer Weile nach draußen floh.

Er hätte es wissen müssen: Gleich während der ersten Band war Bernd, ein anderes Jurymitglied und stadtbekannter Hardrock-Gitarrist, rausgegangen und nach einer Weile mit Ohropax für alle wiedergekommen. Die ganze Jury hatte sich dankbar die Pfropfen in die Ohren geprokelt. Und Bernd war nicht gerade dafür bekannt zimperlich in Puncto Lautstärke zu sein...

Frank hatte den ganzen Abend nicht einen wirklichen Akkord gehört. Die Bands spielten im besten Fall Powerchords, ein Dur- oder Mollakkord war nie zu hören, meisten droschen aber alle Bandmitglieder wie nicht gescheit dasselbe Riff oder denselben Ton. Bei der ersten Band hatte es immerhin noch Ansätze von Harmonien gegeben, weil die beiden Gitarristen nicht immer dasselbe spielten. Zähneknirschend gab Frank all seine Punkte der ersten Band.

Frank lebte fürs Schreiben und für die Musik. Seine Schüler zu unterrichten, machte ihm auch Spaß (besonders die Mädels) aber er brannte für etwas anderes. Während Ecki, Phil, Tom und Olli die Musik von Yes und den frühen Genesis und von Pink Floyd wegen der komplexen Kompositionen und der musikalischen Tiefe liebten, liebte er deren tiefsinnige und manchmal philosophischen oder politischen Texte. Hier trafen sie sich alle. Er mochte aber auch Songwriter wie Jackson Browne, Joni Mitchell, Tori Amos und andere, die gute Texte schrieben, auch wenn sie sie nur mit wenigen einfachen Gitarrenakkorden begleiteten.

Frank trat manchmal im Duo oder auch mal alleine in Kneipen auf und sang und spielte seine eigenen Lieder und Klassiker der Rockmusik.

Ecki

Ecki war etwas untersetzt, trug längere Haare, die aber in der Mitte seines Kopfes ziemlich durchscheinend waren und den Blick auf ein Stück rosige Kopfhaut freigaben. Ecki war ein typischer Bassist. Niemand hat je das Mysterium aufklären können, warum Bassisten - und eben nur Bassisten - mit der Technik umgehen können. Ecki war der einzige in der Band, der etwas von Technik verstand. Wenn ein Kabel brummte oder ein Verstärker komische Geräusche von sich gab, musste Ecki ran. Besonders wenn Tom seinen Verstärker-Turm aufbaute und sein Effektrack anschloss, konnte man sicher sein, dass immer irgend etwas nicht funktionierte: Alle Kabel drin, Bodengeräte angeschlossen, Strom da, Stand by an: „Bröööhhhh..."

„Das hat er noch nie gemacht", sagte Tom dann und alle schlugen sich vor Lachen auf die Schenkel, weil er das immer machte. „Das hat er noch nie gemacht" wurde dann auch zum geflügelten Spruch. Immer wenn Tom seine Anlage bei einem Auftritt in Betrieb nahm, warteten alle schon feixend auf das Störgeräusch. „Bröööhhhh...",„Das hat er noch nie gemacht", sagten alle wie aus einem Munde und brüllten vor Lachen. Alle bis auf Tom. Der war ratlos. Dann war Ecki am Zug. Er rüttelte hier und guckte da, tauschte ein Kabel, sprach gut zu und das Gerät lief wieder normal. Er hatte auch als einziger immer Schraubenzieher, Ersatzkabel, Sicherungen, Röhren und so weiter dabei.

Ecki hätte auch Elektriker werden können. Dafür hatte er vielleicht nicht ganz so viel geübt wie die anderen. Er hatte zwar auch lange Unterricht gehabt und spielte einen soliden und der Band dienlichen Bass, aber er machte nicht die solistischen Höhenflüge der anderen. Das war eigentlich ganz schön, weil es schon genug Solisten in der Band gab. Ecki tat, was ein guter Bassist tut: Er hielt die Band zusammen. Nicht, dass er nicht alles spielen konnte, was gefordert war.

Aber er spielte sich nicht in den Vordergrund, sondern arbeitete im Hintergrund wie ein Uhrwerk.

Ecki kam musikalisch ursprünglich vom Funk und Soul. Und das merkte man auch.

Er spielte nur das, was gespielt werden musste, aber das mit absoluter Präzision. Diese Präzision beinhaltete nicht nur genau im Tempo zu spielen, sondern je nachdem was das gespielte Stück erforderte, auch „laid back", also etwas hinter dem Tempo oder auch kurz vor dem eigentlichen Beat.

Obwohl Phil auch mit technisch besseren Bassisten zusammen spielte, groovte es doch mit keinem wie mit Ecki. Dabei konnte Phil auch gewagte Überlagerungen spielen, Ecki hielt das Tempo und den Groove unbeirrbar. Phil spielte mit keinem Bassisten so tight zusammen wie mit Ecki. Deshalb spielte er auch mit keinem anderen Bassisten so gerne wie mit ihm. Modernen Jazz hätte man allerdings nicht mit Ecki spielen können.

Und Ecki spielte auch mit keinem Schlagzeuger so gerne zusammen wie mit Phil. Das lag zum einen daran, dass der auch die einfachsten Rhythmen durch Betonungen oder Überlagerungen immer wieder umdeutete und damit interessant machte. Zum anderen lag es daran, dass man, wenn man mit einem so guten und musikalischen Schlagzeuger wie ihm spielte, eigentlich gar nicht aufpassen musste. Phil hatte immer alles im Griff. Und immer bevor ein neuer Teil kam, veränderte sich sein Spiel subtil, öffnete sich seine HiHat ein wenig und erzeugte einen anderen Klang oder er spielte einen geschmackvollen Fill und alle wussten Bescheid. So musste man nie Takte zählen. Man spürte einfach, was als nächstes kam. Das hatte etwas magisches. Alles passierte einfach, man musste nicht nachdenken oder aufpassen. So konnten sie sich völlig auf die Magie der Musik einlassen.

Ecki spielte ab und zu auch in anderen Bands mit. Außerdem hatte er ein Tonstudio. Neben Auftragsarbeiten bastelte er dort an eigenen Stücken, bei denen er selbst sang und alle Instrumente einspielte. So entstanden in seinem Keller recht anspruchsvolle Werke.

Als junger Mann hatte er mit anderen zusammen versucht, Songs zu produzieren, mit denen man „reich und berühmt" werden konnte. Einmal hatten sie ein Lied produziert und an Udo Lindenberg geschickt, in der Hoffnung der würde es in sein Repertoire aufnehmen. Sie hatten es für sehr witzig gehalten. Es ging um Udos Jugend in Gronau und seinen Herzinfarkt und das er im Himmel dann mit Jimi Hendrix und Janis Joplin zusammen Musik machen werde. Udo fand das offensichtlich nicht witzig, denn eine Antwort bekamen sie nie.

In den Achtzigern hatten sie in Anlehnung an Nenas Neunundneunzig Luftballons einen Song aufgenommen und an das Bundesgesundheits-ministerium gesandt, von dem sie dachten, man könne ihn als Werbung für safer sex benutzen. Der Refrain war:

Neunundneunzig Überzieher

können hundert Leben retten

Neunundneunzig Überzieher

zwischen mir und Dir

Sie hatten das auch für ziemlich witzig gehalten.

Das Bundesgesundheitsministerium nicht. Sie schrieben, sie würden das prüfen. Dann schrieben sie nie mehr. Oder sie prüften es noch immer.

Als Jugendlicher hatte Ecki mal in einer Band gespielt, in der Unmengen von Drogen konsumiert worden waren. Die anderen Bandmitglieder waren viel älter als er, schon um die dreißig.   103

Wenn sie probten, wurde immer erst mal ein riesiger Joint geraucht. Und dann verschwamm alles im Nebel. Ecki hatte immer an Stücken arbeiten wollen, hatte auch viele eigene Ideen eingebracht, die die anderen toll fanden.

Musikalisch daddelten sie einfach alle so vor sich hin. Wenn man sich das hinterher anhörte, war es meistens ein völlig strukturloses Durcheinander. Jeder spielte, was er wollte und achtete gar nicht auf die anderen.

Seit dieser Zeit war Ecki etwas vorsichtig mit Drogen und mischte sich oft ein, wenn einer von den Jungs sich anschickte, irgendeine unbekannte und wahrscheinlich schädliche Substanz zu rauchen oder sonst irgendwie in sich aufzunehmen.

Ecki hatte sich früher auch als Tour-Bassist verdingt. Es gab weniger gute Bassisten als Gitarristen oder Schlagzeuger und so wurde Ecki immer mal wieder gefragt, ob er mit einer Band tingeln wolle.

Das waren oft Amerikaner gewesen. Die Amis waren ziemlich professionell. Das lag daran, dass sie mehr live spielten. In den USA traten an den Wochenenden in unzähligen Clubs Bands auf. Meist ging so ein Engagement das ganze Wochenende. Die Musiker bauten am Freitag auf und Sonntagnacht erst wieder ab. Die Gagen waren zwar schlecht (weshalb Unmengen amerikanischer Musiker und Bands lieber in Deutschland spielten), aber da man drei Nächte hintereinander spielte, lohnte es sich dann doch.

Die Amis kannten unheimlich viele Stücke auswendig und erwarteten das auch von ihren Mitmusikern: Zwar wurde ein bestimmtes Programm geprobt und es gab eine Setliste, also eine Reihenfolge, in der die Stücke gespielt werden sollten, aber niemand hielt sich daran. Die Reihenfolge wurde ständig verworfen oder es wurden irgendwelche Stücke angestimmt, die Ecki überhaupt nicht kannte. Als er mit einer amerikanischen Sängerin auf Tournee gewesen war, hatte die ihm manchmal während des Konzertes auf der Bühne kurz eines ihrer (ihm völlig unbekannten) Stücke erklärt. Bei bekannten Kompositionen erwarteten sie allerdings, dass er die kannte.

Als Schlagzeuger, der keine Harmonien spielte, hatte man es da leichter. Oder auch als Gitarrist, der sich mit improvisierten Fills oder mit einer rhythmischen Figur auf wenigen Tönen eine Weile durchmogeln konnte.

Das war auf dem Bass nicht so einfach. Da man den Grundton des Ganzen legte, musste man wissen, welche Akkorde gerade galten. (Andersherum hatte ein Bassist die Macht zum Beispiel aus einem Mollakkord einen Durakkord machen, indem er einen anderen als den eigentlich vorgesehenen Basston spielte.) Zum Glück hörte Ecki ziemlich gut (nicht so gut wie Olli, der in solchen Situationen die Harmonien geradezu vorweg ahnte), aber doch so gut, dass er spätestens nach einem Durchgang die Akkordfolge wusste. Bis dahin wurstelte er sich mit reduzierter Lautstärke durch.

Einmal hatten bei einem Konzert der ähnlich uninformierte Keyboarder, der auch nur für die Tournee gebucht war, und er sich Zeichen gegeben, sobald einer von beiden herausgefunden hatte, in welcher Tonart sie sich befanden. Sie hielten zum Beispiel zwei Finger gespreizt nach unten und kreuzten diese mit dem Zeigefinger der anderen Hand um ein „A" zu zeigen, hielten die Hand zu einem „C" geformt hoch oder legten noch einen Finger vor die Öffnung der Hand, um ein „D" anzuzeigen. Andere Notennamen waren nicht so einfach mit den Händen nachzubilden und so brüllten sie sich wie die Hammerkranken an, wenn sie in anderen Tonarten waren.

Bei einem Konzert der amerikanischen Sängerin, mit der er unterwegs war, trat auch eine andere Songwriterin auf, die gerade einen Grammy gewonnen hatte.

„Can I lend your bassplayer for a tune", fragte die seine momentane Arbeitgeberin, ohne ihn mit einzubeziehen. 105

So musste er sich durch eine harmonisch sehr ungewöhnliche und nicht sehr sinnvolle Komposition schummeln.

Aber dieses Spielen-was-kam war auch eine wirklich gute Übung und man wurde dadurch ein besserer Musiker. Es ging als Musiker darum zu hören, was um einen herum vorging und darauf einzugehen und das hatte er in dieser Zeit gelernt. Kein Wunder, dass viele amerikanische Musiker, die durch diese Schule gegangen waren, ihren deutschen Kollegen etwas voraus hatten.

Auch wenn Ecki sich selbst nicht als Profimusiker bezeichnete, lebte er von der Musik. Es half aber auch, dass seine Frau als Beamte ziemlich gut verdiente und Ecki so nicht über das möglichst verlässliche, regelmäßige Gehalt eines Alleinverdieners verfügen musste.

Phil

Phil liebte das Musikerleben. Er hing gerne nach einem Gig mit den Jungs aus der Band in der Hotelbar ab. Das war sein Leben.

Phil war neunundvierzig. Er war groß und gut durchtrainiert. Dabei half ihm sein exzessives und tägliches Schlagzeugtraining. Während die sportliche Tätigkeit seiner Kollegen sich allenfalls auf das Tragen von Instrumenten beschränkte und die meisten mit den Jahren immer mehr zu einem gemütlichen Lebensstil und damit einhergehendem Übergewicht neigten, blieb Phil fit und schlank. Dabei spielte vielleicht auch eine Rolle, dass er immer mal wieder in eine Schlägerei geriet. Er war eigentlich ein ganz lieber Mensch, aber ab und an ging ihm irgendein Idiot doch so auf die Nerven, dass er ausrastete und zuschlug. Seine Freunde Tom, Olli, Ecki und Frank wussten darum und taten alles, um ihn bei guter Laune zu halten und ihn aus körperlichen Auseinandersetzungen herauszuhalten.

Als Kind war Phil von seinem älteren Bruder eigentlich täglich vermöbelt worden. Auch sein Vater hatte ihm immer mal eine geknallt, begründet oder unbegründet. Das hatte in Phil eine grenzenlose Wut wachsen lassen. Als er dann endlich seinem Bruder gewachsen war und ihn für alle erlittenen Schläge büßen ließ und auch sein Vater es nicht mehr wagte, sich an ihm zu vergreifen, war es bereits zu spät: Phil war ein Schläger. Besonders hasste er es, wenn Olli oder Ecki, die beide mit körperlichen Auseinandersetzungen nichts zu tun haben wollten und auch gar nicht in der Lage waren, sich zu wehren, von irgendwelchen Deppen angemacht wurden. Dann sah Phil rot. Seine Freunde hatten alle Hände voll zu tun ihn in solchen Situationen zurückzuhalten. Sie erkannten schon an seinem Ton, ob jemand ihm so auf die Nerven ging, dass es gefährlich wurde und überboten sich dann in allerlei Ablenkungsmanövern, um Phils gute Laune zu erhalten.

Allerdings war Phil auch der Richtige um mit Veranstaltern, die die Kohle nicht rausrücken wollten, zu verhandeln.

Sonst war er aber wirklich ein netter Kerl.

Phil hatte schon früh auf allem rumgeklopft, was Krach machte. Schließlich hatten seine Eltern ihm ein Schlagzeug gekauft und Unterricht angedeihen lassen. In Berlin hatte er dann Schlagzeug studiert, das Studium aber nie abgeschlossen, weil er währenddessen schon so gut beschäftigt war, dass er sich lieber auf seine zahlreichen Bands konzentrierte als auf seinen Studienabschluss. Mit Olli hatte er schon gemeinsam in Berlin in völlig abgefahrenen Experimental-Jazzbands gespielt, mit Tom in seiner Hamburger Zeit in Fusion-Bands, nebenher in Gala- und Tanzbands gearbeitet, um Geld zu verdienen. Er hatte auch Studiojobs gemacht und lange im Theater und bei Musicalproduktionen gespielt. Da war man zwar gut versorgt und musste nicht drüber nachdenken, woher der nächste Gig kam, aber man spielte immer dasselbe und hatte auch keine Zeit mit Projekten, die einen künstlerisch befriedigten, aufzutreten. Deshalb hatte er das wieder aufgegeben.

Jetzt spielte er mit seinen alten Freunden, mit denen er schon als Jugendlicher gespielt hatte, bei The Tribe, machte hie und da eine Jazzmucke und quälte sich durch seine Tanzgigs. Aber er konnte von der Musik leben und musste nicht unterrichten, wie Tom und Olli. Unbegabten Rotzgören, die nicht übten, Unterricht zu geben darauf hatte er überhaupt keine Lust.

Phil hatte zeitweise Bands von Jugendlichen für verschiedene Institutionen geleitet. Das war eine schöne Möglichkeit, wenigstens ein kleines regelmäßiges Gehalt zu bekommen, das jeden Monat sicher auf seinem Konto landete.

Das hatte eine Weile wirklich Spaß gemacht. Er hatte dort viele wirklich begabte und sehr interessierte Kids um sich gehabt und einigen dieser Bands sehr viel in Sachen Groove, Improvisationsfähigkeit oder Zusammenspiel beibringen können. Es waren immer wieder Bands von Jugendlichen zusammen gewachsen, die nach einer gewissen Zeit auf die Bühne gehen konnten und wirklich klasse spielten. Phil war dann immer ganz gerührt.

Aber bei seinem letzten derartigen Job war er rausgeflogen. Die Kids hatten gesagt, sie kämen nicht mit ihm klar. Das hatte Phil schwer getroffen. Er hatte den Schülern, natürlich gesagt, was sie falsch machten oder verbessern könnten oder woran es lag, wenn sie etwas nicht hinbekamen. Das empfand er als den Sinn seiner Arbeit.

So hatte er dem Bassisten (der vorher noch nie einen Bass in der Hand gehabt hatte) gesagt, wo er die Töne auf dem Bass finden konnte. Der Gitarristin, die sich immer wunderte, warum sie kaum Töne aus ihrer Gitarre heraus bekam, hatte er erklärt, dass das an ihren langen Fingernägeln lag. Dem anderen Gitarristen hatte er gezeigt, wie man die Töne mit dem Plektrum spielte und wie das dann viel sauberer ging. Und die Schlagzeugerin, die nie länger als ein paar Sekunden durchhielt zu spielen und dabei auch noch im Tempo hin und her wackelte, hatte er gebeten, doch zu Hause auch mal Schlagzeug zu spielen, um ein bisschen Routine zu bekommen. Sie hatte geantwortet, sie habe gar kein Schlagzeug und spiele eben immer nur hier. Phil war plötzlich einiges klar. Als sie dann noch sagten, sie hätten eigentlich keinen Bock, immer das selbe Instrument zu spielen und wollten bei den verschiedenen Stücken (die sie nicht spielen konnten) die Instrumente tauschen (die sie nicht spielen konnten), zog Phil die Notbremse. Er erklärte ihnen, dass sie mehr lernen könnten, wenn jeder bei seinem Instrument blieb und dadurch dann immer sicherer würde. Aber die Kids sagten, sie wollten eigentlich gar nichts lernen, sondern nur Spaß haben. Phil argumentierte, dass dieser Spaß ja auch aus der Verbesserung der Band komme, die sich eben durch Spezialisierung einstelle.　109

Aber die Kids sagten, sie fänden ihn doof, old school eben.

Und tatsächlich hatten die Träger des Projektes ihn daraufhin sofort gefeuert.

Phil fragte sich, ob man in einer Schule demnächst einen (sagen wir mal Mathe-)Lehrer auch sofort feuern würde, wenn er der Schulklasse nicht mehr gefiel. Aber es hatte da offensichtlich eine Veränderung in der Einstellung gegeben. Die Jugendlichen wollten heute sofort Erfolg haben, ohne dafür zu arbeiten.

Olli und Tom wussten sofort, wovon er sprach, als er ihnen davon erzählte und verdrehten die Augen. An den Musikschulen habe da auch ein „Paradigmenwechsel" stattgefunden, referierte Tom, heute würden immer größere Gruppen von Schülern unterrichtet mit immer geringerem Anspruch und es wurde auch thematisiert, dass die Schüler heute eben eher bespaßt und beschäftigt werden sollten, als dass man ihnen viel beibrachte.

Also war Phil froh, dass er auch einfach mit dem Schlagzeugspielen sein Geld verdienen konnte.

Und einfach jeden Tag am Schlagzeug zu sitzen und zu spielen und dafür Geld zu bekommen, empfand er als großes Privileg.

Phil lebte seit über zwanzig Jahren mit seiner Freundin zusammen. Eine Heirat oder Kinder waren aber nie eine Option gewesen. Und auch wenn Anja ihn routinemäßig als ihren Mann bezeichnete, nannte er sie weiter seine Freundin oder einfach Anja. Wahrscheinlich scheute er sich, sich zu eng zu binden. Anja hatte vor Jahren mal gefragt, warum er denn überhaupt mit The Tribe spielte, da man mit der Band doch kein Geld verdienen könne. Da hatten bei ihm die Alarmglocken geklingelt. Er wollte nicht, dass ihm jemand vorschrieb, in welcher Band und welche Musik er spielen solle. Der nächste Schritt wäre ja gewesen, nur noch Tanzmusik zu machen, da er dort deutlich das meiste Geld verdiente.

Aber er brauchte gute Musik und gute Musiker, um seine Leidenschaft ausleben zu können, egal, wie viel Geld man damit verdiente. Er hatte auch mit seinen Freunden darüber geredet und Tom und Olli berichteten, dass ihre besseren Hälften ähnliches zur Sprache gebracht hatten. Aber so lieb Olli und Tom waren, hatten auch sie sich eine solche Einmischung strikt verbeten.

Phil stand auf Jazz, besonders aber auf Fusion, wobei der Ausdruck und die Extrovertiertheit des Rock sich mit der harmonischen und rhythmischen Vielschichtigkeit des Jazz verbanden. Sein großes Idol war Pat Metheny, dessen Stil von der Rockmusik inspiriert und dementsprechend melodisch und kraftvoll war, aber trotzdem auch alle Finessen des Jazz enthielt. Außerdem hatte Metheny mit seinem kongenialen Partner Lyle Mays große Kompositionen geschaffen, die weit über die übliche Form eines Jazzstückes hinausgingen. Und der Meister spielte immer dem Song dienlich, geschmackvoll und voll interessanter Wendungen, seine ungeheuren technischen Fähigkeiten blitzten aber nur von Zeit zu Zeit auf, waren nie Selbstzweck.

Und dann liebte er die alten Genesis, Yes und Pink Floyd (auch wenn Nick Mason, der Drummer von Floyd nach Phils Meinung ein ganz schöner Holzhacker war), wie Tom, Olli, Frank und Ecki. Deren Musik hatte mit Jazz überhaupt nix zu tun und so hatte Phil sich lange gefragt, warum er trotzdem darauf stand. (Yes hatten bei ihren ersten ein oder zwei Alben zwar mit Jazz experimentiert, aber das war nicht so gelungen gewesen, wie ihre darauffolgenden Platten.) Irgendwann hatte Phil dann durchschaut, dass die Musik von Yes, den frühen Genesis und zum gewissen Teil auch von Pink Floyd eben auch eine Art Fusion war: Keine Fusion von Jazz und Rock, wie das meistens verstanden wurde, sondern eben eine Fusion von klassischer Musik und Rock.

Yes komponierten ihre Werke teilweise in Sonatenform, Genesis, bei denen es keinerlei Improvisation gab, schrieben Mini-Opern mit Arien und Rezitativen und der Bombast-Sound von Pink Floyd erinnerte zeitweise an ein ganzes Sinfonieorchester. Diese Bands hatten die große Form und die Tiefe der Klassik in die Rock-Ära übersetzt.

Es war kein Zufall, dachte Phil, dass Genesis, Yes und Pink Floyd aus England kamen. Diese Bands, die wirkliche Kunst geschaffen hatten und die alle deutlich von der klassischen Musik beeinflusst waren, waren alle Europäer. Auch in Deutschland hatte der sogenannt Krautrock der siebziger Jahre meist Prog-Rock-Anklänge mit langen Kompositionen, Komplexität und vielen musikalische Teilen und ebenso eine Nähe zur klassischen Musik. Amerikanische Bands standen viel mehr in einer Bluestradition. Selbst künstlerisch anspruchsvolle Bands spielten in dieser amerikanischen Tradition und für sie war die europäische Klassik kein Vorbild.

Die Doors hatten besonders durch das theatralische Auftreten ihres charismatischen Sängers Jim Morrison einen intellektuellen Anspruch, musikalisch blieben sie immer im Blues-Idiom verhaftet. Der geniale Frank Zappa liebäugelte zwar mit der Avantgarde, bezog seine musikalischen Ideen aber aus dem Wortschatz von Jazz und Blues. Bands wie Blood, Sweat & Tears, Chicago oder Steely Dan kamen musikalisch vom Jazz. Auch die großartigen Crosby, Stills, Nash & Young blieben mit ihren wunderschönen Songs und kunstvollen Satzgesängen immer im Folk, Blues und Rock angesiedelt. Mit dem Titel einer ihrer schönsten LPs „Déjà vu" hatten sie das auch selbstkritisch zugegeben: „Alles schon mal dagewesen".

Auch neuere bekannte Bands, die anspruchsvolle Musik machten, wie Porcupine Tree und ihr Frontmann Steven Wilson, kamen aus England. Nur Spocks´ Beard war eine amerikanische Band, die sich deutlich auf das Erbe der europäischen Art-Rock-Bands bezog.

Amerikanische Bands standen natürlich in der Tradition ihres Landes, die es in Europa nicht gab. In Europa standen die Rockmusiker nicht in einer ungebrochenen Tradition. Sie hatten vielmehr die amerikanischen Musikstile genutzt, um Neues zu entwickeln und sich gegen althergebrachtes abzugrenzen. Dabei waren manche aber auch wieder zu ihren Wurzeln zurückgekommen und hatten Rock mit klassischer Musik verbunden.

Als Phil noch zur Schule ging, hatten sie einmal eine Klassenfahrt mit ihrem Musiklehrer gemacht. Sie sollten in Berlin unter anderem in die Oper gehen. Phil hasste Opern. Er schlug vor, wenn sie in die Oper gehen würden auch zu einem Pink Floyd Konzert zu gehen, was in den Tagen auch dort stattfand. Seine Mitschüler waren begeistert und der Lehrer willigte ein. Er war ein reiner Klassiker, der wahrscheinlich (außer versehentlich im Radio) nie Rockmusik gehört hatte.

Der Lehrer war begeistert von dem Konzert und auch ehrlich genug, das später zuzugeben. Er sagte, dass ihn die Klangfülle und auch die Tiefe der Musik tatsächlich an sinfonische Orchestermusik erinnert habe.

Von der Oper war Phil nicht begeistert. Er hasste klassischen Gesang. Sting hatte einmal bescheiden gesagt, dass die vielleicht größte Erfindung der Rockmusik die Benutzung des Mikrofons war, weil sie der menschlichen Stimme ihre Natürlichkeit zurückgegeben hatte. Ein Rocksänger musste nicht maniert und mit starkem Vibrato singen, weil er durch ein Mikrofon verstärkt wurde.

Etwas ähnlich schlaues hatte Tom auch mal gesagt: Das durch die Nutzung des Fade out bei einer Aufnahme die Möglichkeit bestand, die Illusion einer Unendlichkeit der Musik zu erzeugen, während viele eigentlich tolle klassische Stücke mit schrecklich doofen und klischeehaften Schlüssen endeten. Das klang zum Beispiel so:

Diiiiet	Dit	Diiet
Döööööt	Döt	Döt
Dooooot	Dot	Doooooooooot

Um diesen Effekt der scheinbaren Unendlichkeit auch live zu erzeugen spielten The Tribe bei einem ihrer Stücke, das sie dann als letztes Stück spielten, den Schlussteil minutenlang. Dabei wiederholten Olli und Tom jeweils eine Melodie auf Synthesizer und Gitarre immer wieder. Der Teil hatte zwölf Harmonien, die jeweils im selben Abstand zueinander standen und auch der letzte Akkord hatte den selben Abstand zum ersten Akkord der Folge wie alle anderen. Dadurch entstand ein unendlicher Kreislauf, bei dem man nicht sagen konnte, wo der Anfang und wo das Ende war (das war typisch für Ollis Kompositionsmethoden, der immer wieder neuartige Akkordfolgen erfand). Irgendwann gab Phil das Zeichen für ein kurzes Ritardando, ein „langsamer werden", worauf sie endeten. Dann stellte Olli sein Pedal fest, so dass der letzte Akkord weiter klang, während sie von der Bühne gingen.

Und erst dann wurde vom Mischpult aus ganz langsam der Akkord ausgeblendet, so dass man, wenn es gut gemacht wurde (was leider nicht immer der Fall war), wieder nicht genau sagen konnte, wann die Musik wirklich zu Ende war. Und man konnte den Eindruck haben, irgendwo spiele sie vielleicht weiter. Das Stück hieß Perpetuum mobile.

Money (Pink Floyd)

Allerlei Kulturinitiativen

Es gab in ihrer Gegend mehrere Kulturvereine, die sich dem Erhalt und der Förderung verschiedener Musikformen verschrieben hatten. Blöd dabei war nur, dass die auch meist meinten, selbst die polterigste Brass-Band, wenn sie nur aus New Orleans kam, sei besser als eine wirklich innovative Jazzband aus, sagen wir mal, Castrop-Rauxel.

Es gab eine Blues-Initiative, die wirklich schöne Konzerte machte, aber, man ahnt es schon, natürlich nur mit amerikanischen oder zumindest englischsprachigen Künstlern. Und wenn dann ein Ami und vielleicht sogar ein richtiger Schwarzer auf der Bühne stand waren alle begeistert. Dass es auch einheimische Künstler gab, die froh gewesen wären, mal in ihrer Heimat aufzutreten und auch durchaus was zu sagen gehabt hätten, kam bei der Blues-Ini niemandem in den Sinn.

Außerdem gab es einen Verein der Jazz-Freunde. Olli und Phil waren über viele Jahre mit wechselnden Bassisten als Kern der Rhythmusgruppe bei deren regelmäßig stattfindenden Jazz-Sessions für eine kleine Gage aufgetreten, teilweise auch mit Ecki oder Tom. Olli und Phil und zeitweise Tom hatten das früher schon im Hamburger Birdland und anderen Clubs gemacht.
Sie hatten andere, immer wechselnde Jazzmusiker aus dem ganzen Land zu den Sessions dazu geholt. Außerdem hatten sie oft einige ihrer Schüler mitgebracht, damit die bei der Session musikalische Erfahrungen sammeln konnten. Es waren tolle Abende voller Kreativität und abwechslungsreicher Musik gewesen.
Allerdings hörten die Jazz-Freunde gar nicht so gerne Jazz. Die meisten

Veranstaltungen des Vereins waren dann auch Konzerte mit rumpeligem Oldtime Jazz oder Dixieland. Darauf standen Olli, Tom, Phil oder Ecki überhaupt nicht. Sie konnten es schon spielen, weil man das als Profi halt immer mal tun musste. Phil zog das professionell durch und Tom hatte sich in finanziell angespannten Zeiten für solche Fälle sogar ein Banjo zugelegt. Wenn Olli allerdings in einer Oldtime Band aushalf, begann er schnell in modernere Spielarten abzudriften, die ihm mehr Spaß machten, aber seine Mitspieler total überforderten. Er wurde von solchen Bands nicht noch einmal angerufen.

Einmal, als Tom auf einer der Sessions mitgespielt hatte, hatte er sich gerade intensiv mit der Stilistik John Scofields, eines der wichtigsten und innovativsten modernen Jazzgitarristen, auseinandergesetzt. Er hatte wochen- und monatelang Scofields Soli analysiert und nachgespielt und war tief in dessen Spielweise eingedrungen. Um so begeisterter war er, seine neu erworbenen Fähigkeiten hier einsetzen zu können. Seine Mitmusiker waren sehr angetan gewesen. Und Tom war sehr zufrieden mit sich, weil es ihm gelungen war, viele der improvisatorischen Ansätze des Meisters anzuwenden. Er fand, er hatte selten so gut gespielt.

In der Pause wurde er dann allerdings von einer der leitenden Personen der Jazz-Freunde gefragt, warum er denn heute so schief spiele. Als kurz danach ein Schüler von ihm das Santana-Stück Samba Pa Ti vortrug, war die selbe Dame ganz hin und weg und sagte immer wieder, wie schön das doch sei. Ganz offensichtlich war ihr ein solches Pop-Stück doch näher als heutiger Jazz.

Trotzdem war zum Beispiel Olli mit seinem Jazz-Trio auf Kulturvereine wie die Jazz-Freunde angewiesen, wenn er überhaupt auch mal in seiner Heimat spielen wollte. Ob sie nun zeitgenössischen Jazz mochten oder nicht, sie sahen es schon als ihre Aufgabe an, auch dieser Musik Gehör zu verschaffen. Allerdings förderten sie eher jugendliche Bands, so dass Olli und seine

Freunde nicht so oft die Gelegenheit hatten, einen Auftritt für den Verein zu machen.

In letzter Zeit spielte auch meistens ein andere Rhythmusgruppe auf den Sessions. Die Musiker waren eher drittklassig aber sie spielten eben nicht so modern wie Olli, Phil und die Jungs. Was sie darboten war meistens auch nicht mal Jazz, sondern eher Rhythm&Blues und das sehr einfallslos und gleichförmig. Aber das Publikum mochte es, besonders weil der meist mitspielende Saxofonist auch mal auf einen Tisch sprang und überhaupt eine Wahnsinns-Show machte. Er quiekte hässlich auf seinem Instrument oder spielte halsbrecherisch schnelle Läufe, auch wenn er das meistens in Balladen oder an anderen Stellen machte, wo es überhaupt nicht passte. Oder er hielt minutenlange Töne, wodurch das Publikum sich zu wahren Begeisterungsstürmen hinreißen ließ. Das konnten zwar mittels zirkulärer Atmung heute eigentlich alle Bläser, die meisten waren aber zu musikalisch, um das ständig als Selbstzweck zur Schau zu stellen.

Oft trat jetzt auch ein Sängerin auf, die unglaublich schlecht sang, aber sehr gut aussah. Das Publikum liebte sie.

„Die Stadt hat jetzt die Jazz-Szene, die sie verdient", sagte Phil dazu.

Es gab auch einen Rockmusiker-Verein. Nette Leute. Phil nannte sie bösartig „Instrumentenbesitzer" im Gegensatz zu Menschen, die ein Instrument eben nicht nur besaßen, sondern es auch spielen konnten. Sie hatten ein eigenes Vereinshaus, in dem auch regelmäßig Konzerte und Sessions stattfanden. Tom, Ecki, Phil und Frank guckten immer mal auf den Veranstaltungen vorbei (Olli konnten sie dazu nur sehr selten und mit sehr großen Mengen Alkohol bewegen), hatten auch mal bei ein oder zwei Sessions mitgespielt. Sie wurden auch immer wieder aufgefordert mitzuspielen und konnten dann nur sehr schlecht erklären, dass sie eigentlich nicht umsonst auftreten wollten, weil es sonst immer hieß: „Auf der Session hast Du doch auch umsonst gespielt und jetzt willst Du Geld haben?" Eine andere Sache war, dass es auch nicht so eine gute Werbung war, wenn man mit schlechten Hobbymusikern zusammen auf der Bühne gesehen wurde. Die meistens auch noch betrunken waren. Und ganz besonders, wenn man selbst betrunken war.

Bei den Rockmuckern wurden Tom, Olli, Ecki und Phil als „Jazzer" tituliert, einfach auf Grund der Tatsache, dass sie Noten lesen konnten und überhaupt ein bisschen was von Musik verstanden. Das galt in diesen Kreisen als sehr suspekt.

Auf der anderen Seite galten sie in den heimischen Jazzkreisen als „Rocker", weil sie nicht so spielten wie die beliebten Rumpel-Jazzbands oder die normalen Jazzer, die mit ihrem Standard-Bebop immer ein bisschen nach Musikhochschule klangen.

Wo Blues-Initiative und Jazzfreunde am liebsten nur ausländische Bands und Künstler engagierten, engagierten die Rocker nur Leute aus der Stadt. Allerdings ohne Gage. Sie bestückten ganze Festivals und Stadtfeste mit den Bands ihrer Mitglieder. Erschreckenderweise für ortsansässige Berufsmusiker spielten die alle total gerne umsonst.

Die meisten dieser Bands waren gottserbärmlich schlecht aber manche waren auch ganz okay. Damit brauchten The Tribe sich eigentlich nirgends mehr zu bewerben. Es gab immer Bands, die komplett umsonst auftraten. Die waren so froh, überhaupt mal auf eine Bühne zu dürfen, dass sie das sogar immer wieder verlauten ließen. Phil und Olli wurden einmal Zeuge, wie auf einem Stadtfest der Sänger einer Bluesband, die nicht einmal schlecht gewesen war, am Ende ihres Auftritts sagte:

„Wenn Ihr mal ´ne Band braucht, ruft uns an oder schreibst uns ´ne mail. Wir machen aus Spaß Musik und nehmen kein Geld dafür! Wir freuen uns immer, wenn wir mal auftreten können und spielen auch gern auf Eurer Party! Kostet nix! Meldet Euch einfach!“

Phil und Tom sahen sich verdattert an und schütteten ihre Biere so schnell es ging herunter. Nach dieser Ansage zu urteilen, wussten die Typen auf der Bühne ganz genau, dass sie damit anderen Leuten den Job wegnahmen. Gegen so eine Konkurrenz konnte man nicht ankommen, egal wie gut man war.

„Wir sollten rauskriegen, was diese Jungs für Jobs haben und das umsonst anbieten“, meinte Tom kopfschüttelnd.

„Wir sollten diesen Jungs mal ganz gepflegt die Fresse polieren“, hielt Phil dagegen.

„Deine Heizung ist kaputt? Ich repariere sie umsonst“, sagte Tom.

„Dein Klo ist verstopft? Mach ich wieder frei! Kostet auch nix“, ergänzte Phil.

„Lass uns mehr Alkohol trinken“, sagte Tom.

„Unbedingt“, sagte Phil.

Ein oder zwei Mal im Jahr fand auch ein großes Konzert statt, bei dem Mitglieder verschiedenster Bands in wechselnden Formationen zusammen spielten. Bis zu hundert Musiker standen dann auf der Bühne und spielten etliche Stunden lang. Damit konnte keine normale Band mithalten. Auch wenn viele der Musiker nicht so gut waren, nahm das Publikum den Event doch gerne an. Auch wenn dabei der Biertresen immer mehr frequentiert wurde als der Zuschauerraum. Auch hier traten alle Teilnehmer ohne Gage auf und übten noch vorher monatelang für ihren großen Auftritt. Das konnte man sich nur leisten, wenn man einen Job in der Sparkasse oder einem Büro hatte und die Musik eben nur als Freizeitgestaltung betrieb. Ein Profimusiker hätte gar nicht so viel Zeit für ein solches unbezahltes Projekt aufbringen können.

„Diese Stadt ist verbrannte Erde", sagte Phil dazu.

Tatsächlich war die ganze Musikszene in der Hand liebevoller Hobbyisten, die den echten Musikern die Chance auf bezahlte Jobs nahmen und von amerikanischen Gastmusikern.

Der Agent

Die Sache mit dem neuen Namen lief gut. Sie hatten jetzt deutlich mehr Auftritte. Sie hatten ein neues Info erstellt, dass sie an die Veranstalter schickten, in dem die bekannten Musiker aufgelistet wurden, mit denen sie schon gespielt hatten und in dem ihr langer Werdegang in den USA besprochen wurde. Bei den Clubs, in denen sie bisher gespielt hatten, ging das natürlich nicht, aber das waren ja sowieso nicht viele. Wenn sie als John Heart Band aus Amerika eine E-mail an die Clubs schickten, kamen doch deutlich mehr Antworten als das bisher der Fall gewesen war.

Oder wenn Tom oder Frank, die das ganz gut drauf hatten, sich telefonisch auf Englisch oder mit englischem Akzent bei einem Veranstalter meldeten, war die Resonanz auch ganz anders als früher:

„Hi, this is John from the John Heart Band speaking. We´re hangin around over here in Europe for a while and we were wondering, if we should play in your club one day."

„Äh, that sounds great! Where are you from? And what music do you play?"

„Well, we sind von New York City and we spiele Rock music. Real Rock Music, you know? You´ll love it, I know that!"

„Oh, great! I think we should be able to do something."

Früher waren die Gespräche eher so verlaufen:

„Hallo, hier ist der Tom von der Band The Tribe. Wir würden gerne mal bei Euch auftreten!"

„Du, ich hab jetzt überhaupt keine Zeit. Ruf bitte n andermal an, ja? Tschühüß!"

oder:

„Hallo, hier ist der Tom von der Band The Tribe. Wir würden gerne mal bei Euch auftreten!"

„Da musst Du mit Kalle reden."

„Kann ich dann mal Kalle sprechen?

„Der ist heute nicht da."

„Wann ist der denn da?"

„Weiß ich nich. Ruf einfach noch ma an, ja? Tschühüß!"

oder

„Hallo, hier ist der Tom von der Band The Tribe. Wir würden gerne mal bei Euch auftreten!"

Krrk. Tut. Tut. Tut .Tut. Tut....

oder bestenfalls:

„Hallo, hier ist der Tom von der Band The Tribe. Wir würden gerne mal bei Euch auftreten!"

„Schick erstmal Material." Krrk. Tut. Tut. Tut. Tut. Tut....

Wenn man dann wusste, welche Mengen von Demo-Material bei jedem Veranstalter vor sich hin gammelten und darauf warteten, vielleicht doch irgendwann einmal gehört zu werden, wusste man, wie aussichtsreich das war. Jedenfalls lief das jetzt viel besser. Tom hatte Recht gehabt: Die Veranstalter waren geil darauf, eine Ami-Band zu verpflichten und wussten, dass das Publikum das toll fand.

Sie spielten irgendwo im Ruhrgebiet. Der Laden war ansprechend, immerhin halbwegs gefüllt, die Leute nett und der Sound war gut. Nachdem die ersten Stücke noch relativ verhalten beklatscht worden waren, hatte Frank mit einer schnodderigen englischen Ansage die ersten angetrunkenen Herren dazu bewegen können, sich weiter nach vorne an die Bühne heranzuwagen. Ein paar in die Jahre gekommene Hippie-Damen begannen auch schon zu tanzen. Die Band gab alles. Frank sang sich die Seele aus dem Leib, Olli und Tom spielten lange Soli und Ecki und Phil groovten, was das Zeug hielt.

Am Bühnenrand stand ein kleines Männchen und grinste wie ein Honigkuchenpferd. Ab und zu hielt es den Daumen hoch, wenn Tom in seine Richtung sah, der damit aber nicht viel anzufangen wusste.

Als sie eine Pause machten, sprach der kleine Mann Tom an: „Greit Bänd! Wär a ju pipl from?"

„Thanks a lot", meinte Tom alias John Heart, „we´re from New York". Er wollte schon weiter gehen, als der kleine Mann ihn am Arm festhielt und eine Karte zückte.

„Ei em ä bucking ajent. If ju niet gigs erount hier djust let mi nou."

Tom sah auf die Karte:

Wir haben *die Band* für Sie!
Axel Müller   Agentur Müller   0221/4341-27, -28, -29
Bandmanagement, Booking, Veranstaltungen
muellerentertainment@gmx.de
Müllerentertainment.com

„Oh, sure, we`re always looking for engagemants", meinte Tom begeistert.

„Fein! Mei Inglisch is not tu good. Das uan of ju pipl spiek djerman?"

„Oh, klar, wir konnen auch eine bisschen Deutsch spreche", meinte Tom und bekam in seinem Übereifer gerade noch die Kurve, nicht akzentfrei loszuplappern.

„Ja, supa", meinte das Männchen, „dös koammt mir scho sehr geleang!"

Sein Deutsch war nicht unbedingt besser als sein Englisch dachte Tom, sagte aber nichts.

„I hob da a poar Froagn. Sag amal, lebts Ihr von derer Musik, seids Ihr a Profiband?"

„Ja, wir sind einer Profiband. Wir mache uberhaupt nix änderes",   124 antwortete Tom. Er musste sich jetzt sehr auf seinen amerikanischen Akzent konzentrieren. Längeren Gesprächen ging er sonst in letzter Zeit eher aus dem Weg.

„Da legst di nieder! Supa! Da könnt i was tue für Euch. Habts Ihr denn an Interesse?"

„Naturlich", meinte Tom, „wir waren am liebtse jeden Tag auf die Buhne."

„Ja, krass", meinte der kleine Mann. „Bischt Du denn der Chef von derer Bänd oder somama mit de andere schwätze?"

Tom fiel auf, dass Herr Müller ein sonderbare Kombination von Bayrisch und Wienerisch mit schwäbischem Einschlag sprach.

„Yeah, wir sollte lieber mit die alle zusamme sprächen", sagte Tom und fragte sich, ob die anderen das Spiel mit der amerikanischen Identität auf Dauer mitspielen würden. Normalerweise mieden sie das Publikum jetzt eher, seit sie sich als Amis ausgaben. Er war sich aber nicht sicher, wie lange er selbst das durchhalten würde.

Er führte den kleinen Mann in den Backstage-Raum, wo alle zusammen saßen.

„Hi, guys, this is Axel Müller", sprach Tom seine Bandkollegen an. „He is an booking agent and he wonders if he could do some booking for us."

Ecki, der nicht besonders gut Englisch sprach, sah verständnislos drein. Auch Phil und Olli guckten etwas belämmert. Nur Frank stieg sofort auf Toms Ansprache   ein:

„Hi, come on in! This are Phil, Ed and Jo, my name is Frank." Er streckte Herrn Müller die Hand entgegen.

„Äh, du ju spiek djerman olsou?", fragte Müller wieder, während er Franks Hand schüttelte.

„Oh, yes, ehm, sure, ich sprechen Deutsch auch eine wenig", gab Frank zurück und sah Tom verzweifelt an.

„Sodele", sagte Müller, „da wolln wer ma. I mach das bucking für ganz a viele supa Bands. Bundesweit, Österach, Schwyz, ganz Oiropa, ge? Hab guat zu tua! I find Eu bärestark! Supa musi! Alsso wenns Ihrs wollt, mach I dös füa Eu au!"

„Äh", meinte Frank.

„Öh", sagte Tom und sah die anderen hilfesuchend an.

„Wir spielen nicht unter Tausend Euro am Abend", sagte Phil.

„Na sag amal, Du schwätzt ja Deitsch", antwortete Müller erstaunt.

„Yeah, he is eine deutsche Mann, mit den wir spiele over hier", beeilte sich Tom zu sagen.

„Ah", meinte Müller. „Na, hörts amal, I weis doach, wiea dös loaft. Ihr krieagt doch selta an Tausenda. Wos güabts denn hiea?"

„Fünfhundert Garantie", gab Phil zu. Und wenn die überschritten sind Siebzig/Dreißig."

„Noa siexts. Do woarn koane hundat Leut do herinnen. Sagn wa moal oachtzig zoalnde Göst. Doa kriegts ihr bei zehne Euro Oantritt, äh, siebzzig Prozent von, äh, oachthundat, äh, noa, also zwischa füanf- und sechshundert. Möahr is ja für so ane Rockband, diea net totaaal bekoannt is, nich drian. Möahr krieagts ihr selte. Ja, aba wir könnet dös moache, mit dene tausend Euro. Natürli nur oam Oanfang."

„Naturlich."

„Wenns Ihr a bissle etabliert seids, gisch scho mehr, ge?"

„Naturlich. Aber fur de Anfang wurde das reichen."

„Abzüaglich füanfzeh Prozent, verstaht sich. I muss ja au von ebes leba, ge?"

„Funfzehn Prozent is ok, was meint ihr?"fragte Tom in die Runde.

„Aber plus Fahrgeld", ergänzte Phil.

"Geht klar", sagte Olli.

„Bist Du au a Deitscher?", fragte Müller etwas irritiert.

„Jau",antwortete Olli.   126

„Ich auch", sagte Ecki.

„Ja Herrgottsblechle, wer ist denn hier überhaupt aus de Staade?", fragte Müller verwundert.

„Überhaupt nur wie beide", meinte Tom, aber Frank sah ihn tadelnd an und sagte: „Wenn wir mit dem Herrn Müller zusammen arbeiten, müssen wir ihm schon die Wahrheit sagen, Tom."

Herr Müller brach in schallendes Gelächter aus: „Wiea Tom, I denk Du heischt John? Seids ihr denn alle deitsch oder wos? Heiligsblechle nochamal!"

„Ja, äh, das ist so...", hob Tom an zu erklären.

„Wir geben uns als Band aus Amerika aus, weil die Leute da mehr drauf stehen", erklärte Frank. „Kein Mensch interessiert sich für eine deutsche Band, egal wie gut die ist. Aber sobald Du Dich als Ami-Band verkaufst, läuft es viel besser."

„Wuhahaha", machte Herr Müller. „Kloa, dös stümmt! Supa Idee! Dos I da nett selba scho drauf gomme bin! Do müsst Ihr aber guat durchhalte mit de Vasteckspieln. Schoaffts Ihr dös dönn?"

„Na, wir machen das jetzt schon ne ganze Zeit lang. Bisher hat sich keiner verquatscht", meinte Tom. „Frank und ich waren beide lange in den USA und sprechen ganz gut Englisch und die anderen reden möglichst nicht mit den Leuten. Und wir haben echt deutlich mehr Auftritte jetzt!"

„Öacht supa", sagte Müller wieder. „Passts nur oaf, wenns Ihr amal in Doarmstadt odda Wiesbade spüelt, do güabts Clubs, wo nur amerigânische Soldade rumloafe, do koas aba Örga göbn!"

„Wir haben neulich in Frankfurt gespielt vor lauter Amis", erzählte Frank. Als mich da einer angesprochen hat, was ich für einen Akzent hätte, hab ich gesagt, meine Eltern wären Einwanderer aus dem alten Jugoslawien gewesen und wir hätten zu Hause halt immer nur serbisch gesprochen."

„Und dös hoat a gloabt?", fragte Müller vergnügt.   127

„Joa freilich", meinte Frank und korrigierte sich: „Äh, ja, hat er." Er war so eingearbeitet im Nachmachen von Akzenten, dass er Herrn Müllers Akzent sofort imitiert hatte.

„Wenn mich einer darauf ansprechen sollte, dass ich nicht ganz wie ein Ami klinge, sage ich, meine Eltern hätten zu Hause finnisch gesprochen. Da ist die Wahrscheinlichkeit, dass ein Amerikaner das spricht, auch nicht so groß", erklärte Tom.

In diesem Moment kam der Veranstalter herein und sagte: „Hey guys, break is over, please go on stage again." Er war schon am Gehen als er sich nochmal umdrehte und hinzufügte: „The people love it!"

Musik

Hier wird es noch einmal Zeit für eine Anmerkung: Die Popmusik der sechziger/siebziger Jahre war in weiten Teilen keine Popmusik. Äh, noch `ne Anmerkung: Die Rockmusik wurde generell als Popmusik bewertet, egal wie komplex und anspruchsvoll sie auch sein mochte. Nie vorher oder nachher hatte eine künstlerisch so ambitionierte Musik auch ein so großes Publikum, waren auch die Hörer bereit, sich auf diese musikalischen Experimente einzulassen, langen Soli und ausufernden instrumentalen Ausflügen zu folgen.

In der zweiten Hälfte der sechziger und der ersten Hälfte der siebziger Jahre ging einfach alles. Jimi Hendrix oder Eric Clapton, letzterer besonders mit Cream, spielten endlose, unkonventionelle Kollektivimprovisationen, ganz zu schweigen von Bands wie Soft Machine oder King Crimson. Die Beatles waren in ihrer späten Phase eine regelrechte Experimentalband, die einfach alles nutzten, was ihnen gefiel. Klänge der Avantgarde-Musik, Jazz und außereuropäische Musikformen verbanden sich mit Vaudeville-Musik, Country, Klassik und Rock&Roll. Selbst die später so auf massentaugliche Inszenierungen bedachten Rolling Stones jammten sich auf der Bühne durch endlose Bluessessions. Live-Auftritte der Doors, von Grateful Dead oder Frank Zappa gerieten außer jeder Form. David Bowie erfand sich immer wieder neu mit Songs, die von Soul und Funk über Pop und Rock bis zu den avantgardistischen Klangexperimenten seiner Berliner Zeit reichten. Auch die Heavy-Rocker Led Zeppelin oder Deep Purple brachten künstlerisch anspruchsvolle Werke heraus. The Who, Genesis und später Pink Floyd schrieben Rock-Opern, besonders Yes brachte Werke sinfonischen Ausmaßes hervor. In Deutschland experimentierten Bands wie Tangerine Dream, Amon Düül und Can mit neuen und bisher ungehörten Klangwelten.

In den Achtzigern und Neunzigern setzten Bands wie Queen, U2, The Police oder ihr Sänger Sting noch einmal neue künstlerische Akzente.

Während die Popmusik in den Fünfzigern und frühen Sechzigern noch auf leicht verdauliche Drei-Minuten-Stücke gesetzt hatte, wurden in den nachfolgenden Jahren alle Grenzen überschritten. Songs verließen die überschaubare Strophe-, Refrain-, Bridge-Form, uferten in lange Kompositionen aus, die oft der Klassik nahe kamen, auch harmonisch, rhythmisch, formal näherte man sich der klassischen Kunstmusik oder dem Jazz immer mehr an.

Natürlich orientierte sich die Rockmusik bei dieser Evolution von einer einfachen Volksmusik bis zu komplexen Formen einer Kunstmusik am Jazz und an der Klassik, so wie der Jazz sich in seiner Entwicklung auch an der europäischen Kunstmusik orientiert hatte. Während diese für ihre Entwicklung noch Jahrhunderte gebraucht hatte, ging die Entwicklung beim Jazz schon in Jahrzehnten von Statten und die Rockmusik machte sie dank dieser Vorbilder in gerade mal zwanzig Jahren durch.

Erstaunlicherweise blieb diese Kunstform nicht das Steckenpferd weniger Intellektueller, sondern wurde zum Massenphänomen, lief überall im Radio, Schallplatten wurden millionenfach verkauft.

Dies lässt sich nicht mit dem erstaunlich guten Geschmack von Millionen von Teenagern erklären, sondern nur als soziales Phänomen: Hier fand eine echte Kulturrevolution statt, nicht von oben verordnet, sondern von jungen Menschen gelebt. Die Musik war Ausdruck und Drehbuch eines neuen Lebensgefühls, sogar eines neuen Lebens. Die Jugend forderte mehr Freiheit, Demokratie und Gleichheit, ging gegen verkrustete Strukturen in der

Gesellschaft, gegen Kapitalismus, Unterdrückung und Kriege auf die Barrikaden. Die Musik war das Sprachrohr dieser Bewegung geworden. Auch wenn nicht jeder Rockstar mit den Geistern, die er da gerufen hatte, glücklich war. Vom Großstadt-Revolutionär über den Friedensaktivisten bis zum ökologischen Landfreak wurden sie alle von der Rockmusik inspiriert und getragen.

Wahrscheinlich deshalb reagierten die etablierten Medien und die Kritik oft abfällig und erkannten den Wert dieser Musik nicht an. Über große Innovatoren wie Jimi Hendrix oder die Beatles machte sich eine spießige und von der Gesellschaft instrumentalisierte Kritik oft sogar lustig. Die großen Kompositionen von Yes, den frühen Genesis oder Pink Floyd, die vergleichbar sind mit sinfonischen Werken klassischer Meister, sind vom Feuilleton fast gar nicht zur Kenntnis genommen worden. Bis heute wurde die bahnbrechende Entwicklung in dieser Epoche und ihre Bedeutung über die Musik hinaus kaum wahrgenommen.

Eigentlich hätte diese Musik heute in gebildeten Kreisen ebenso allgemein anerkannt sein müssen wie Jazz oder klassische Musik. Das war in englischsprachigen Ländern auch viel mehr der Fall. Wenn Yes oder Steve Hackett mit seinem „Genesis revisited" heute in einem plüschigen Theater in London auftraten, fuhren da distinguierte ältere Herrschaften im Rolls Royce oder Bentley vor. Und als Tom und Frank mal in London die Pink Floyd Ausstellung „Their mortal remains" besuchten, kamen sie sich in dieser Umgebung nicht nur erstaunlich jung vor, sondern auch deutlich unterprivilegiert. Tom hatte angesichts der vielen älteren Herren gesagt, er komme sich vor wie im Wartezimmer für eine Prostatauntersuchung.

Wenn aber heute Yes oder Pink Floyd in Deutschland Konzerte geben, schreibt hier zu Lande die Presse, die Rock-Opas könnten es immer noch nicht lassen. Hätte man so von einem Karajan oder Barenboim oder anderen großen Dirigenten gesprochen, wenn sie auf Konzertreise gehen?

Allerdings waren die meisten Rock-Künstler käuflich. Sie genossen den Ruhm aber auch die Millionen, die sie verdienten und kooperierten mit großen Firmen, Schallplattenkonzernen und Veranstaltern. Diese legten die Millionen, die sie mit den Songs verdient hatten, die gegen das Establishment, Kommerz und Großindustrie geschriebenen worden waren, gleich wieder im Ölgeschäft, in der Ausbeutung der dritten Welt und dem einen oder anderen Krisengebiet an.

Vielleicht war es diese Diskrepanz zwischen Anspruch und Realität, die Unglaubwürdigkeit der Rock-Heroen, die zum Ende der großen Phase der Rockmusik führte. Vielleicht war eine derartige Kunstmusik auch einfach auf Dauer zu anstrengend für den täglichen Bedarf. Die Stücke wurden wieder kürzer, eingängiger und musikalisch einfacher. Außerdem riss die Punk-Bewegung die alten Idole von ihren Sockeln und besann sich musikalisch auf die einfache Grundform des Rock. Jonny Rotten, der Kopf der Sex Pistols lief mit einem T-Shirt mit der Aufschrift „I hate Pink Floyd" herum, stand die Band doch wie kaum eine andere für geschmackvolle, tiefsinnige und ästhetische Kunst-Musik.

Jahre später gab Rotten zu: „Ich habe Pink Floyd immer geliebt".

Die Rockbands, die sich nicht mit dem abebbenden Ruhm zufrieden geben wollten, sprangen auf den Zug auf oder versuchten es wenigstens: Allenthalben brachten vorher gewaltige Rockkünstler nette, radiotaugliche und kurze Ohrwürmer heraus. Giganten wie Genesis, vorher eine der kreativsten Bands der Rockmusik, wurden zu netten Pop-Lieferanten (allerdings verdienten sie jetzt in kürzester Zeit ein vielfaches dessen, was sie in der gesamten Zeit vorher eingenommen hatten), wenngleich der schon vorher ausgestiegene Peter Gabriel weiter Qualität produzierte und der vom musikalischen Niedergang frustrierte Gitarrist Steve Hackett im Untergrund weiterwurschtelte. Selbst die großartigen Yes versuchten es mit kurzen, radiotauglichen Pop-Rock-Nummern. Auch wenn sie es sich bei ihrem bald daraus hervorgehenden Mega-Hit Owner of a lonely heart nicht verkneifen konnten, eine aus rhythmisch anspruchsvollen Breaks bestehende und klanglich sehr extreme Passage einzubauen, die weit über die Hörgewohnheiten in einem normalen Popstück hinaus deutet, als wolle die Band damit sagen: Hey, wir sind immer noch Yes und wir können auch *richtig* spielen! Später besannen sich die Meister wieder darauf, die Kompositionen ihrer größten Zeit zu spielen und diese gehören bis heute zu jedem Yes-Konzert. Allerdings werden diese Konzerte heute eher von wenigen ausgesuchten Musikfans besucht als von den Massen der Siebziger Jahre.

Heute eifern unzählige Coverbands der Musik dieser Zeit nach, sind ihren Idolen teilweise handwerklich und dank moderner Technik klanglich sogar überlegen, ohne jedoch ihren Ausdruck und ihre Authentizität zu erreichen. Ihnen ist es aber zu danken, dass es diese Musik weiter als aufgeführte Musik gibt. Rock-Musik ist inzwischen klassischer Musik oder Jazz ähnlich, eine Spartenmusik, die eine bestimmte Gruppe von Hörern erreicht, aber am Geschmack der Masse vorbeigeht. Von Zeit zu Zeit werden auch Stars der großen alten Zeit zu Gipfeltreffen gereifter Rockmusiker zusammen auf die Bühne gestellt. Dies sind dann oft handwerklich beeindruckende Beispiele hoher Spielkunst und entsprechen insofern auch eher dem höher-schneller-weiter, das bei ähnlichen Konstellationen im Jazz üblich ist, kommen aber auch nicht an den Ausdruck der früheren Zeit heran. 133

Okay, das waren jetzt gleich mehrere Anmerkungen, na egal.

Heute gibt es Heere gut ausgebildeter Musiker, die ihren Vorbildern technisch locker den Rang ablaufen. Viele Provinz-Mucker spielen heute besser als Hendrix, Clapton und die anderen. Der Unterschied ist: Hendrix und Clapton hatten das, was heute zum Repertoire jedes Hobby-Gitarristen gehört, selbst *erfunden*. Oder doch wenigstens aus dem Blues in ein völlig neues Umfeld übertragen und weiterentwickelt.

Jeder heute arbeitende Rockmusiker träumt insgeheim von der großen Zeit der Rockmusik, von der musikalischen Komplexität und von der gesellschaftlichen Relevanz, vom großen Publikum und, na klar, von den Groupies. Die Faszination dieser Ära ist immer noch so groß, dass es vielen Musikern und Hörern schwer fällt zu verstehen, dass diese Zeiten unwiederbringlich vorüber sind. Das Problem hatten auch Frank, Tom, Olli, Ecki und Phil.

Management

Sie hatten Herrn Müller nach dem Konzert noch mal gesprochen, ihm eine CD (auf der noch der Name The Tribe prangte) gegeben und etliche Biere später war ihre Abmachung klar: Er würde ihnen erst einmal testweise ein paar Jobs besorgen und wenn es gut lief, würden sie sich in seinem Kölner Büro treffen und einen Vertrag machen. Sie sollten pro Auftritt mindestens eintausend Euro bekommen, abzüglich der fünfzehn Prozent Provision für Herrn Müller, aber plus Fahrgeld, wenn sie weiter fahren mussten, also zusammen immer mit mindestens achthundertfünfzig Euro nach Hause kommen. Das war eine deutliche Verbesserung zu ihrer vorherigen Finanzlage. Eine weitere Verbesserung war, dass sie bald mehr Gigs bekamen: Schon zwei Wochen, nachdem sie den Agenten kennengelernt hatten, bot er ihnen mehrere Auftritte hintereinander an, weil eine andere Band die hatte absagen müssen. Dann setzten die Engagements ein, die Herr Müller regulär für sie buchte und mit den Konzerten, die sie selbst abgemacht hatten, seit sie die John Heart Band waren, hatten sie bald fast jedes Wochenende zu tun, manchmal drei oder vier Abende hintereinander.

So trafen sie sich drei Monate nach ihrem Kennenlernen bereits in der Agentur Müller um einen Vertrag zu unterzeichnen. Das Büro war im Kölner Bahnhofsviertel gelegen. Außer Müller schien es nur noch eine Mitarbeiterin zu geben, die womöglich als Sekretärin fungierte. Die beiden Büroräume waren neben eher funktionalen Büromöbeln mit Stapeln von CDs und Platten und mit Bergen von Aktenordnern und losen Papieren gefüllt, die Wände zierten Plakate von Bands und Festivals.

Herr Müller bat sie, sich zu setzen. Er war bester Laune: „Loaft doch supa", strahlte er. „Oa Ami-Band is hoalt immer bessa zuam mänädsche, hehe."

135

„Ja, so viel haben wir noch nie gespielt", sagte Olli und erntete einen bösen Blick von Tom, der immer sagte, man müsse sich möglichst gut verkaufen. Müller bot ihnen etwas zu trinken an und da es nur Kaffee oder Mineralwasser gab, lehnten Olli und Frank gleich ab. Die anderen bekamen ihren Kaffee und Olli fragte: „Wo kommst Du eigentlich her, Axel?" Da er jeden duzte, duzte er Herrn Müller natürlich auch. „Deinen Akzent kann ich überhaupt nicht einordnen."

„Na, uasprünglich komm i aus Wiean, aba i hoab loang in Müanche glöabt und dann au in Schturgett, äh, Schtuttgart, da is wohl a bisserl woas durchanandakomme."

„Das erklärt einiges", meinte Olli.

„Kann man nur hoffen, dass da jetzt nicht noch Kölle alaaf dazukommt", meinte Phil.

„Na, hiea bin i ja noach nett so loang", antwortete Müller und lachte.

„I hob mia mol oere Zede akhört. Dös is olles schöa und guat. I mogs wirklich. Aba dös is zua kompliziat! Ia müssts dös an bissl voreinfache. Dös moag sie hoat koana mehr ahöre."

„Ja, das haben wir uns auch schon überlegt", gab Ecki zu. Wir spielen manches auch schon in einer etwas abgespeckten Version.

„Joa, i moan, diea Stüack sind ja manchmoal zeh Minude loang. Und soa vüale verschiedne Toale. Dös begroaft ja goa koaner. Wie gsagt, i fiands toll, oba dös übafoadat doch dös Publikum, gell?

„Ja, das stimmt", sagte jetzt Phil. „Wir haben jetzt auch schon viele Instrumentalteile rausgeschmissen."

„Dös is guat! Aba, i gloab, dös is imma noch zua kompliziat. Bei Euam Konzert, fand i dös au etwas aastrengend."

„Na ja, aber wenn wir alles rausschmeißen, ist das einfach nicht mehr die Band", meinte Olli. „Wollen wir das denn?"

„Noa, iahr müasst ja nich oalles roausschmeiße. Iahr haoabts doch tolle Stüacke. Mit dolle Melodiä und so, weischt? Oaba diesö longe Soli, I woaß net."

„Da könnten wir sicher noch etwas kürzen", meinte Tom.

„Ja, hanoi, smuss ja nicht ständig soa loang sei. Oacht oda soachzehn Toatken Solo is okai. Und doann oane Fietscha-Nummer am Oabend, weischt, oan Gitarrensolo, woa de ma olls zoagst und oan Keyboardsolo, so richtig zeahn Minude loang. So moacht des heut a Band. Doamit au imma wieda wos neus passiere dut, weischt?"

„Ist die Frage, ob wir dazu Lust haben", meinte Frank. „Die Idee der Band war mal eine andere!"

„Joa, aba i koa dös net vergaufe."

„Na, kommt, Jungs, das hatten wir uns doch selber schon überlegt! Die komplexen Stücke will doch wirklich keiner mehr hören."

„Ist die Frage, wo da die Grenze ist. Ich mach jedenfalls keine Pop-Mucke", meinte Olli.

„Nö, Pop-Mucke ist das doch nicht. Es bleiben doch unsere Kompositionen, aber etwas gestraffter. Alles mehr auf den Punkt gebracht. Und knackiger."

„Na ja, soweit waren wir ja schon mal", meinte Phil. „Die langen Werke mit endlosen Soli und Instrumentalteilen sind toll, aber keiner will sie hören. Wir müssen das vereinfachen, wenn wir auftreten wollen!"

„Joa, wia sin ja nich möhr in dene Sieabziga", ergänzte Müller.

„Leider", sagte Frank.

„Ich finde, wir sollten das versuchen. Allerdings würde ich das nicht in den Vertrag reinschreiben", meinte Tom mit einem Seitenblick auf Müller.

„Na, in dene Voatroag muss das net. Aba wenns ihar zu schwieariges Zoag spuielt, kommt koana und i koa eu koane gigs verschaffe und moach dös doann au nedde, dös isses."

„Ok, dann lasst uns den Vertrag machen", sagte Olli, der jetzt gerne bald ein Bier trinken gehen wollte.

„I hoab hiea so an Stoandardvoatroag. Es geht nua drum, dass i fuafzeahn Prozent krieag und dös dös Minimum füa Euach tausend Euro abzüaglich moaner Provision is, gell?"

„Plus Fahrkosten", warf Phil ein.

„Joa, kloar, hoab i. I wüard aba vorschloagn, dass iahr auch mal füar weniger auftretets, wenn iahr sowieaso in aner geagnd spuielt und i no an zwaeite Gig dazua krieagn koa. Isch dös okai?"

„Ja, das ist sinnvoll. Haben wir auch immer so gemacht", meinte Ecki.

„Guat, dann schroeib i dös mit nei", sagte Müller und tippte auch schon auf seiner Computertastatur. „Ös is ja wichtiag, dös iahr fuil spuielt um bkannt zwerde, ge?"

„Klar!"

„Gibt es irgendeine Einschränkung für uns, in anderen Bands zu spielen?", fragte Phil, der das mal bei einem Kollegen erlebt hatte. Der Bassist, mit dem Phil öfter gespielt hatte, war bei einer Band eingestiegen, die in England und den USA Erfolg hatte und da öfter auf Tournee ging. (Natürlich war das eine schwülstige Hardrock-Band gewesen, in den englischsprachigen Ländern wollte man nur teutonische Heavy-Bands hören, sonst nix aus Deutschland.) Die Bandmitglieder bekamen vom Management ein festes Gehalt von tausend (damals noch) Mark im Monat, egal ob und wie viel die Band spielte und man hoffte, irgendwann mehr damit verdienen zu können. Dafür mussten die Musiker aber unterschreiben, dass sie mit keiner anderen Formation auftreten würden. Der Bassist, dem das Geld nicht reichte, um sich und seine Familie zu ernähren, spielte ab und zu mit anderen Bands, um sein Budget aufzubessern. Ironischerweise wurde er dann erwischt, als er bei einer öffentlichen Session in

Hamburg mitspielte, bei der er keinerlei Gage bekam und wurde zur Zahlung von achttausend Mark Konventionalstrafe verurteilt, was ihm quasi das Genick brach. So was wollte Phil nicht erleben. Manche Plattenfirmen oder Agenturen nahmen Bands auch unter Vertrag, ohne dann viel für sie zu tun, um so die unliebsame Konkurrenz für Bands, auf die sie wirklich setzten, auszuschalten.

„Na, dere moaste Agenture voaloange, daos diea Bands, diea se mänädsche bios oaf oahne Ferienzoat im Joahr imma zuam Spoeile beroeit san. Mir könnets dös oandas moache, wieas iahrs wollt. Nuar wenns iahr zu oft an Oaftritt absaget, denni eu bsorgt haob, dann moach i s nett mehr, hoascht mi?"

„Ok, Priorität hat immer diese Band. Aber ich kanns mir nicht erlauben, nur mit dieser Band zu spielen, zumindest nicht, bevor sie deutlich mehr Geld verdient."

„Da kriege ich noch ein ganz anderes Problem", meinte Frank. „Ich bin Lehrer. Ich kann eigentlich immer von Donnerstag bis Sonntag auftreten und in den Ferien. Aber in der Schulzeit eben nicht in der Woche, wenn es weit weg ist."

„Na, iahr müssts scho wisse, woas iahr wollt", meinte Müller jetzt etwas genervt.

„Ich kann auch nicht immer blau machen", meldete sich jetzt auch Olli zu Wort. Er gab wie Tom zwei Tage Unterricht an der Musikschule, hatte aber noch deutlich mehr Privatschüler.

„Komm, den Unterricht kannst Du immer verschieben, wenn´s mal an den Tagen Auftritte gibt", meinte Tom.

„Nee, nicht wenn´s zu oft wird. Dann kann ich das ja gar nicht mehr nachholen."

Müller seufzte deutlich vernehmbar.

„Also, wenn die Band so gut läuft, dass ich das mit dem Unterrichten nicht mehr hinkriege, werde ich den Unterricht reduzieren", erklärte Tom. „Ich wollte immer lieber nur vom Auftreten leben."   139

„Woas wollt iahr jetzetle", fragte Müller.

„Klar, wir machen das", meinte Ecki und Tom und Phil stimmten zu. Frank und Olli schienen Zweifel zu haben, sagten aber auch zu.

„Wie gsagt, wenns iahr öfta ablehne solltet, gibtsch au andrä Bands die das moache", erklärte Müller. „Doann steaht hiea noch, dös i die oaloeinige Verträatung füar de Band bian."

„Heißt das, wir dürfen keine Gigs selber mehr abmachen?", wollte Ecki wissen.

„Hoaptsächlich hoast dös, dös iahr nett mit ana andere Agentua zusamme aobeitet. Wenns iahr koanen Gig über miach hoabts, is mia egoal, obs iahr sölba oane oabmoacht, aba, wenn i an gig hoab, müssts iahr den machhe, kloar?"

„Wir waren ja nie die Meister im Abmachen von Gigs. Wenn das jetzt wer anders macht, bin ich heilfroh", sagte Frank.

„Ansoanste bin i aba imma froah, wenns iahr auftreddet, um eauch bublik zu moache."

„Klar", sagte Ecki wieder.

„Oans no: Iahr müssts uabedingt a neua Zede moache. Die oalte koan i net aabiete und i brauch halt a demomaterial, ge? Doa muass John Heart Band draufsteha uand de Stück müsse einfacha sei uand guat hörba, gell?"

„Kriegen wir hin", meinte Ecki.

„Und die broach i sobald als möaglich, doamit i was zuam abiete hoab."

„Ecki hat ja ein eigenes Studio. Wir machen uns sofort ans Werk", meinte Tom.

„Soboald iahr Stücka hoabt, schickts mir die, doamit i erstamal iargendwoas hoab!"

„Geht klar", antworte Phil.

„Oakai, dann könnet mer dös so underschreibe, ja?"

Sie bekundeten ihre Zustimmung und Müller druckte das Papier aus. 140

Nachdem alle gelesen und unterschrieben hatten, tranken sie ihren Kaffee aus und verabschiedeten sich bald.

Zwei Ecken weiter saßen sie kurz darauf vor fünf Kölsch und prosteten sich zu.

„Da haben wir einen Super-Vertrag", erklärte Phil, der sich da wahrscheinlich etwas besser auskannte als die anderen. „Normalerweise muss man immer die ganze Zeit für eine Agentur zur Verfügung stehen und sonst gibt's richtig Ärger. Oder man darf gar nicht mehr in anderen Bands spielen!"

„Ich nehme an, unser Herr Müller ist auch nicht so eine große Nummer, dass er einen relativ freundlichen Vertrag raus gibt", vermutete Frank.

„Glaub ich auch, nach seinem Büro zu urteilen", ergänzte Ecki.

„Ziemlich üble Bude", bestätigte Tom.

„Macht ja nix", meinte Phil. „Ihr habt ja gesehen, wie viele Gigs er uns in der kurzen Zeit schon besorgt hat."

„Und wie viel mehr wir dadurch verdient haben", ergänzte Olli.

„Ja, und wir haben keinen Knebelvertrag. Kann eigentlich gar nichts schiefgehen."

„Genau", meinte Frank und stieß mit seinem fast leeres Kölsch mit den anderen an.

„Wir sollten aber wirklich versuchen, die Gigs, die er uns anbietet, alle zu machen. Dann muss man halt mal was umlegen", sagte Tom.

„Klar, Schüler umlegen mach ich gerne," grinste Olli.

„Ich muss halt mal gucken, ob ich das hinkriege", meinte Frank. „Schüler umlegen geht bei mir halt nicht."

„Sind auch zu viele", meinte Ecki.

„Genau, das reinste Blutbad", ergänzte Olli.

Technik

Olli und Tom waren Technik-Analphabeten. Was doof war, weil gerade sie beide eigentlich am meisten in der Band mit Technik zu tun hatten. Als Sänger oder Schlagzeuger brauchte man sich nicht unbedingt mit der Technik auszukennen. Und Ecki, der Mann, der von ihnen am meisten davon verstand, hatte zwar einen guten Bassverstärker, erzeugte aber immer denselben, soliden Basston ohne Schnickschnack. Nur Olli, der verschiedenste Keyboards verkabeln und aufeinander abstimmen musste und Tom, dessen Angeber-Anlage auch noch von Unmengen von Pedalen und „Tretminen", also vor- und zwischengeschalteten Effektgeräten, die über einen Fußschalter bedient werden, umgeben war, verstanden davon so gut wie gar nichts. Frank verstand auch nicht viel von Technik. Phil schon. Er konnte mit diversen Computerprogrammen umgehen und erstellte immer mal Vorlagen für Flyer und Plakate und ähnliches.

Wenn Olli einem Computer zu nahe kam, stürzte der eigentlich immer ab. Er hatte zwar einen, benutzte ihn aber wenig und meldete sich öfter bei Ecki oder Phil, wenn wieder irgendwas nicht funktionierte. Er hatte auch ein Handy, benutzte es aber kaum. Er hatte keine Lust, immer erreichbar zu sein, geschweige denn, ständig mit so einem Ding herumzuspielen. Tom hatte zwar ein Handy, kam damit aber auch kaum klar. Immerhin konnte er mal einen Anruf darauf machen oder entgegennehmen. Eine SMS zu schreiben und verschicken war schon hart an der Grenze des Möglichen für ihn. Lustig wurde es, wenn Olli oder Tom E-mails verschickten oder SMS schrieben. Das Allergrößte war, wenn sie sich gegenseitig schrieben. Man konnte sicher sein, dass die Nachrichten nicht ankamen, nicht geöffnet werden konnten, irgendwie verschlüsselt waren oder seltsame Anlagen mitgeschickt wurden, von denen der Absender nichts wusste. Sehr zur Unterhaltung und Freude der anderen Bandmitglieder.

„Männer und Technik" sagte Ecki dazu und versuchte immer wieder mit einer Engelsgeduld, Olli und Tom die einfachsten Schritte zu erklären. „Betreutes Wohnen" nannten Ecki, Frank und Phil Toms häusliche Situation in Hinblick darauf, dass Susanne besser mit Computern und ähnlichem umgehen konnte als er. Ollis Wohnsituation wurde als „verwahrlostes Wohnen" bezeichnet. Zwar hielt seine Frau Jutta den Großteil des Hauses in schöner Ordnung, aber nachdem sie an Ollis Unordentlichkeit fast verzweifelt war, hatten sie ihr gemeinsames Haus in Bereiche aufgeteilt. Und Ollis Bereich sah wirklich schlimm aus.

Olli verabscheute Technik. Wahrscheinlich würde er deshalb nie einen Zugang dazu bekommen. Am liebsten spielte er auch auf einem unverstärkten Klavier. Tom spielte eigentlich auch am liebsten auf einer akkustischen Gitarre, aber er mochte die Soundmöglichkeiten der E-Gitarre auch nicht missen. Wenn die Technik zum Selbstzweck wurde, war der Spaß aber zu Ende. An der heutigen Popmusik waren Menschen ja nur noch am Rande beteiligt: Über diversen Keyboards, Samples, die aus anderen Stücken kopiert waren und Drumcomputern erhoben sich technisch verfremdete, ebenfalls gesampelte oder zumindest technisch bearbeitete Stimmen. Über dem unausweichlichen, immer gleichen MMMZZZHHH, MMMZZZHHH, MMMZZZHHH dängelten die immer gleichen Melodie-Samples zu schwobeligen Wabbelsounds, nur selten verirrte sich in diese Geräuschkulisse noch einmal ein von Hand gespieltes Keyboard, ein echtes Schlagzeug oder gar eine Gitarre. Eine Zumutung für intelligente oder sogar halbwegs musikalische Menschen. Olli hasste diese Art Musik.

143

Er betrat Kneipen, in denen so was gespielt wurde nicht, oder verließ sie sofort wieder. Er hörte auch nie Radio, um nicht auf solches Getöse zu stoßen. Der einzige in der Band, der noch ab und zu Radio hörte, war Ecki, aber auch nur Internetradio, mit dem er abgefahrene Musiksender aus aller Welt empfing. Leider hörten ihre Frauen und Freundinnen gerne Radio, was zu mancher Auseinandersetzung auf gemeinsamen Autofahrten führte.

Wenn man bedachte, dass gerade Bands wie Yes oder Genesis sich sehr für die Entwicklung von PA-Anlagen eingesetzt hatten, um ihre komplexe Musik auch auf großen Bühnen hörbar zu machen und dass durch die großartigen Soundexperimente von Jimi Hendrix oder Pink Floyd vieles entwickelt worden war, was jetzt in der computer- und soundgesteuerten Popmusik verbraten wurde, konnte man sich nur noch ein Grab wünschen, in dem man sich dann hätte umdrehen können. Olli wollte mit diesem musikalischen Müll nichts zu tun haben. Nur wenige Musiker, wie Peter Gabriel, nutzten die moderne Sampling- und Computertechnik um damit Kunst zu schaffen.

Inzwischen bestimmten ja Algorithmen, wer welche Werbung erhielt und oft genug auch schon, wer welchen Job bekam. Das ganze Leben wurde von Computern verwaltet, sogar die Sicherheit im Verkehr wurde von Maschinen überwacht. In Fernsehmagazinen, die sich zum Beispiel kritisch mit Facebook auseinandersetzten, wurde am Ende der Sendung dann dazu aufgefordert, auf Facebook mit den Redakteuren Verbindung aufzunehmen. Die Ironie dabei schien kaum noch jemand zu bemerken.
Vor Kurzem hatte Olli einen kritischen Artikel in einer Zeitung gelesen, in dem es um das Recht auf Vergessen im Internet ging. Dabei wurde unterschieden zwischen dem Recht „normaler Menschen" auf Privatsphäre und dem von Prominenten.

Google hatte dazu vorgeschlagen, dass diese Unterscheidung Algorithmen vornehmen sollten, wie der Verfasser des Artikels kritisch anmerkte. Auf der selben Seite war dann aber auch die Besprechung eines angepriesenen, tollen, neuen Smartphones abgedruckt. Alle Welt redete davon, wie schädlich und gefährlich die Entwicklung für die Menschen war, aber dieselben Leute, die sich darüber beklagten, verbrachten den größten Teil ihres Lebens vor Computern und Smartphones.

CD

Sie waren dabei, eine neue CD zu produzieren. Mit CDs wurde heute kein Geld mehr verdient, weil sich die Leute die Stücke aus dem Netz herunterluden, entweder schwarz oder bei Online-Vertrieben. Oder man hörte Stücke nur auf Streaming-Diensten wie Spotify, was dann jeweils nur ein paar Tausendstel Cent für den Künstler brachte. Das hieß wieder einmal, dass nur die ganz berühmten Interpreten, deren Stücke millionenfach gestreamt wurden, einen nennenswerten Betrag für ihre Musik erhielten. Aber The Tribe würden ihre CD gar nicht über Spotify anbieten, die CD war vor allem eine Werbemaßnahme.

Der Vorteil war, dass es die Kompositionen schon gab. Nur hatten sie jetzt die Instrumentalteile ganz herausgenommen oder sehr stark gekürzt. Auch die Soli blieben in einem Umfang von acht bis sechzehn Takten, wie es bei kommerzielleren Produktionen üblich war. Die Feature-Soli, die dann auch mal lang werden durften, sparten sie sich für Live-Auftritte auf.

Die Aufnahmen waren viel einfacher als früher. Da die polyphonen, also mehrstimmigen Instrumentalteile wegfielen, bei denen immer mal etwas schief gegangen war und die auch hinterher schwer abzumischen waren, ging bei dem vereinfachten Material alles recht schnell vonstatten. Auch die besonders anspruchsvollen Teile, in denen oft das Metrum oder Tempo wechselten oder die in schwierigen Taktarten geschrieben und harmonisch anspruchsvoll waren, waren der Zensur zum Opfer gefallen. Das Material war jetzt derart einfacher, dass sie das meiste nur einmal zu spielen brauchten und es erledigt war. Olli fand das schon regelrecht langweilig.

Früher hatten sie die Stücke auch immer möglichst alle zusammen eingespielt wie ihre Idole aus den Siebzigern oder aus dem Jazz. Dadurch hatten sie Raum für gemeinsame Improvisation und Dynamik gehabt und Spielfreude und ihre musikalischen Fähigkeiten dokumentieren können.

Aber das war nicht wirklich planbar gewesen und war mal besser und mal schlechter gelungen, so dass sie viele Takes machten, bis sie zufrieden waren. Außerdem hatte sich da nur einer irgendwo verspielen müssen, und sie hatten alle das Ganze nochmal aufnehmen müssen.

Jetzt spielte jeder seinen Part einzeln ein. Meist nahm zunächst Tom eine sogenannte „Schmutzspur" auf, die später wieder gelöscht wurde und den anderen nur zur Orientierung diente. Dann wurde das Schlagzeug, danach der Bass aufgenommen. Auf dieses Gerüst wurden Gitarren und Keyboards gespielt, wobei die Soli noch einmal extra eingespielt wurden. Erst danach kamen die Gesangsstimmen als letzte Spuren darauf. Und zuletzt wurden die verschiedenen Spuren dann im passenden Verhältnis gemischt und Effekte darauf gegeben. Da sie alle die Stücke von den Live-Auftritten völlig beherrschten und unter diesen vereinfachten Bedingungen alle Stimmen nur einmal zu spielen brauchten, ging es sehr schnell. Der Nachteil war, dass das Produkt für sie ein wenig steril klang, aber das war wohl, was die Leute wollten. Lediglich beim Gesang, besonders bei Stellen mit Satzgesang, wo mehrere Stimmen übereinander lagen, nahmen sie sich etwas mehr Zeit.

Normalerweise wurde heute, wie ihnen Ecki erklärte, alles per Computer vorproduziert und die Spuren später mit echten Instrumenten ersetzt (wenn überhaupt), besonders bei Produktionen, bei denen die Musiker an verschiedenen Orten lebten, wurden die Dateien hin- und hergeschickt und dann später zusammengemischt. Natürlich konnten solche Aufnahmen manchmal etwas lustlos oder steril wirken. Im Vergleich dazu war ihre Aufnahmetechnik immer noch geradezu antiquiert.

Da sie in Eckis Studio aufnahmen, konnten sie rund um die Uhr arbeiten und taten das auch fast, um schnell Ergebnisse vorweisen zu können. 147

Nach einer Woche hatten sie drei Stücke fertig und schickten diese vorab an Herrn Müller. Frank hatte das Cover ihrer letzten CD von The Tribe benutzt und nur den Namen und die Titelliste geändert. Damit hatten sie eine Demo-CD, die man an Veranstalter schicken konnte, die sowieso höchstens drei Stücke hören wollten.

Herr Müller war begeistert und schrieb das auch. Diese vereinfachten Stücke seien genau, was er gemeint hatte, teilte er mit.

Olli war vom Ergebnis nicht so angetan. „Das ist doch echt langweiliger Kram", meinte er.

„Hey, wir mussten mal mit der Zeit gehen. Wenn wir uns dadurch auf Dauer besser verkaufen können, ist es das doch wert", meinte Tom.

„Böh, muss man denn immer mit der Zeit gehen, auch wenn das Scheiße ist?", fragte Olli.

„Frag ich mich auch", sagte Ecki.

„Aber vielleicht liegt darin auch eine Chance", konterte Phil. „Wenn die CD jetzt straighter ist, kann man das Ganze live doch anders spielen. Sollte es uns gelingen, dass wir uns damit jetzt einen Namen machen, können wir versuchen, die Stücke später wieder etwas anspruchsvoller zu spielen. Wenn die Leute sie schon kennen, finden sie es wahrscheinlich interessant, wenn sie live etwas abgefahrener gespielt werden."

„Das wäre ne Lösung," meinte Tom. „Viele Bands haben ja erst relativ gerade und konsumierbare Musik gemacht und sind später freier und anspruchsvoller geworden. Denkt mal an die Beatles."

„Wir sind die neuen Beatles", jubelte Olli.

„Ehrlich gesagt, waren alle Bands am Anfang braver und haben sich dann weiterentwickelt", sagte Ecki. „War bloß bei uns irgendwie andersrum."

„Ok, wenn ihr mir das so verkauft..."

„Und überleg mal: Genesis und Yes haben in den Phasen, wo sie eigentlich kommerziellere Musik gemacht haben, live den abgefahren Kram aus den Siebzigern gespielt!"

„Und die Leute waren begeistert."

„Tja, wenn das eine Möglichkeit wäre, sich einen Namen zu machen und später dann das volle Programm zu fahren, bin ich dabei", teilte Olli mit.

„Ich glaube, sowas läuft heute nicht mehr. Die Leute wollen keine tolle Musik mehr hören", sagte Frank. „Sie wollen was nettes, was nicht anstrengend ist."

„Man kann es zumindest mal probieren", meinte Ecki.

Tournee

Sie spielten sich sozusagen den Arsch ab. Die Band war jetzt jedes Wochenende unterwegs, Freitag und Samstag eigentlich immer und manchmal auch Donnerstag und Sonntag. Sie hatten auch schon Termine an den frühen Wochentagen gehabt, aber glücklicherweise hatte Herr Müller es so legen können, dass diese Konzerte nicht so weit weg waren und sie abends noch zurückfahren konnten. So war Frank zum Unterricht immer wieder da gewesen. Allerdings fragte er sich, wie lange er das durchhalten würde, weil er dann immer erst sehr spät in der Nacht zu Hause war und kurz darauf schon wieder zur Schule musste. Olli und Tom hatten schon ab und zu ihren Unterricht umlegen müssen, aber bisher hatte alles geklappt.

Sie hatten oft mehrere Gigs hintereinander und in diesen Fällen gab es oft nicht die vereinbarte Mindestgage, manchmal spielten sie sogar auf Kasse. Aber sie merkten, dass sich auch das jetzt lohnte, da sie bekannter wurden und immer mehr Zuschauer zu ihren Konzerten kamen.

Frank und Tom hatten ihre amerikanischen Ansprachen perfektioniert und warfen sich auf der Bühne die Bälle zu. Es gelang ihnen jetzt mit etwas Übung sogar, Witze auf Englisch zu machen, besonders auf Kosten ihrer vermeintlich schlechten Deutschkenntnisse und ihres Akzentes, was immer gut ankam. Außerdem kam ihnen zugute, dass das Publikum den vermeintlichen Ausländern große Sympathie entgegenbrachte und eigentlich über jeden Mist lachte, wenn er nur mit Akzent und etwas Charme rüber gebracht wurde. Alles lief großartig. Nur Olli meckerte manchmal rum, dass das alles musikalisch langweilig wäre. Aber selbst er genoss, mit seinen Freunden so viel unterwegs zu sein, Spaß zu haben und inzwischen sogar nennenswert Geld zu verdienen. Frank war ständig übermüdet.

Sie übernachteten jetzt häufiger in Hotels und nicht mehr bei dem Veranstalter, auf dem Boden oder auf einem Billardtisch wie früher. An der Hotelbar hatten sie großartige Zeiten mit den unterschiedlichsten Alkoholika, vielen Kippen und Geschichten aus dem Musikerleben. Frank verzog sich manchmal mit dem einen oder anderen ansehnlichen weiblichen Fan, winkte aber auch oft ab, weil er zu müde war. Sie blieben allerdings meist unter sich, um die Scharade nicht auffliegen zu lassen.

Die Veranstalter gingen viel besser mit ihnen um als früher, zunächst weil sie aus Amerika kamen und man sich da wohl eher Mühe geben musste. Mit der Zeit spielte wohl aber auch der ihnen vorauseilende Ruf als großartige Live-Band dabei eine Rolle.

Inzwischen hatten sie auch die komplette CD mit entschärften Stücken fertig und verkauften bei jedem Konzert einige Exemplare.

Wenn sie mit einer anderen Band zusammen auftraten, waren sie jetzt immer die Hauptband, so dass sie später kommen konnten als diese und nicht schon viele Stunden vorher am Veranstaltungsort herumhängen mussten. Beim Soundcheck wurde inzwischen auch deutlich mehr Wert auf ihre Zufriedenheit gelegt.

Müller hatte eine fast zwei Wochen dauernde Tournee in seiner alten Heimat Österreich für sie arrangiert. Frank konnte diese allerdings nicht mitmachen, weil sie in der Schulzeit lag. Als sie darüber sprachen, ermahnte Müller sie wieder, sich endlich zu überlegen, was sie wollten. Schließlich konnte er die Tour aber so legen, dass sie in den Osterferien stattfand und Frank somit Zeit hatte. Als sie wieder zurück kamen, fing die Schulzeit gerade wieder an und Frank schaffte es kaum, seine Verpflichtungen zu erfüllen. Sein Direktor, der das durchaus mitbekam, bat ihn zu einem Dienstgespräch und forderte ihn auf, sich zu entscheiden, ob er Rockstar oder Lehrer sein wolle.

Beides ginge ja offensichtlich nicht.

Irgendwann im April hatte Müller dann mehrere zusammenhängende Gigs in Baden-Württemberg, die sich auch nicht verlegen ließen. Frank bot an, die Band zu verlassen, um der Karriere seiner Freunde nicht im Weg zu stehen, aber die lehnten ab. Schließlich sagten sie die Gigs im Ländle ab, und Herr Müller ging auf die Palme: „Wenn dös noamal pasiert, schmeiss i eu naus", schrie er. „Und i soag dafür das au koa andera eu mänädscht, dös dös kloa isch!"

Bleigraue Wolken hingen tief am Himmel. Darüber schossen zerfaserte Wolkenberge vor dem blauen Firmament dahin. Wenn die Wolken die Sonne für kurze Zeit freigaben, flog ein strahlend helles Licht über die Landschaft. Ein leuchtendes, junges Grün, wie es das nur in den ersten Tagen des neuen Wachstums gab, zog sich über die hügeligen Felder, auf denen zwischen den Pflanzen noch die Fahrspuren von Traktoren zu erkennen waren, die sie ausgesät hatten. In der gleißenden Sonne des Frühjahrs erstreckten sich die Felder bis zum Horizont, der durch in der Entfernung aufragende bewaldete Berge gebildet wurde. Leuchtend gelbe, rote und weiße Büsche malten bunte Flecken in die Landschaft und an den Bäumen zeigte sich ein erstes, frisches Grün. Tauben flogen voller Lebensfreude hoch in die Luft, um dann, ihre Flügel am Körper anlegend, in schräger Linie wieder dem Erdboden entgegen zu fallen. Hoch oben am Himmel kreisten zwei Bussarde.

Wie unglaublich schön die Welt doch war, dachte Frank. Diese Schönheit zu verteidigen und erhalten war für ihn immer eine der wichtigsten Triebfedern gewesen. Die Menschheit war dabei, diese wunderbare Welt für immer zu zerstören. Sie vernichtete die anderen Lebewesen in erschreckender Schnelligkeit und Masse und war in Gefahr auch sich selbst auszulöschen.

Frank hatte immer ein starkes Gefühl für die ausgebeuteten und unterdrückten Völker der Welt gehabt und auch für das Leiden der Kreatur und der gesamten Schöpfung. Das war für ihn der Grund, zu schreiben. Und es war ursprünglich der Grund gewesen, Musik zu machen. Er hatte immer nach einem Hebel gesucht, etwas auszurichten, Menschen zu erreichen und etwas zu bewirken. Und wann hatte Kunst jemals so viel erreicht, wie in der Zeit der sechziger und siebziger Jahre, als Rockmusik und besonders Bands wie die Beatles die ganze Welt zu verändern schienen?

Aber er fragte sich, wie weit er jetzt, wo sie mehr auf Kommerzialität achteten, mit seinen Texten überhaupt noch irgend wen erreichte. Hatte er überhaupt mit der Musik jemals irgend wen erreicht? Frank, der am Steuer saß, sah sich nach seinen Kollegen um. Olli und Tom trommelten mit abwesendem Blick auf ihren Beinen herum, was bedeutete, dass sie sich gerade im Geiste mit einer ihrer Kompositionen beschäftigten. Und Ecki und Phil schnarchten mit zur Seite hängenden Köpfen leise vor sich hin.

Bei einem Konzert in Leverkusen war Müller dabei. Nach der Show sprach er Tom und Phil an: „So göat dös net! Der Olli spoilt ja imme no wie a Wildgwordner! Dös is ja a Free Jazz!"

Tatsächlich hielt Olli sich mitunter nicht an den Plan, bei den meisten Stücken eher wenig zu spielen und sich auf kurze Soli zu beschränken. Wenn er erst mal in Fahrt geriet, spielte er einfach, was aus ihm herauskam und das war geniales Zeug. Besonders bei seiner Feature-Nummer wirbelte er nur so über seine verschiedenen Keyboards und ließ ein Feuerwerk pianistischen Könnens los, was aber nicht unbedingt das war, was das Publikum hören wollte oder verstand.

„Olli hat doch total toll gespielt", antwortete Phil und Tom konnte nur zustimmen. 153

„Moag ja soin, aba dös will doch koaner hörn. Doane Fitscha-Numma is kloasse, Tom. Rockig! Riachtig gail! Dös mögens, die Leut. Oaba was deöar Olli do spoilt, naaah! Sagts ihm dös, dös geaht so net!"

Müller sah die beiden etwas missbilligend an und fuhr fort: „Uand der Frank moacht mir a Sorgn. Der maocht übahaupts kaane Schau! Stöht nuar da und siangt san kroam runta!"

„Hey, Frank singt super", erklärte Tom, dem Müllers Kritik jetzt langsam zu bunt wurde. „Und der hält sich ja wirklich an die vereinfachten Formen!"

„Deör bewegts sich ja überhaupts nich auf derer Bühnen. Und öer is agentlich zua alt dafüar!"

„Die Leute lieben ihn", meinte Tom.

„Besonders die Mädels", warf Phil ein.

„Er hat überhaupt keine Show nötig! Er hat auch so eine wahnsinnige Ausstrahlung!"

„Naaaah, zua olt issa! Und dahn immer deör Örger, wann der Hörr koann und wann der Hörr nöt koan. Mist is dös!"

Müller sagte, er habe da einen schwarzen Sänger, der Franks Platz einnehmen könnte. Er habe ihm die Stücke schon vorgespielt und er fände sie gut. Der Sänger sei auch Amerikaner, so dass sie sich mit ihm als Frontmann wirklich als amerikanische Band ausgeben könnten. Und er sei jung und mache ein tolle Bühnenshow. Phil und Tom lehnten Müllers Vorschlag verärgert ab.

Sie trennten sich nicht gerade in Hochstimmung, obwohl das Konzert gut gelaufen und viel Publikum dagewesen war. Tom und Phil hatten den anderen von Müllers Kritik erzählt, wenngleich sie seinen Vorschlag, Frank zu ersetzen, nicht erwähnten. Olli sagte, er könne nicht anders spielen. „Ich mache nicht Musik, um irgendeinem Manager zu gefallen", meinte er.   154

„Man spielt eh nur für sich und für die Kollegen", zitierte Phil den alten Musikerspruch.

„Naja, aber jetzt hätten wir auch mal die Chance nicht nur für uns zu spielen, sondern auch wirklich für ein Publikum" warf Ecki ein.

„Wozu hab ich denn wie ein Blöder geübt, wenn ich jetzt meine Fähigkeiten verstecken soll? Dazu hab ich echt keinen Bock!"

Auf der Rückfahrt herrschte nicht die gute Laune wie sonst nach einem guten Konzert, sondern eine gedrückte Stimmung.

Es ging aber alles weiter wie gehabt. Müller hatte beinahe jede Woche mehrere Engagements für sie und es kamen viele Zuschauer. Bis auf Phil, der zuviele Verpflichtungen hatte, spielten sie nicht mehr mit anderen Formationen, weil dafür keine Zeit blieb. Ecki vernachlässigte seine Studioaufträge und bastelte lieber an weiteren Stücken der Band. Tom hatte seinen Job an der Musikschule reduziert und unterrichtete jetzt nur noch einen Tag in der Woche. So konnte er bei Bedarf den Unterricht seiner verbliebenen Schüler auch besser auf einen anderen Termin legen. Inzwischen ging ihre Gage öfter über das vereinbarte Minimum hinaus, besonders, wenn sie viel Publikum hatten und sie mehr als die Garantiegage bekamen. Inzwischen konnten sie sogar von den Einnahmen der Band leben!

Bloß in ihrer Heimat spielten sie nicht. Erstens, weil ja der Prophet im eigenen Lande sowieso nichts gilt und zweitens, weil man sie dort kannte und sie die Tour mit der Ami-Band nicht hätten durchziehen können. Inzwischen gab es aber Mitschnitte einiger Stücke der Band auf you-tube zu sehen, teilweise sogar in guter Qualität, die zum einen von Herrn Müller als Werbung, zum anderen auch von irgendwelchen Fans dort eingestellt worden waren. Glücklicherweise waren dabei keine Ansagen zu hören, bei denen man sich über die englischen Ansprachen hätte wundern können.

Dass die Band jetzt John Heart Band hieß, wurde wohlwollend zur Kenntnis genommen („klingt doch auch viel geiler, so amimäßig, hehehe").

So kam es, dass sie gefragt wurden, ob sie auf einem Festival, das jährlich in der Nähe ihrer Heimatstadt stattfand, spielen wollten. Sie hatten dort vor einigen Jahren schon einmal gespielt und hatten damals als einzige Band eine nennenswerte Gage erhalten. Die anderen Bands spielten meist umsonst und dementsprechend war auch das musikalische Niveau. „Jeder, der ein Instrument auch nur halbwegs richtig herum halten kann, kann da spielen", sagte Phil immer und hatte leider Recht. Gestimmte Instrumente oder gar relativ unfallfreies Benutzen des Instruments waren ein seltener Luxus. Trotzdem war es ein nettes Event und Phil, Tom, Frank, Ecki und Olli gingen regelmäßig zu dem Festival, um nette Leute zu treffen, sich zu unterhalten und die Musik so schnell wie möglich schön zu trinken.

Dort zu spielen hatte auch viel Spaß gemacht. Meistens kümmerte sich das Publikum nicht um das, was auf der Bühne vorging, weil es eben auch nicht schön anzuhören war. Weit entfernt von der Bühne war es immer am vollsten, weil die meisten Leute dem Lärm entgehen wollten und versuchten sich zu unterhalten. Währenddessen nutzten die Hobbymusiker auf der Bühne die seltene Gelegenheit zur Selbstdarstellung vor den wenigen Zuschauern, die das Vorgetragene aushielten oder so sturzbesoffen waren, dass sie es sogar gut fanden. Als sie als The Tribe da gespielt hatten, waren aber doch einige Zuschauer nach vorne geströmt, überrascht von den relativ stimmigen Tönen, die diesmal von der Bühne kamen.

Jetzt war man bereit, ihnen eine relativ vernünftige Gage zu zahlen, ihr Ruhm hatte sich also doch auch bis in ihre Heimat herumgesprochen. Das Festival sollte im Juli stattfinden.

Hit

Tom hatte immer die meisten Kompositionen für die Band geschrieben. Aber auch Olli und Ecki hatten Stücke eingebracht. Manchmal waren es auch nur Passagen, die mit anderen kombiniert wurden. Auch Frank hatte Gesangsmelodien beigesteuert oder die Texte zu der Musik der anderen geschrieben.

Jetzt kam Olli mit neuen Kompositionen. Wie zu erwarten, war das recht kompliziertes Material. Olli hatte eigentlich eine Sinfonie schreiben wollen. Dann war ihm aber klar geworden, dass die niemals aufgeführt werden würde: Ein Profi-Orchester hätte für die Aufführung von ihm Gage haben wollen und ein Hobby-Orchester, das sein Werk vielleicht auch ohne Lohn hätte spielen wollen, würde es eher zersägen als es halbwegs adäquat aufführen zu können. Außerdem fand er es auch doof, sich an die klassischen Vorschriften zu den einzelnen Sätzen zu halten. So hatte er das Ganze doch für eine Band geschrieben (er selbst konnte am Keyboard ja mehrere Sektionen eines Orchesters sowohl klanglich als auch spielerisch gleichzeitig ersetzen). Er nannte sein Werk *Electric Symphony*. Ihm war klar, dass das meiste davon nicht in das neue Repertoire passte. Aber er hatte einige etwas leichtere und wie er meinte gut hörbare Parts ausgesucht und spielte sie seinen Freunden vor.

„Das ist wirklich toll", sagte Tom ehrlich ergriffen, als Olli fertig war und vom Klavier aufstand.

„Echt, der Hammer", meinte Ecki und Frank und Phil stimmten zu.

„Duhu", sagte Phil ganz vorsichtig, „für die Band eignet sich das aber nicht."

„Wieso nicht?", fragte Olli.

„Das ist zu komplex", schaltete sich Frank ein.

„Gerade bei unserem neuen Konzept geht das echt nicht", ergänzte Ecki.

„Früher haben wir doch auch solche komplizierten Themen verwandt", ärgerte sich Olli. „Wir können das doch auch abspecken."

„Olli, was willst du denn da abspecken? Dann ist es nicht mehr die Musik, die Du geschrieben hast", sagte Tom.

„Mann, ich hab auch echt keinen Bock mehr auf diese Unterhaltungsmucke", erklärte Olli.

„Hey, wir wollten doch immer mal Erfolg haben mit unserer Musik", meinte Ecki. „Und jetzt haben wir ihn endlich."

„Und wir machen immer noch Rockmusik", sagte Tom. „Und unsere eigene Musik. Ich will nicht mehr nur zehnmal im Jahr spielen!"

„Und in kleinen Clubs vor wenigen Leuten..." Phil legte Olli freundschaftlich eine Hand auf die Schulter.

„Wir haben früher meistens im ganzen Jahr nicht so viel gespielt wie jetzt in einem Monat", ergänzte Frank.

„Und wir verdienen jetzt richtig Geld. Wir können sogar von der Band leben", sagte Tom.

„... und wir verkaufen unsere Seele", murmelte Olli.

Sie konnten sich nicht einigen. Olli verließ schließlich ziemlich sauer den Übungsraum.

Am nächsten Tag rief Olli Tom an und sagte, er wolle aus der Band aussteigen. Tom überredete ihn, es sich noch mal zu überlegen. So machte Olli zunächst weiter. Aber die Spannungen zwischen den Freunden waren inzwischen unübersehbar.

Kurz darauf teilte ihr Manager ihnen mit, dass eins ihrer Stücke vermehrt im Radio gespielt wurde. Es waren auch früher manchmal Kompositionen der Band im Radio gelaufen, aber meistens auf Privatstationen und lokalen Radiosendern, die nicht mit der GEMA abrechneten, sodass es dann auch keine Tantiemen gab. Diesmal lief die Komposition, an der Tom, Olli und Frank

158

zusammen gearbeitet hatten auch bei öffentlich-rechtlichen Sendern, so dass sie tatsächlich etwas dafür bekommen würden. Auch ihre vielen Live-Auftritte, bei denen sie ja meist ausschließlich ihre eigenen Stücke spielten, würden ihnen im nächsten Jahr einige Einkünfte über die GEMA bescheren.

Ihre live aufgeführten Kompositionen brachten ein paar Tantiemen, aber pro Stück und Aufführung je nach Größe des Veranstaltungsraumes und Eintrittsgeld nur ein paar Euro. War man dann wie Ecki nur an einigen Stücken als Co-Autor beteiligt waren das bisher wirklich nur ein paar Euro gewesen.

Kompositionen, die im Radio gespielt wurden, brachten immerhin pro Minute zehn oder auch mal zwanzig Euro. Das Ganze wurde nach einem höllisch komplizierten und für niemanden nachvollziehbaren System berechnet.

„Schweineverein", sagte Olli. „Die GEMA ist nur ein weiteres Mittel, Musiker zu verarschen."

Die GEMA, eigentlich die Gesellschaft für musikalische Aufführungs- und mechanische Vervielfältigungsrechte, sorgt dafür, dass Personen und Organisationen, die Musik nutzen, Gebühren an die Schöpfer dieser Musik bezahlen. Die GEMA sammelt diese Gebühren zentral ein und gibt sie nach einem ausgefeilten Bewertungssystem an die jeweiligen Komponisten weiter. Allerdings bewertete die GEMA Rock, Jazz und Blues als Tanz- und Unterhaltungsmusik und vergütete sie geringer. Das war in Deutschland im Gegensatz zu den englischsprachigen Ländern seit Beginn der musikalischen Verwertungsgesellschaften der Fall gewesen, aber während man hier und da inzwischen bemerkt hatte, dass afroamerikanische Musik auch eine Kunstform war, war die Terminologie der GEMA in den fünfziger Jahren stehen geblieben. Werke aus der Unterhaltungsmusik wurden deutlich niedriger bewertet und damit schlechter vergütet als die aus der sogenannten ernsten Musik.

Man konnte einen Antrag stellen, komplexe Musikwerke als ernste Musik einordnen lassen, aber dafür brauchte man unter anderem eine Partitur, was bei der Arbeitsweise von Rock- oder Jazzbands gar kein sinnvolles Arbeitswerkzeug war. Außerdem gab es ordentliche Mitglieder und lediglich angeschlossene Mitglieder, die wiederum weniger Tantiemen erhielten. Olli, Tom, Frank und Ecki waren nur angeschlossene Mitglieder.

Ursprünglich war der Verein einmal mit dem löblichen Ziel gegründet worden, Musikschaffenden eine Entlohnung für ihr geistiges Eigentum zu sichern. Inzwischen war aber die Frage, wie weit gerade die Komponisten und Texter, die nicht etabliert waren und sowieso gut verdienten, einen Nutzen von der GEMA hatten. Viele Veranstalter beklagten, die durch die GEMA entstehenden Kosten nicht mehr tragen zu können und machten entweder dicht oder wälzten die Kosten ab, indem die Bands die GEMA-Gebühren übernehmen mussten. Bei so einem Deal konnte es sein, dass die Band mehr zahlte, als sie für die eigenen Kompositionen überhaupt bekam. Ganz zu schweigen von Bands, die keine eigenen Stücke spielten oder sie nicht bei der GEMA angemeldet hatten, weil die Kosten dafür den Nutzen überstiegen hätten.

Außerdem war das ganze System fragwürdig: Wenn bei einem Konzert nicht gemeldet wurde, welche Titel gespielt worden waren, wurde nach einem Schlüssel verteilt, nach dem man davon ausging, dass die bekanntesten Kompositionen notwendigerweise immer am meisten gespielt wurden. Das bedeutete, dass von den zu verteilenden Tantiemen zum Beispiel den größten Anteil Michael Jackson, beziehungsweise seine Verwandtschaft erhielten, dann Paul McCartney den nächstgrößten Anteil bekam (und ohne seine Leistung für die Musik schmälern zu wollen, war es denn wirklich wichtig, dass Paul sich noch ein paar Schlösser mehr kaufen konnte?), dann war, sagen wir mal, Elton

John dran und so weiter. Gefördert wurden also die reichsten und bekanntesten Künstler und nicht etwa die, die am Existenzminimum kratzten.

Man wusste auch nie, ob ein Veranstalter eine Liste bei der GEMA einreichte. Daher füllten Tom, Olli, Frank und Ecki bei jedem Konzert eine Liste mit den Stücken die gespielt worden waren aus, ließen den Veranstalter unterschreiben und schickten sie selbst zur GEMA, um sicher zu gehen, dass an ihren Stücken nicht irgendwelche Milliardäre verdienten.

Einen weiteren die sowieso gut verdienenden Künstler bevorzugenden Effekt hatte auch das Punktesystem der GEMA: Ganz Deutschland war in verschiedene Regionen eingeteilt. Nur Künstler, die in allen Regionen des Landes spielten, erhielten die volle Punktzahl. Andere, die nur in manchen Bereichen spielten, bekamen einen niedrigeren Prozentsatz. Weniger bekannte und regionale Künstler, die nur in wenigen Gegenden auftraten, erhielten also einen relativ geringen Prozentsatz, während eine Helene Fischer oder Howi Carpendale, die in jeder Stadthalle rumnervten, die volle Punktzahl und damit am meisten Tantiemen einspielten.

Die Künstler, die eh am besten verdienten, profitierten von diesem System, während diejenigen, die am meisten Unterstützung hätten gebrauchen können, am wenigsten davon hatten.

So bekam die John Heart Band jetzt, wo sie überall in Deutschland auftrat und sowieso gut verdiente, deutlich mehr Tantiemen, als vorher, als sie eher regional gespielt hatte.

„Der Teufel scheißt immer auf den größten Haufen", meinte Tom dazu.

„Schweineverein", sagte Olli.

Supper`s ready (Genesis)

Strange beautiful music (Joe Satriani)

Ollis Vater hatte seinem Sprössling oft von einem Konzert erzählt, dass er in seiner Jugend erlebt hatte. Er hatte kein Geld gehabt und konnte sich keine Eintrittskarte leisten. Damals hatte es in der Kleinstadt, in der Ollis Papa lebte, nur sehr selten so ein Konzertereignis gegeben.

Es war Sommer und die Fenster des Konzertsaales standen offen. So war er auf einen Baum vor dem Gebäude geklettert und hatte dort auf einem Ast sitzend der Aufführung zugehört. Und es war das schönste Konzert seines Lebens gewesen, hatte der Vater immer wieder berichtet, dort in dem Baum im lauen Sommerwind der wundervollen Musik in der einbrechenden Dämmerung zu lauschen.

Das führte Olli in ihren Gesprächen über Musik immer wieder an. Er meinte, dass die ständige freie Verfügung von Musik und dass man überall, ob man wollte oder nicht, mehr oder weniger erbaulicher Musik ausgesetzt war, dazu führte, dass Musik keinen hohen Wert mehr hatte. Während die besonderen Umstände dieses Konzertes es für seinen Vater zum schönsten musikalischen Erlebnis seines Lebens gemacht hatten.

Die anderen pflichteten ihm bei. Frank erinnerte sich daran, wie er als Jugendlicher immer wieder zum örtlichen Plattenladen gelaufen war, um die neuste Platte seiner Lieblingsband zu erstehen. Allerdings dauerte es in dem Kaff, in dem er wohnte, ewig, bis das Werk käuflich zu erwerben war. Und dann war er überglücklich damit nach Hause gelaufen, hatte sie erstmals aufgelegt und den verheißungsvollen Tönen gelauscht, um sie dann immer und immer wieder zu hören.

Auch Tom erinnerte sich, dass er sich mit einer neuen Platte erst mal einschloss und das Werk immer wieder hörte, auch wenn er es am Anfang gar nicht so toll fand. Aber man hatte sich damals mit der Musik auseinandergesetzt, genau hingehört und sie irgendwann verstanden. Und man hatte auch mühevoll mit dem Diktionär in der Hand die Texte übersetzt, weil einem die Botschaft wichtig war.

Das kannte Ecki auch: „Ich hab mir in den Achtzigern „Tales from Topografic Oceans" von Yes gekauft. Die war zwar schon alt, aber ich kannte sie noch nicht. Und ich hab erst mal nix davon verstanden. Fand sie einfach nur komisch! Aber ich hab sie wochenlang gehört und irgendwann kams! Seitdem ist es eine meiner Lieblingsscheiben!"

„Jetzt könnte man ja sagen, wie blöde, sich mit Musik zu quälen, die man nicht auf Anhieb mag", gab Phil zu bedenken. „Aber man hat so viel mehr davon, wenn man so eine Musik richtig versteht."

„... und wirklich in sie eindringt", ergänzte Tom.

„Ich könnte auch immer noch heulen, wenn ich „The revealing science of god" von Topografic Oceans höre", meinte Frank.

„Ich muss immer heulen, wenn ich das höre", gestand Ecki.

„Du Mädchen", sagte Olli.

Ecki fletschte die Zähne.

„ Chica", geiferte Olli und betatschte Eckis Hintern.

„Der Zauber von Musik scheint ja mit ihrer Verfügbarkeit zu sinken," fasste Frank zusammen. „Noch vor siebzig, achtzig Jahren, als nicht jeder ein Grammophon hatte, konnte man nur ein paar mal im Jahr ein richtiges Konzert hören,.."

„Wenn überhaupt...", unterbrach ihn Tom.

„Und da war das, wie du von deinem Vater erzählst, Olli", fuhr Frank fort, „etwas ganz besonderes und geradezu magisches."

„Das ist ja wohl auch der Ursprung von Musik", ergänzte Phil. „Entstanden ist Musik sicher im Zusammenhang mit religiösen Ritualen und mit Religion überhaupt."

„Yep". Frank ließ sich nicht rausbringen. „Und als Musik nicht in jeder Werbung lief ..."

„... und in jedem Kaufhaus..."

„... und man lange warten musste, bis man seine Lieblingsband mal irgendwo sehen konnte, da war Musik auch noch etwas großartiges und besonderes."

„Und heute kann man alles ständig auf you-tube angucken oder auf spotify hören", meinte Ecki.

„... und die Qualität ist dann ja oft besser als bei einem live-Konzert ...", sagte Tom.

„... und man sieht mehr."

„Deshalb gucken sich viele Leute Musikclips im Internet an und gehen nicht mehr auf Konzerte", sagte Phil.

„Vielleicht rüsten die großen Popacts auch deshalb die Show immer mehr auf, damit Leute wenigstens noch wegen dem Event hingehen", meinte Olli.

„Ja, und für Taylor Swift oder Rihanna legen sie ja dann auch gerne zweihundert Tacken hin. Aber wenn eine unbekanntere Band fünf Euro kostet, drehen die Leute schon um."

„Stellt euch mal vor...", kam Phil wieder auf seinen Punkt zurück, „als in der Steinzeit oder Eiszeit Menschen, die sonst das ganze Jahr in kleinen Gruppen durch das Land gestreift sind, zusammen kamen und ihre Zeremonien abhielten. Wenn man nachts am Feuer versammelt war und getrommelt wurde und alle zusammen sangen, muss das doch für diese Menschen die reinste Magie gewesen sein.

Man meint ja auch, dass dieses Erlebnis zu einem religiösen Empfinden und damit überhaupt zur Religion geführt hat."

„Die Rhythmen von Jazz, Blues und Rock haben ja auch mit Ekstase zu tun", meinte Tom.

„... und sie haben etwas meditatives, oft hypnotisches", sagte Frank.

„Und sie haben mit Tanz zu tun", ergänzte Olli.

„... und nicht mit Militär", ergänzte wiederum Phil, der hier in seinem Thema war.

In der europäischen Musiktradition wurden die sogenannten starken Taktteile betont, die eins und drei in einem Vier-Viertel-Takt und auf der nächsten Ebene die Viertel, der Beat. In Blues, Jazz und Rock, deren Rhythmen aus der afrikanischen Musiktradition stammten, wurden die schwachen Taktteile betont, die Zwei und Vier und die „off beats" anstatt des Grundpulses. Das führte zu einem schwebenden, ekstatischen Gefühl. Während man in Europa mit Marschmusik Soldaten in den Krieg geschickt hatte (und heute noch jede Militärkapelle diese Musik spielte), forderte die afrikanische Musiktradition im Gegensatz dazu zum Tanzen auf. Auch wenn Rockmusik oft hart wirkte, war ihr rhythmisches Zentrum dieses auf Tanz und Ekstase ausgelegte Gefühl und nicht das militärisch-marschierende. Das verband die afroamerikanische Musiktradition mit der ekstatischen, freiheitsliebenden Musikauffassung der Naturvölker.

Leider verschwand dieses wunderbare Schweben, dieses musikalische Bekenntnis zur Gewaltlosigkeit bei manchen Richtungen des modernen Heavy- und Trash-Metall völlig (es war auch kein Wunder, dass Rechtsrockbands einen dröhnenden, gleichförmigen Beat bevorzugten). Besonders auch beim gleichmachenden brutalen Techno-Beat, der gar keine Betonung mehr kannte, war nichts von der rhythmischen Raffinesse und Leichtigkeit afrikanischer Musik mehr übrig.

Phil empfand das als schmerzlichen musikalischen Rückschritt, der sogar Folgen über die Musik hinaus hatte. Er hasste es, dass hierzulande das Publikum auch beim Hören von afroamerikanischer Musik meist in den üblichen Stampfrhythmus auf der eins und drei verfiel. In Amerika fiel das Publikum sofort in den Backbeat auf zwei und vier ein, weil diese Begleitung aus den Blues- und Gospelchören sich kulturell etabliert hatte.

„Und diese andere Rhythmik ist es ja, weswegen die gesamte Musik, die aus Amerika kam, so neu war", nahm Phil den Gesprächsfaden wieder auf.

„Stimmt", meinte Tom, „mein Vater hat früher immer gesagt, es gäbe in der Musik nichts neues mehr, alles wäre schon mal dagewesen, jede Melodie schon komponiert ..."

„Das Argument kenn` ich", fiel Olli ihm ins Wort. „Musste ich mir auch immer anhören. Dass Jazz und Rock nur wiederholen könnten, was in der Klassik schon gesagt worden wäre und deshalb gar keine Lebensberechtigung hätten."

„Dabei war durch die andere rhythmische Bewertung im Jazz alles wieder neu", meinte Phil.

„Naja", ergänzte Ecki, „schon der Blues hat ja nicht nur durch die Rhythmik, sondern auch durch seine Blue Notes für das europäische Empfinden völlig neue Melodien geschaffen."

„Und auch die Form des Blues war neu", meinte Frank.

Tatsächlich hatte die call – call – response – Form, die die afrikanischen Sklaven aus ihrer Heimat mitgebracht hatten und die auf den Baumwollfeldern des amerikanischen Südens bei der Arbeit gesungen wurde, die Grundlage des Blues gelegt. Dabei gab ein Vorsänger eine musikalische Phrase vor, wiederholte diese dann noch einmal, oft variiert, worauf dann der Chor der anderen Arbeiter antwortete.

„Aus dieser Bluesform, den Tonleitern mit ihren Blues Notes, die es in der europäischen Musik nicht gab und dem Shuffle-Rhythmus ist ja dann Jazz und Rock entstanden", fasste Phil zusammen.

„Ja und plötzlich war alles neu: Jede Melodie, die man in dem vorher unbekannten rhythmischen Feeling spielte, war anders," meinte Olli begeistert.

„Das gabs ja sogar, dass man Bach-Stücke im Jazz-Feeling spielte und schon war es etwas anderes," sagte Tom.

„Ja, ´Play Bach´...", präzisierte Olli.

„... oder Klassik mit einer Rockband unterlegt wie Ekseption es gemacht haben", ergänzte Frank.

„Und plötzlich war das Ganze etwas neuartiges", fasste Ecki zusammen. „Da haben sich eure alten Herren gewaltig geirrt!"

„Während viele Klassiker das schon erkannt haben: Anton Dvorak hat ja in der Sinfonie aus der neuen Welt Themen der Schwarzen und der Indianer verwendet. Und Strawinsky, Gershwin und andere waren vom Jazz inspiriert", gab Olli zu bedenken.

„Das Tolle ist ja auch, dass im Jazz und Rock Einflüsse aller möglichen Musiktraditionen zusammenkommen. Europäische Harmonik, afrikanische Rhythmik, Tonleitern aus Afrika, Amerika, Europa, dem Orient ..."

„Wusstet ihr, dass die Tonbildung, besonders das Verschleifen von einem Ton zum anderen, von den Indianern stammt?" fragte Frank. Er liebte Indianer.

„Es gab ja auch viele indianische Rockmusiker", meinte Tom, „Link Wray, Buffy Saint-Marie, die Band Redbone, Hendrix ..."

„Hendrix war Indianer?", fragte Phil.

„Nee, aber Hendrix hatte Vorfahren aus allen Rassen. Schwarze, Weiße, Asiaten, Indianer."

„Er hatte sozusagen das Erbe der ganzen Welt in sich", meinte Olli.

„Vielleicht hat er deshalb alle Farben so unbekümmert mischen können", meinte Ecki.

„Als er in Woodstock die amerikanische Hymne musikalisch zerrissen hat, hat er jedenfalls ein Stirnband und ein indianisches Fransenhemd getragen", sagte Frank. „Und das war sicher kein Zufall!"

„Sondern ein klares Statement. Ja, das war genial", sagte Tom mit verklärtem Gesichtsausdruck.

„Die Schwarzen, die beim Mardi Gras im Süden der USA mit Federn geschmückt auftreten, sehen sich übrigens auch in der indianischen Tradition", meinte Phil.

„Sie bezeichnen sich selbst sogar als Indianer. Ihre Vorfahren waren nämlich auch entlaufene Sklaven, die von den indianischen Stämmen aufgenommen wurden, die sich mit den Indianern vermischten und die dann letztlich die Mehrheit der Stämme stellten.

„Das Tolle ist ja auch, dass die Rockmusik wirklich Kunst schaffen konnte, ohne jeden postmodernen Quatsch mitmachen zu müssen", kam Tom zu ihrem Thema zurück.

„Wie meinst'n das?", fragte Olli skeptisch, der einen Angriff auf seinen geliebten Jazz erwartete.

„Naja, die Beatles, Yes, die alten Genesis, Pink Floyd und so haben ja wirklich Kunst gemacht. Aber sie konnten das mit schönen Melodien und harmonischer Musik tun ..."

„Das würden viele Leute bei Yes oder Genesis anders sehen ...", meinte Ecki.

169

„Ja, deren Musik war nicht einfach. Aber letztlich doch immer harmonisch und melodiös, während man in der modernen E-Musik oder auch im Free Jazz ziemlich wirres Zeug produziert hat."

„Free Jazz war eine Reaktion der Schwarzen auf ihre Unterdrückung in den USA", dozierte Olli. „Da konnten sie auch ihre Verzweiflung oder ihren Hass ausdrücken. Im Free Jazz versucht man eben nicht nur Wohlklang zu produzieren, sondern auch andere Musiker bewusst zu stören. Und alle improvisieren gleichzeitig, nicht einer ist der Solist und die anderen müssen für seine Höhenflüge die Begleitung liefern. Insofern war das eine politische und philosophische Geschichte."

„Kann sich aber kein Mensch anhören", meinte Ecki.

„Das war aber auch im Bebop schon so", setzte Olli seinen kleinen Vortrag fort: „Da ging es auch um Gleichheit. Alle Noten können zu jedem Zeitpunkt gespielt werden, auch die, die eigentlich in der Tonart gerade falsch sind."

„Aber man umspielt richtige Töne so, dass man die eigentlich falschen als Durchgangstöne und zum Umspielen der angestrebten Töne jederzeit mit benutzen kann", erklärte Tom.

„Man muss nur richtig ankommen, dann geht alles", ergänzte Olli. „Aber alle Töne können jederzeit gespielt werden. Auch ein philosophischer Ansatz."

„Ich verstehe, was ihr meint," nahm Frank den Faden wieder auf. „Dadurch das schon alles gesagt war, musste man in immer extremere Formen ausweichen, um noch etwas neues zu finden."

„Ja, während die Rockmusik noch einmal neu anfangen konnte und mit einfachen Harmonien und Melodien etwas neues aussagen konnte."

„Wie in der bildenden Kunst: Das versteht ja teilweise auch kein Mensch mehr", meinte Olli.

„Fett und Filz", erinnerte Ecki sich an eine Ausstellung von Joseph Beuys, die er mal vor Urzeiten gesehen hatte.

Tom sagte: „Ich war mal im Museum of Modern Art in New York. Da gab´s ein Bild, das war ein paar Meter hoch und ein paar Meter breit und nur schwarz. Witzig war, dass da Leute davorstanden, die Linien in der Luft nachmalten und sich wohl darauf aufmerksam machten, was an dem Bild besonders war. So sehr ich auch suchte, ich konnte da keine Linien erkennen und bin dann mal ran gegangen, in der Hoffnung, dass der Titel mir etwas Auskunft gibt, worum es da geht. Da stand dann fünf Fuß mal zehn Fuß schwarz oder so. So was ist doch Quatsch!"

„Kunstbanause", sagte Olli.

„Naja, mit dem richtigen Titel könnte das schon wieder Kunst sein", meinte Frank, „Ein Blick in Trumps Herz oder so."

„Oder moderne Theateraufführungen, bei denen grundsätzlich alle nackt sein und auf die Bühne kacken müssen", warf Phil ein.

„Ihr Spießer! Ich sehe schon, ihr seid der modernen Kunst gegenüber nicht sonderlich aufgeschlossen", konstatierte Olli pikiert.

„Jedenfalls ist es doch toll, dass die Rockmusik das nicht mitmachen muss. Da kann man noch mit schöner Musik trotzdem Kunst schaffen", meinte Ecki.

„So war das zu Mozarts und Beethovens Zeiten ja auch," meinte Olli. „Das war natürlich künstlerisch hoch anspruchsvolle Musik, bei der man sich viel denken konnte, auf der anderen Seite konnten es aber auch Menschen ohne großes musikalisches Wissen anhören und die Schönheit genießen."

„Ja, und das ist ja das Irre an Bands wie Pink Floyd oder auch den Beatles, dass da ein kleiner Fleischergeselle genauso etwas damit anfangen kann wie ein Intellektueller", schwärmte Tom. „Rockmusik kann Kunst sein und trotzdem auch für jeden erlebbar."

Old School

Sie wurden immer mal wieder angesprochen, dass ihre Musik ja eigentlich „so Siebziger" wäre. The Tribe waren nicht der Meinung, dass sie Siebziger wären. Klar waren wichtige Einflüsse auf diese Zeit und Bands wie Yes, Genesis und Pink Floyd zurückzuführen. Aber es gab auch heute Bands, die ähnlich anspruchsvolle Musik machten, die meisten davon waren allerdings ziemlich unbekannt. Wie sie selbst.

Aber es gab ja schon auch halbwegs bekannte Bands wie zum Beispiel Spocks Beard, Transatlantic, Porcupine Tree oder deren Frontmann Steven Wilson, die auch heute anspruchsvolle und vielschichtige Musik machten. Allerdings kamen die auch in ihren besten Momenten nur sehr selten an die großen Art Rock Bands der Siebziger heran.

Auch Yes waren in den Achtzigern kommerzieller geworden, hatten sich dann aber wieder auf ihren eigentlichen und unverwechselbaren Stil besonnen. Es war ihnen aber auch nie gelungen, später noch einmal ähnlich tiefe und authentische Kompositionen zu entwickeln. So spielten sie später wieder ihre unerreichten Stücke aus den Siebzigern.

Genesis hatte sich in den späten Siebzigern sowieso zur belanglosen, aber Millionen scheffelnden Pop-Band gewandelt.

Und Pink Floyd klangen heute, wenn sie noch einmal etwas Neues auf den Markt brachten, genauso wie Jahrzehnte zuvor, aber die Inspiration war weg. Es war nur noch eine leere Klanghülle und hatte nicht mehr den Gehalt wie ehedem.

Trotzdem kauften natürlich Heere von frustrierten Fans alles, was die Helden von damals von sich gaben, in der Hoffnung noch einmal so etwas Neues zu entdecken.

The Tribe hatten aber vieles entwickelt, was nicht Siebziger war.

Ecki und Phil hatten moderne Grooves eingebracht, die vom HipHop und ähnlichen Richtungen entlehnt waren. Tom hatte immer wieder Elemente aus modernem Hard Rock einfließen lassen und Olli brachte Elemente aus dem Jazz ein. Bei The Tribe gab es Rhythmen, Akkordverbindungen und Formen, die man so noch nicht gehört hatte. Das bemerkte aber kaum jemand. Sie hatten das Gefühl, dass die Einschätzung, sie seien „so Siebziger" daher rührte, dass sie nicht zur üblichen schnell mitsingbaren Melodie die üblichen vier Minuten auf den üblichen drei Akkorden im üblichen Takt herum droschen wie andere Bands.

Sie benutzten auch keine Samples, Einspielungen und andere technische Gimmicks, die heute en vogue waren. Natürlich hatte man damit tolle Möglichkeiten, und es gab Bands, die das auch wirklich sinnvoll und innovativ nutzten. Aber sie spielten einfach gerne selbst und wollten sich dabei möglichst wenig ablenken lassen. Was für Jazzmusiker völlig normal war und niemals kritisiert worden wäre, nämlich, dass man Musik mit der Hand machte, war im Rock-Pop-Bereich heute anrüchig. Man war dann gleich „so Siebziger".

Frank hatte mal eine Freundin gehabt, die gesagt hatte, er sei eben „old school".

Frank hatte tatsächlich kein Smart phone und auch sein altes Handy war meistens ausgestellt, weil er keine Lust hatte, immer erreichbar zu sein. Wenn er mit seinen Kumpels in der Kneipe war, wollte er mit denen reden und nicht mit irgendwelchen anderen und nicht anwesenden Leuten Nachrichten austauschen, wie das heute die meisten Leute zu tun schienen. Er wollte auch nicht wissen, was irgendwelche entfernten Bekannten oder Schüler gerade machten oder was sie in der letzten Stunde gegessen hatten. Er misstraute auch

173

den unsozialen Medien, die nach seiner Erfahrung den sozialen Zusammenhalt nicht gerade steigerten, sondern eher zu sozialer Vereinsamung und durch ständige Desinformation zu Verblödung sowie durch die Anonymität zu unsozialem Verhalten wie Hassmails führten.

Als Jugendlicher hatte Frank noch gehofft, dass das aufkommende „Informationszeitalter" zu einem gleichmäßigeren Zugang zu Informationen und damit zu einer Demokratisierung führen würde. Aber in Wirklichkeit hatten weite Bevölkerungsteile in Afrika, Südamerika und Asien gar keinen Zugang zu neuen Medien und so vergrößerte sich der Unterschied zwischen ihnen und den Reichen sogar noch.

Und als Lehrer hatte Frank über viele Jahre an Lehrplänen mitarbeiten müssen, die immer mehr vereinfacht wurden. Man konnte Schülern heute nicht mehr dasselbe zumuten wie vor Jahren. Die Schüler lernten vieles nicht mehr, sondern googelten es nur noch, so dass sie dieses Wissen gar nicht mehr besaßen, sondern nur noch abrufen konnten. Wer aber nicht selber Wissen besaß, konnte es auch nicht verknüpfen um auf Hintergründe und neue Ideen zu kommen.

Mit Shakespeare konnte man heutigen Schülern nicht mehr zu kommen. Früher hatte Frank im Unterricht auch Texte von Bob Dylan besprochen (der sich immer wieder auf Shakespeare bezog) oder Texte von Yes, die die Kids in seiner Referendariatszeit noch gekannt hatten. Aber solche politisch kritischen oder sogar philosophischen Texte konnte man seinen heutigen Schülern nicht mehr zumuten. Heute wollten die Kids Texte von Teenie-Popbands oder sogar Gangsta-Rappern und die Schule machte das mit. Wo man früher über den Sinn des Lebens und gesellschaftliche Probleme hatte sprechen können, musste er sich heute mit Junge und Mädchen küssen sich unterm Vollmond und ach ist das schön oder mit „**Ey Digger, isch bin der Gröschte, isch hab alles gescheen, isch bin reisch, isch hab n Goldkättschen und fahr nen Benzsch**" herumärgern.

Ein paar aus der Band waren bei Facebook oder ähnlichem, einfach weil es eine sehr leichte Methode war, sehr schnell sehr viele Leute erreichen zu können und daher für Musiker heute fast unverzichtbar. Aber keiner von ihnen gehörte zu den Junkies, die ständig vor einem Computer rumsaßen oder an einem smart phone rumspielten.

In einem ihrer Stücke hatten sie sich mit der künstlichen Intelligenz und der Gefahr die von ihr für die Selbstbestimmung des Menschen, für eine demokratische Gesellschaft und für die Menschheit allgemein ausging beschäftigt und Frank hatte einen beißend satirischen Text dazu geschrieben.

Wenn es old school war sich Gedanken über die Gefahr zu machen, die von den unsozialen Medien und der technischen Entwicklung ausging, dann war Frank gerne old school. Und wenn anspruchsvolle, handgemachte Musik zu machen old school war, dann waren sie alle gerne old school. Frank hatte sich von seiner modernen Freundin auch getrennt und war mit dem nächsten jungen Feger losgezogen, der ihn nicht old school fand.

Open Air

Gigantische Boxentürme erhoben sich links und rechts der riesigen Bühne majestätisch in den stählernen Nachthimmel. Ein lauer Sommerwind strich über die Bühne und trug den Geruch von Bratwurst und Pommes Frites mit sich. Die Menschenmenge wogte vor ihren Füßen bis zum Horizont.

Nee, Quatsch, weder die Bühne noch die Boxen waren besonders groß. Die ersten Meter des Zuschauerraumes vor der Bühne waren relativ leer, wie das bei ihnen öfter der Fall war. Dahinter sah man Reihen von Menschen, die vom Licht der Scheinwerfer erfasst wurden, dahinter konnte man weitere Reihen nur erahnen, die sich im Dunkel verloren. Und der Horizont war eine Front erleuchteter Buden, die keine hundert Meter entfernt standen.

Später würde hier die unvermeidliche Ska-Band auftreten, oder eine Pogo-Punk-Band. Jedenfalls würde es dann vor der Bühne brechend voll sein.

Tom litt unter Lampenfieber. Obwohl er schon unzählige Auftritte absolviert hatte, wurde das nicht besser und er hatte sogar das Gefühl, dass er, trotz aller Routine, mit zunehmendem Alter immer aufgeregter wurde.

Wenn er eine Mucke machte, eine seiner seltenen Aushilfen bei Tanzbands oder Auftritte zur Begleitung irgendwelcher Veranstaltungen, hatte er das nicht. Aber sobald es um etwas ging, sobald er Musik spielte, die ihm wichtig war oder sogar seine eigenen Kompositionen, war ihm schon den ganzen Tag vor einem Auftritt nicht gut. Er musste dann irgendwie die Zeit totschlagen, bis es endlich losging. Bei besonderen Auftritten ging es mitunter auch schon Tage vor dem Auftritt los. Während seine Kollegen direkt vor dem Auftritt noch, sagen wir mal, einen ordentlichen Schweinebraten mit allem Drum und Dran vertilgten - bis auf Frank, der a) Veganer war und b) auch aufgeregt - , konnte Tom nichts zu sich nehmen (nach dem Auftritt war es dann zu spät, da war alles weg und die Küche dicht).

Tom hatte die Theorie, dass das von seinem schlechten Verhältnis zu seinem Vater kam. Dass der ihn bestraft hatte, wenn er sich am Klavier verspielte, hatte wohl dazu geführt, dass er musikalische Leistung mit Lob oder Bestrafung in Verbindung brachte und immer Angst hatte, nicht gut genug zu sein.

Immerhin war jetzt schon eine ganze Menge Publikum da. Es war herrlich, an einem schönen Sommerabend draußen zu spielen. Der Wind trug die Töne mit sich und sie sahen in den Nachthimmel, sahen die Scheinwerfer und vor sich die vielen Menschen.

Sie genossen die Musik. Die Lautstärke. Es machte schon Spaß auf großer Bühne mit hoher Lautstärke zu spielen.

Der Bühnensound war erstaunlich gut. Oft hatte man bei Festivals oder Konzerten mit mehreren Bands nicht genug Zeit für einen anständigen Soundcheck oder alles war am Pult wieder verstellt, nachdem eine andere Band gespielt hatte (der Plan war, dass jede Band einen Soundcheck machte und ihre Einstellungen aufgeschrieben oder gespeichert wurden, so dass sie bei ihrem Auftritt schnell wieder hergestellt werden konnten - aber das war die Theorie).

Oft hörten bei Auftritten auf größeren Bühnen nicht alle in der Band jeden anderen Musiker gleich gut, das kannten sie von anderen Bands, in denen sie mitspielten. Aber bei ihren vielschichtigen Kompositionen, bei denen oft Rhythmus- und Metrenwechsel vorkamen, teilweise sogar verschiedene Instrumente zur gleichen Zeit verschiedene Rhythmen oder Tempi spielten und viele rhythmische und musikalische Überlagerungen vorkamen, war es wichtig, dass jeder jeden Mitmusiker wirklich hören und sich auf ihn abstimmen konnte. Allerdings standen viele Mischer auf andere, vielleicht einfacher gestrickte Musik und es war ihnen nicht klar, wie wichtig es war, dass die „Art-Roggä" sich gut hören konnten.

Sie hatten schon schlimme Momente erlebt, wenn sie von der Bühne herunter wild gestikulierten, um die Aufmerksamkeit eines Mischers zu wecken, der gerade in ein angeregtes Gespräch mit einer scharfen Blondine vertieft war oder sich in aller Ruhe eine Zigarette drehte. Aber heute stimmte der Sound. Ok, vielleicht ein bisschen laut. Aber es machte wirklich Spaß. Die Bühne bebte von den Bassfrequenzen, während Toms Gitarre und Ollis Synthesizersounds sich direkt durch das Gehirn zu brennen schienen. Gigantisch. Man wusste gar nicht, woher der Klang kam, mal aus den verschiedenen Verstärkern, aus den Monitoren, aus dem Raum, die Musik war überall um sie herum und in ihnen. Es war wunderbar, zusammen zu musizieren, sich in Lautstärke oder Zartheit, Intensität, Druck, Timing und Klang gemeinsam treiben und beeinflussen zu lassen. Das kannte jeder Musiker.

Wenn man zusammen improvisierte, kam noch etwas anderes hinzu: Die Musik entstand im Moment, war nicht nur in Intensität, Lautstärke oder Farbe jedes Mal anders, sondern sie konnte sich in völlig ungeplante und unvorhersehbare Richtungen entwickeln. Ein Ergebnis des gemeinsamen Gefühls und der gemeinsamen Leidenschaft. Jeder Schritt eines der Bandmitglieder in eine bestimmte Richtung wurde von allen anderen mehr oder weniger aufgenommen und entwickelte die Musik immer weiter. In diesen Momenten bestand zwischen ihnen eine Art Liebe. Sie grinsten sich völlig bescheuert gegenseitig an oder sahen sich auch gar nicht an, während sie sich doch gewollt und ungewollt forttragen ließen in ein fantastisches Land der Musik. Besonders beim gemeinsamen Singen, dem intimsten Musizieren, wenn die verschiedenen Stimmen scheinbar zu einer Stimme verschmolzen, zu einem Menschen und zu einer Musik, war das überwältigend schön. Es war reine Magie.

Wenn Phil hinter der Band saß und sich die Seele aus dem Leib trommelte, liebte er seine Freunde. Was für ein Glück mit diesen Menschen zusammen Musik zu machen!

Während er sich und Ecki als gute Handwerker ansah, die das Fundament für die Band lieferten, betrachtete er Olli, Tom und Frank als Genies, denen sie die Plattform bereiteten.

Frank war ein wortgewaltiger Dichter, der mit seinen Themen meistens die Richtung und den Sinn der Stücke vorgab.

Und Olli und Tom lieferten mit ihren oft unkonventionellen, vielschichtigen Kompositionen, die zart und wunderschön, dann aber wieder hart und brutal und zeitweise schrullig oder verrückt sein konnten, den Großteil ihrer Musik.

In dieser Musik verwoben sich Bach und Beethoven mit Yes oder Pink Floyd oder den frühen Genesis, mit Keith Jarrett oder Pat Metheny. Tom garnierte das mit Anleihen an Jimi Hendrix oder Jo Satriani, während Franks Gesangslinien in ihrer kontrapunktischen Einfachheit manchmal an Singer/Songwriter gemahnten. In dieser Musik kam wirklich alles vor, was sie liebten. Phil verstand gar nicht, warum offenbar kaum jemand kapierte, was für großartige Musik das war. Und das ohne Eitelkeit, da er den Kern ihrer Musik ja anderen zuschrieb.

Phil dachte über all das nach, während er spielte. Es war wie ein Drogentrip, bei dem in Sekundenbruchteilen ganze Romane im Kopf stattfanden. Aber er zwang sich, die Gedanken auszuschalten und sich ganz auf das Zusammenspiel und die Musik zu konzentrieren. Die unfassbare Musik, die ihn in den sternengleißenden Nachthimmel trug.

Fans

Dieses Kapitel können wir sehr kurz halten: Sie hatten ja keine. Nein, Spaß, inzwischen hatten sie ja wirklich Fans. Ganz anders als in den alten Zeiten, als sie noch ihre kompromisslose, eigene Musik machten. So eingängiger und einfacher die Musik wurde, desto mehr Leute interessierten sich dafür. Und ihnen war klar, wenn sie noch mehr Show abliefern würden, würden die Leute es noch mehr feiern. Oder wie Phil ja immer sagte: Musik wurde heute nicht mehr gehört, sondern gesehen.

Früher kamen ihre Fans nicht in Rudeln, sondern eher vereinzelt. Eher männlich. Frauen schienen mehr auf den Klang einer Stimme zu reagieren, Männer mehr auf die Musik. So war Frank durchaus umschwärmt, aber die Mädels mochten eben eher seine Stimme als das ganze musikalische Drumherum. Das empfanden viele als zu „verspielt". Ihnen war eine geklampfte Drei-Akkorde-Version auf Franks Bettkante lieber als die ganze Band.

Es gab aber bei ihren Konzerten auch immer wieder Menschen, die mit geschlossenen Augen vor der Bühne standen, die die Musik sichtlich berührte. Für diese Leute spielten sie.

Früher hatten sie eine Zeitlang ein langes, ruhiges Instrumentalstück gespielt (was später auf Grund des Desinteresses des Publikums aus dem Programm geflogen war). Bei einem Konzert, als sie es spielten, hatten sich die meisten Leute schon an die Getränkestände zurückgezogen oder unterhielten sich. Nur ein Zuhörer stand ganz allein nahe vor der Bühne mit geschlossenen Augen. Als Olli länger zu ihm hinsah, sah er, dass der Mann weinte. Es war eine Ehre, für so einen Zuhörer zu spielen.

In der Stadt gab es einen altgedienten Rockfan, den alle nur Robby Rock nannten. Robert hieß er wohl auch tatsächlich. Robby war über siebzig, hygienisch nicht ganz auf der Höhe und hatte erschreckend wenig Zähne im Mund. Er hatte früher mal als Postzusteller gearbeitet und auch Gartenarbeit und Gelegenheitsjobs gemacht. Den größten Teil seines Lebens hatte er aber Stütze bezogen. Robby Rock war auf jedem Konzert (wo er meistens auch umsonst reinkam), schnorrte die Band um ein Bier oder ein Würstchen an und erzählte jedem, der es eigentlich nicht wissen wollte, dass er seit den sechziger Jahren auf unzähligen Konzerten dabei gewesen war. Dabei machte er keine großen Unterschiede: er hatte von den Stones, Deep Purple oder Led Zeppelin bis zu doofen Acts wie Scooter, den Ärtzten oder Britney Spears alles mögliche gesehen, was sich kein normaler Mensch alles durcheinander anhören würde. Robby hörte alles, von dem er dachte, dass es Rockmusik sei.

Wenn man ihn traf, sagte er zum Beispiel: „Warste schon auf m Konzert von Status Quo? Die sind doch auf Tour, Mensch" oder „haste schon die neue Scheibe von Silbermond gehört? Geil sag ich Dir!" Wenn man ihm dann vorsichtig zu verstehen gab, dass man ganz bestimmt nie auf ein Konzert von Status Quo gehen würde oder sich eine CD von der Band Silbermond anhören würde, die man nebenbei bemerkt auch gar nicht kenne, aber eben auch auf Grund des Namens gar nicht kennen lernen wolle, war er nicht beleidigt, sondern fuhr unbeirrt fort weitere Konzert- und Hörtipps zu geben.

Frank hatte ihn in einem Anflug von sozialem Engagement mal zu Hause besucht und war ins Staunen gekommen: In seiner ziemlich reinigungsbedürftigen und ansonsten spärlich möblierten Bude hatte Robby eine Art Altar aufgebaut: Hunderte von Coladosen- (Robby liebte Cola, was den traurigen Zustand seiner Zähne erklären mochte), die für ihn wohl auch eine Art Statussymbol darstellten, um die herum Hunderte von Eintrittskarten von Konzerten, die er besucht hatte, aufgestapelt waren. Frank kam kaum darüber hinweg, dass Robby sein weniges Geld für Coca Cola und Konzertkarten ausgab, anstatt mal was Vernünftiges zu essen oder seinen Gesundheitszustand etwas überarbeiten zu lassen.

Phil war früher in Berlin mal von Robby besucht worden. Sie waren zusammen auf ein Peter Gabriel-Konzert gegangen, zu dem Phil sowieso wollte. Als sie sich auf Anraten von Phil vor dem Mischpult einen Platz gesucht hatten (dort ist der Sound oft am besten) und Phil ein Bier für sich und eine Cola für Robby geholt hatte, fing die Musik an. Phil fiel auf, dass Robby Rock schräg an der Bühne vorbei sah. Er klärte Robby darüber auf, wo die Bühne war und der brachte sich mit einem fröhlichen „ach so" in der empfohlenen Blickrichtung in Stellung. Phil wurde klar, dass Robby so schlecht sah, dass er die Bühne gar nicht sehen konnte. Er hörte nach all den lauten Konzerten natürlich auch nicht mehr besonders gut und verstand nicht viel von Musik. Aber das Dabeisein an dem mythischen Erlebnis Rockmusik war, was für ihn zählte.

Also doch ein kurzes Kapitel.

Umbesetzung

Sie spielten den Sommer über auf verschiedenen Festivals. Obwohl sie vom Publikum gefeiert wurden, war die Stimmung nicht gut. Olli hielt sich nicht an die Vereinbarung, einfacher und poppiger zu spielen. Er spielte oft einfach wie er Lust hatte. Den anderen ging das langsam auf die Nerven. Olli seinerseits ging es mehr und mehr auf die Nerven, sich zu verbiegen und zu spielen, was das Publikum vermeintlich wollte oder ihr Manager von ihnen verlangte.

Frank konnte den Spagat zwischen immer mehr Auftritten mit der Band und seinem Schuldienst nicht mehr erfüllen. Schließlich verkündete er, er werde aus der Band austreten. Tom, Ecki und Phil waren geschockt. Ihre Versuche, ihn zu überreden dabei zu bleiben, waren erfolglos. Frank hatte sich längst entschieden.

Olli nutzte die Gelegenheit, um seinen Austritt ebenfalls bekannt zu geben. Die Freunde versuchten, auch ihn zu überzeugen, nicht auszusteigen, aber nur halbherzig. Allen war klar, dass sie nicht mehr zusammen passten.

Bis zu dem Festival in ihrer Heimat waren es nur noch ein paar Wochen und so beschlossen sie, dort das letzte Mal zusammen aufzutreten.

Herr Müller war begeistert. Er hatte ja schon lange darauf gedrungen Frank und Olli auszutauschen und war am Ziel seiner Wünsche. Er schlug sofort einen Keyboarder vor, der seiner Meinung nach super in die Band passen würde. Zufällig war auch dieser Musiker ein Amerikaner, der auf der Suche nach einer Band in Deutschland war. Mit dem amerikanischen Sänger, den Müller schon vorgeschlagen hatte und dem Keyboarder hätten sie dann zwei echte Amerikaner in der Band und damit würde ihr Trick, sich als Ami-Band auszugeben, nachträglich gerechtfertigt.

Während sie weiter ihre Auftritte mit Frank und Olli absolvierten, trafen sich

Ecki, Phil und Tom an freien Tagen mit den beiden Musikern zum Proben. Die sprachen ganz gut Deutsch und Tom registrierte amüsiert, dass sie sich ziemlich ähnlich anhörten wie Frank und er, wenn sie ihre englischen Ansagen gemacht hatten. Beide waren um die Dreißig, was zur Freude von Herrn Müller den Altersdurchschnitt der Band erheblich senkte.

Jay Butler war der schwarze Sänger, der aus Philadelphia stammte. Der Keyboarder Steven D`Amico war aus Los Angeles. Er war mit einer Band aus den USA in Europa auf Tournee gewesen und dann in Deutschland hängengeblieben. Beide waren sehr professionell.

Steven spielte sehr songdienlich und einfach. Die Freunde vermissten bei ihm Ollis geniale Ausbrüche, andererseits war es ja genau das, was man von dem neuen Keyboarder nicht erwartete. Er benutzte eine Vielzahl moderner Sounds, die er ständig bearbeitete. In diesem Punkt war er Olli überlegen, der eher mit einer geringeren Zahl von Sounds ausgekommen war und mehr Wert auf das spielerische Moment gelegt hatte.

Jay hatte wirklich eine tolle Stimme. Und da er einen sehr großen Tonumfang hatte, war es nicht nötig, die Stücke in andere Tonarten zu transponieren. Wie Steven kam er mit dem Material sofort zurecht. Er erklärte, dass er während seiner Schulzeit, während viele schwarze Kids eher mit einem Ghettoblaster auf der Schulter herumgelaufen waren und Rap und Hip Hop gehört hatten, viel King Crimson, Yes, Spocks Beard und andere anspruchsvolle Bands gehört hatte und deshalb mit dieser Art Musik aufgewachsen sei.

Herr Müller kam zu einer Probe und war begeistert von der neuen Besetzung. Er schlug vor, dass Jay den Künstlernamen John Heart annehmen sollte, dann könnte man alles lassen, wie es war und man konnte die Band nun mit Fug und Recht als John Heart Band aus den USA ausgeben. Die anderen Musiker könnten dann endlich wieder auf Deutsch mit Publikum und Veranstaltern reden.

Es war sowieso ungewöhnlich, dass die Band nach dem Gitarristen hieß, auch wenn der (außer Olli, der ja nicht mehr dabei war) die meisten Stücke geschrieben hatte. Für das Publikum stand ja immer der Sänger im Mittelpunkt.

Sie erzählten Frank und Olli von den neuen Bandmitgliedern. Nach ihrem letzten gemeinsamen Auftritt auf dem Festival würden die beiden dann Frank und Ollis Nachfolge antreten.

Bei dem letzten Auftritt wollten sie noch einmal ihre alten Songs in der ungekürzten Version aufführen. Sie gingen eh davon aus, dass ihnen da kaum jemand zuhören würde, der Prophet galt im eigenen Lande sowieso nichts, da konnten sie machen, was wollten. Alle freuten sich darauf, noch einmal ohne Kompromisse zusammen zu spielen.

Dann war es soweit: Sie kamen am frühen Nachmittag zur Festivalwiese. Auf der Bühne stand schon eine Menge Kram rum, aber sie schafften es, ihre Instrumente aufzubauen. Der Mann am Mischpult war nicht sonderlich bei der Sache, als sie den Soundcheck machten. Meist war er gerade dabei, sich eine Zigarette zu drehen oder Bier zu trinken, wenn sie ihn auf eine eventuell mögliche Verbesserung des Sounds aufmerksam machen wollten. Das waren sie inzwischen anders gewöhnt. In den Clubs, in denen sie jetzt meistens spielten, genügte ein Blick in Richtung des Mischpults oder ein kurzes Zeichen und alles, was man sich wünschte, wurde erfüllt.

„Da habt ihrs wieder", meinte Tom, „die Mischer mit denen wir es sonst zu tun haben, sind Profis und bekommen Geld für ihren Job."

„Genau", gab ihm Ecki Recht. „Der Mann hier macht das ohne Bezahlung und zum Spaß. Da kann man nicht so viel erwarten."

Sonst arbeiteten sie daran, dass alle sich und die anderen möglichst optimal hörten, auch wenn das lange dauerte.   185

Da der Mann am Mischpult aber schon etwas ungeduldig wurde, achteten sie nur darauf, dass jeder sich selbst und die Instrumente, die für ihn besonders wichtig waren, in seinem Monitor relativ gut hörte. Dann gingen sie von der Bühne zum nächsten Bierstand.

Das Festival begann mit etwas Verspätung am Spätnachmittag mit einer Band aus der Gegend

„Hups", wir sind zu nah an der Bühne", meinte Phil nach den ersten Tönen.

„Ja, viel zu nah", gab ihm Frank Recht. „Lasst uns nach hinten gehen."

Was die Jugendlichen auf der Bühne veranstalteten war auch nicht schön.

„Soll das Punk sein?", fragte Ecki auf dem Weg zum am weitesten von der Bühne entfernt gelegenen Bierstand.

„Könnte sein", antwortete Tom. „Oder Kabarett?"

„Dafür versteht man ´n bisschen wenig vom Text, oder?" fragte Olli.

„Stimmt auch wieder."

„Na, Hauptsache, wir müssen es nicht so laut hören", fasste Phil zusammen.

Am Bierstand hatten sie noch viel Spaß, auch wenn ihnen die nächsten Bands nicht viel besser gefielen als die erste.

Sie hatte sich abgesprochen aufzupassen, dass Olli nicht zu viel trank, bevor sie dran waren. Leider waren sie die letzte Band des Tages. Aber Olli hatte wohl auch vor, heute noch einmal gut zu spielen und trank nicht so kamikazemäßig, wie man es sonst von ihm kannte. Auch die anderen hielten sich zurück. Dies sollte ihr letzter gemeinsamer Gig werden, auf den sie sich alle freuten.

Gegen Mitternacht, deutlich später als geplant, gingen sie dann auf die Bühne. Es war ein laue Sommernacht und auf der Bühne durch die Scheinwerfer sogar sehr warm.

Als die ersten Töne erklangen, drängten viele Leute in Richtung der Bühne. Offensichtlich eilte ihnen jetzt ihr Ruf voraus.

„Huch, der Prophet gilt ja doch was im eigenen Lande", brüllte Frank den anderen zu.

Sie spielten eine lange Intro, in der lange ruhige Akkorde von Keyboard und Bass eine Gitarre trugen, deren Töne sich durch ein starkes Echosignal vielfach wiederholten und eine traumhafte Atmosphäre schufen. Auf einen Fill des Schlagzeugs hin setzte die ganze Band ein.

Als die Musik sich in der Lautstärke zurücknahm, begann Frank zu singen und man sah, wie alle Blicke der vor der Bühne stehenden sich an ihm festhielten (besonders die der Mädels). Tom sah in den Nachthimmel und spürte den lauen Wind, in dem der Geruch von Bratwurstbuden und Grillständen herübergeweht wurde. Er schloss die Augen und genoss den Augenblick.

Bei seinem ersten Solo flogen ihm fast die Ohren weg. Er war gewohnt, sich auf der Bühne selbst zu regeln, so dass er sich hören konnte, falls man sich auf den Mischer nicht verlassen konnte. Aber was da aus seiner Monitorbox kam, war so laut, dass keine Fragen offen blieben. Offensichtlich hatte der Mann am Mischpult nicht ihre Einstellungen vom Soundcheck beibehalten, sondern einfach den ganzen Abend weiter an seinen Regler rumgedreht und alles verändert. Aber er meinte es echt gut mit ihnen. Tom hörte seine Gitarre aus seinem Monitor, aber auch aus seinem Verstärker, der hinter ihm stand und aus den Monitoren der anderen Musiker. Der Klang kam von allen Seiten, schien durch ihn hindurch zu gehen und ihn wegzutragen. Er sah sich nach seinen Mitspielern um, ob er zu laut war, aber alle sahen total glücklich aus und grinsten ihn an, so dass er sich darüber keine Sorgen machte. Er hatte keine Drogen genommen und nicht viel getrunken aber diese Lautstärke war ein psychedelisches Erlebnis. Seine Töne schossen um ihn herum, gingen durch seinen Körper, sein Gehirn und schienen ihn in den Himmel zu tragen. Er merkte, wie ihm alles gelang, was er wollte und spielte sich in einen regelrechten Rausch. Ecki und Phil arbeiteten wie die Tiere und ihr Groove drückte Tom in die Höhe. Olli unterstützte ihn mit flirrenden Akkorden und ergänzte ihn mit schneidenden Tönen vom Synthesizer. Es war großartig. Als sein Solo zu Ende war, brüllte das Publikum vor Begeisterung. Frank übernahm und führte die Zuhörer in den Song zurück. Als Olli sein Solo hatte, gab er auch alles. Bei diesem Stück umspielte der Bass immer nur einen Ton, Phil spielte ganz zurückhaltend und ging nur mit, wenn Olli sich steigerte und Tom steuerte nur ab und zu eingestreute Klänge bei. Olli konnte Eckis Basston als verschiedene Stufen unterschiedlicher Tonleitern werten und so durch die Akkorde und Linie, die er spielte immer wieder neue tonale Zentren schaffen. Er begann mit wenigen zarten Tönen und steigerte sich immer mehr bis zu einem virtuosen Höhepunkt. Seine Kollegen lauschten begeistert und unterstützten sein Solo einfühlsam.

Es war wunderbar, auf einer Bühne vor Publikum zu stehen und die Musik zu spielen, die man liebte, die man selbst geschaffen hatte und die man jetzt neu erstehen ließ. Und es war wunderbar, mit diesen großartigen Musikern zusammen zu spielen, die nicht nur Kollegen waren, sondern Freunde. Sie verstanden sich blind und spielten, als ob sie nur ein Mensch wären. Es fühlte sich an, als ob sie nie wieder aufhören würden zu spielen.

Kurz darauf war es vorbei. Man soll ja immer aufhören, wenn es am Schönsten ist. Sie hatten aber gar keine Lust aufzuhören. Als das Publikum nach einer Zugabe verlangte, spielten sie gleich mehrere Stücke hintereinander. Sonst gaben sie ein oder zwei Zugaben, wenn das Publikum sich gar nicht beruhigte auch mal drei. Aber spätestens dann kamen sie nur noch einmal auf die Bühne, um sich zusammen zu verbeugen. Man durfte sich auch nicht tot spielen, war eine alte Musikerregel.

188

Wenn man zu viele Zugaben gab, bestand die Gefahr, die Zuschauer irgendwann zu langweilen und damit die gute Erinnerung an das Konzert, die man sich gerade erarbeitet hatte, wieder zu verspielen. Heute war alles egal. Sie spielten Zugabe um Zugabe mit langen Soli. Sie wollten einfach nicht von der Bühne gehen.

Es war das letzte Mal, dass die John Heart Band in dieser Besetzung spielte.

Aftershow-Party

Sie räumten schnell ihre Instrumente zusammen und brachten sie in Eckis Transporter. Dann stürzten sie zum Bierstand.

„Fünf Bier", bestellte Frank.

„Ich auch fünf", kalauerte Olli, hatte aber von einem Kumpel, der am Bierstand arbeitete, schon ein Bier zugeteilt bekommen, als er dort ankam und das auch schon am Hals. Olli hatte echt Durst.

„Ich hab echt Durst", sagte Olli.

Nach einem solchen Auftritt hatte man Durst. Die erste Runde war sofort ausgetrunken und die zweite geordert, als Phil anmerkte: „Wir sollten aber mal klären, wer die Sachen zurückfährt, eh es zu spät ist."

„Zu spät", meinte Olli und stürzte sein drittes Bier herunter. „Gibts hier kein` Schnaps?", fragte er ergänzend.

„Die Fahrerei ist geregelt", beruhigte Tom Phil. „Susanne und Birgit fahren uns und die Klamotten. Birgit fährt den Transporter, Susanne mein Auto. Da kommen wir alle mit."

Auch Phils Freundin Anja und Ollis bessere Hälfte Jutta waren da und freundeten sich gerade mit Sabine, Franks derzeitiger Freundin an. Die Mädels hatten es sich nicht nehmen lassen, beim letzten Auftritt ihrer Männer dabei zu sein und hatten versprochen, zu warten bis die Herren endgültig abgefüllt waren, um nach Hause kutschiert zu werden. So einen Service hatte es bisher noch nie gegeben.

„Ihr habt echt toll gespielt", sagte Susanne und hakte sich bei Tom unter. Die anderen Mädels gaben ihr Recht.

„So gut hab ich euch noch nie gesehen", ergänzte Birgit. „Müsst Ihr euch denn echt trennen?"

Tom, Phil und Ecki sahen betreten drein, aber Frank sagte: „Ja, es geht nicht anders. Wir haben so lange dafür gearbeitet, mal Erfolg zu haben. Und jetzt ist er da und ich stehe der Sache im Weg. Ich kann einfach nicht so viel Zeit für die Band aufbringen."

„Und ich kann einfach nicht so spielen, wie die Leute es gerne von mir hätten", erklärte Olli schon etwas lallig. „Deshalb ist es echt besser, die Jungs machen ohne uns weiter. Wir nehmen es doch niemandem übel!"

„Ich glaube nur nicht, dass die Band in einer anderen Besetzung so gut sein kann", sagte Susanne.

„Aber in der Besetzung können wir nur ein paar Mal im Jahr auftreten und dann ist eine Band eben auch nicht gut", erklärte Phil.

Tom nickte: „Da beißt sich der Hase in den Schwanz."

„Die Kaaatze", meinte Olli und ergänzte nachdenklich: „Hasenschwanz, Schwasenhanz, Hanzenschwas, Schwanzenhas. äh, oder?"

„Egal. Prost!"

Die Mädels sagten, sie wollten sich noch ein bisschen umgucken. In Wirklichkeit wussten sie, dass die Jungs sich jetzt viel zu sagen hatten. Und selbst wenn sie dass wahrscheinlich nicht täten, weil sie ja Jungs waren und stattdessen einfach nur zusammen rumstehen, blöd gucken und saufen würden, war es wichtig, dass sie dass unter sich taten.

„War schon immer der netteste Teil von dem Festival, wenn die Musik zu Ende ist", meinte Olli.

„Yep", machte Phil. „Aber heute fand ich´s vorher auch gut!"

Inzwischen hörte man keine Musik mehr, außer der, die leise von den Zelten und Autos herüberwehte, wo viele Festivalgäste heute übernachteten. Man hörte das Brummen der Generatoren, die für die Stromversorgung sorgten. Es war jetzt nicht mehr so hell, viele Lichter waren gelöscht worden. 191

Überall standen Gruppen von Menschen herum und einzelne Personen torkelten unsicher über die Wiese. Immer wieder kamen Bekannte von Ecki, Tom, Phil, Frank oder Olli, um ihnen zu sagen, wie toll sie das Konzert gefunden hatten.

„Das war doch früher nicht so", meinte Frank, als sie unter sich waren. „Auch wenn wir da genau so gut gespielt haben."

„Ja. Jetzt sind wir eben bekannter und dann denken die Leute, da muss ja was dran sein", erklärte Phil.

„Stimmt, gespielt haben wir früher genau so, da hats aber keinen interessiert", lallte Olli.

Ein übel angetrunkener Typ, der eigentlich auf jedem Konzert zu finden war, rempelte Frank kumpelhaft an: „Hammer Konzert Jungs! Müsst mal ne CD machen!"

„Haben wir doch", erklärte Frank.

„Haben gerade unsere dritte rausgebracht", ergänzte Olli. „Is aber nich so gut wie die anderen!"

„Danke für die gute Werbung", funkelte Tom ihn böse an. Er versuchte immer Olli und Ecki, die beide etwas zu ehrlich waren, von solchen Aussagen, die dem Ruf der Band nicht dienten, abzuhalten. Die beiden hatten auch Veranstaltern manchmal blauäugig erzählt, dass sie sowieso kaum Publikum hatten oder dass sie beim letzten Konzert auch nur hundert Euro bekommen hatten. Das drückte natürlich die Lust eines Clubbesitzers, für die Band viel Geld auszugeben oder sie überhaupt zu engagieren.

„Is doch egal", meinte Olli.

Ein zweiter mindestens so betrunkener Konzertbesucher mischte sich ein: „Waaaarum spielt ihr denn nie hier in der Gegend?"

„Äh, das tun wir doch", meinte Phil. „Hat bloß bisher nicht viele Leute interessiert."

„Spielt doch ma im Club oda so", meinte der Typ, der offensichtlich gar nicht mitbekommen hatte, was Phil geantwortet hatte.

„Äh, sagst Du´s ihm?", fragte Phil Tom.

„Wir haaaben gaaaanz oft hier gespielt", sagte Tom überdeutlich und beugte sich ganz nah an den Mann heran um seine Aufmerksamkeit zu erregen.

„Ach", sagte der. „Hab ich nich mitbekommen."

„Is egal", meinte Olli.

„Schönes Gespräch", mischte Frank sich ein.

„Äh, nein", antwortete Phil.

„Spielt doch ma im Club oder so", sagte der Betrunkene nochmal.

„Na klar", meinte Tom, der jetzt davon ausging, dass es eh egal war, was man sagte.

„Macht doch mal ne CD", forderte der erste Betrunkene wieder, der gerade aufgeschreckt war, als ob er wach geworden wäre.

„Ham wa doch", erwiderte Ecki, der gerade zu ihnen stolperte. „Drei soga! Die letzte is abba nich sooo gut."

Tom sah ihn mit gefletschten Zähnen an.

„Wasnlos?" fragte Ecki.

„Egal", meinte Olli.

„Echt schönes Gespräch", kommentierte Frank.

„Ja, so gehaltvoll", ergänzte Phil.

„Jeder hört dem anderen zu, lauscht seinen Sorgen, nimmt Anteil", flötete Tom.

„Wieso?", fragte Ecki. Ich mach doch nur n bisschen Werbung."

„Jaha", antwortete Frank.

Olli lag inzwischen auf dem Biertresen und schlug vor Lachen in die Bierpfütze vor seinem Gesicht.

„Nudelsuppe, Sudelnuppe, Nuppelsude, Suppelnude", gröhlte Olli.

Die beiden Betrunkenen waren inzwischen weiter gegangen. Beziehungsweise einer war gegangen, der andere lag ein paar Meter weiter.

Die Mädels tauchten auf und Jutta fragte Olli, ob er nicht lieber mit nach Hause fahren würde. Sie wolle sich jetzt verabschieden.

„Nee, will ich nich", sagte Olli trotzig. „Is total schön hier!"

Jutta funkelte ihn böse an, wurde aber von Anja und Sabine untergehakt und mit leichter Gewalt dazu gebracht, ihren Mann seinem Schicksal zu überlassen.

„Wir gucken dann immer mal wieder, ob ihr los wollt", sagte Susanne und lief mit Birgit wieder davon ins Dunkel.

„Wasisn los?", fragte Olli. „Wieso sind die denn so nett?"

Tom sah ihn etwas mitleidig an: „Weil heute unser letzter Abend ist. Da lassen sie uns mal freien Lauf."

„Toll! Fünf Bier!"

„Wir bleiben aber Freunde, ne?", fragte Phil.

„Klar", meinte Frank und Olli ergänzte: „Türlich!"

„Wir treffen uns doch weiter", sagte Ecki.

„Ja, und trinken einen", ergänzte Tom.

„Fünf Bier!"

„Klaah!"

Inzwischen standen auch Schnäpse auf dem Tresen, wobei niemand sagen konnte, wo die her kamen.

„Is egal", sagte Olli und stürzte seinen Schnaps herunter. „Es würde ein langer, saufseliger Abend werden und morgen würde kein schöner Tag werden", dachte Frank, seufzte und schüttete seinen Schnaps herunter.

„Tschüß", meinte Tom, bevor er dasselbe tat.

Einige Stunden später war es schon lange hell und die Vögel brüllten in völlig unangemessener Lautstärke von den Bäumen. Die Biertresen waren geschlossen.

Olli, Frank, Ecki, Tom und Phil standen immer noch herum, tranken aus halbleeren Bechern abgestandenes Bier, lachten hysterisch oder fielen sich in die Arme. Schließlich schafften Susanne und Birgit es, die Herren dazu zu bewegen, den gastlichen Ort zu verlassen.

Sie hatten beschlossen, die Instrumente im Transporter zu lassen und später am Tag auszuladen. Nur Ollis Keyboards wurden vorsichtig bei ihm zu Hause ausgeladen, weil sie nicht mehr zurück in den Übungsraum mussten.

The Road (Danny O´Keefe)

Musikerleben

Das Leben ging weiter. Es hatte eine Weile gedauert, bis sie ausgenüchtert waren. Frank ging am Montag wieder zur Schule und war froh, nicht mehr so viel Stress zu haben. Olli unterrichtete und spielte seine Jazzgigs.

Die anderen gaben mehr Konzerte als je zuvor. Phil musste immer öfter einen Sub, einen Ersatzschlagzeuger für die wenigen Auftritte, die er noch mit anderen Bands hatte, organisieren. Tom musste seinen verbliebenen Gitarrenunterricht ständig verlegen und dachte über eine Kündigung seiner Anstellung nach. Auch Ecki arbeitete nicht mehr im Studio außer an Stücken der Band. Steven und Jay hatten auch keine anderen Verpflichtungen.

Nach kurzer Zeit hatten sie sich gut aufeinander eingespielt. Das Niveau der Band war professioneller denn je. Die beiden Amerikaner kamen mit ihrer freundlichen und aufgeschlossenen Art bei den Veranstaltern sehr gut an. Herr Müller war glücklich und in seinen Augen sah man deutlich das Dollarzeichen. Sie spielten kreuz und quer durch die Republik und auch öfter in Österreich, der Schweiz und Holland. Ab und zu spielten sie jetzt auch in Clubs, in denen sie früher als The Tribe schon einmal gespielt hatten, aber nach der tatsächlichen Umbesetzung war das jetzt kein Problem mehr. Wahrscheinlich erkannte sie auch niemand wieder. Herr Müller verhandelte mit einer Plattenfirma, die ihre CD herausbringen könnte. Alles lief bombig.

Ecki, Phil und Tom hatten viel Spaß an Jays launigen Ansagen:

„Hallo Koln! Wir wunsche Euch eine schone Konzert", oder „Gruß Gott, Munchen" trieben den Dreien die Tränen in die Augen, besonders, wenn man gerade gar nicht in Köln oder München war.

„Hallo Hamburg an die schone Weser", oder „Hello Börlin an die Elbe" wurden zu geflügelten Worten innerhalb der Band. Jays Kenntnisse deutscher Geografie waren eher dürftig. 197

Auch an die freundliche Begrüßung „Good evening Luneburg", die allerdings in Braunschweig stattgefunden hatte und beim Publikum nicht sooo gut ankam, erinnerten sich die Freunde immer wieder gerne.

Steven wusste auch nie, in welcher Ecke Deutschlands er gerade war oder wie die Stadt hieß, in der sie spielten.

Nach den Auftritten blieben sie oft noch eine Weile in den Clubs. Steven und Jay tranken meist nichts, so dass sie noch Autofahren konnten und Phil, Tom und Ecki dem Alkoholgenuss frönen konnten. Sie unterhielten sich mit Leuten aus dem Publikum oder mit den Veranstaltern. Manchmal mussten sie jetzt auch Autogramme geben, allerdings am meisten ihr Sänger. Auch Steven kam sehr gut an. Die Mädels standen nach dem Konzert meistens bei Jay und ihm. Die Amerikaner hatten halt den Exoten-Bonus. Tom überlegte schon, ob er wieder Englisch reden sollte, um sich etwas interessanter zu machen. Andererseits war er froh, mit seinen alten Kumpels abhängen zu können und seine Ruhe zu haben.

Wenn sie dann in ihr Hotel fuhren, gingen Phil, Tom und Ecki meistens noch an die Hotelbar, Jay und Steven manchmal. Sie wollten fit bleiben und gingen daher oft gleich ins Bett. Manchmal hatten sie auch weiblichen Besuch dabei und verabschiedeten sich deshalb.

Wenn sie abends alle zusammen saßen, wurden Anekdoten aus dem Musikerleben erzählt. Jay und Steven waren in diversen Bands kreuz und quer durch die USA getingelt. Dabei hatten sie immer wieder auch sehr bekannte Musiker getroffen und teilweise mit ihnen zusammen gespielt.

Tom kannte das aus seiner Zeit in Amerika: Musiker, die in Europa nur für hohe Gagen spielten, konnte man dort in kleinen Clubs sehen, oft für wenig Geld. Und man traf in den Metropolen oft wirklich bekannte Musiker und konnte leichter auch mal mit ihnen auf einer Session zusammen spielen. Die Leute waren sehr offen und so war er oft von Bands mit auf die Bühne gebeten worden.

In Amerika gab es auch mehr Live-Musik als in Deutschland. Besonders am Wochenende spielten überall Bands. Und die Bands hatten meistens ein Engagement für mehrere Tage. Die Gagen waren nicht hoch, aber da man mehr spielte, kam doch genug zusammen.

Tom hatte in den USA mit Begleitmusikern von Ray Charles, Leonard Cohen, Tina Turner, Carlos Santana oder Eric Clapton zusammen gejammt und konnte insofern mit Jay und Steven mithalten, die von ihren Begegnungen mit bekannten Größen des Music Business erzählten. Phil hatte mit etlichen bekannten Jazzern gespielt und hatte überhaupt viele Geschichten aus seinem Leben zwischen Tanzmusik, Rock, Soul, Funk, Blues und Jazz zu berichten. Nur Ecki konnte da nicht ganz so viel besteuern und hatte damit mehr Zeit zum Trinken, die er gern nutzte.

„Wisst ihr noch, wie wir den Auftritt beim Sun Studio hatten?", fragte Tom.

„Wir hatten dort zusammen mit einer früher sehr bekannten Band gespielt, die noch Schulden bei dem Studiobetreiber hatte und da die Band diese über Jahre nicht beglichen hatte, bot er an, dass sie einen Auftritt umsonst machen sollten und damit dann alles erledigt sei", fuhr Phil lachend fort. „The Tribe war die Vorband gewesen."

„Die Jungs sind so stoned gewesen oder betrunken oder was auch immer, dass sie echt nicht spielen konnten", nahm Tom den Faden auf. „Besonders der Schlagzeuger. Der hat immer neben sein Becken gehauen und hat sich darüber totgelacht, dass er es nicht trifft."

„Und dann ist er so langsam an der Wand hinter ihm runtergerutscht", ergänzte Phil grinsend.

„Und hat ubehaupt nich meh gespielt?", fragte Jay.

„Doch, er hats versucht."

„Aber er konnte nicht vor Lachen", meinte Ecki.

„Die ganze Band klang grauenhaft, aber das Schlagzeug war völlig daneben."

„Es war aber sehr beeindruckend, wie die reagiert haben: In null Komma nichts hatten sie ihre Sachen gepackt und waren verschwunden."

„Wie verschwünden?", fragte Steven. „Sie ware weg oder wie?"

„Ja, die müssen mit so etwas Übung gehabt haben. Sie haben alle zusammen ganz schnell ihre Instrumente eingepackt und sind durch den Hinterausgang verschwunden."

„Von die Buhne gehupft und rausgelaufe mit alle ihre Sache?", fragte Jay.

„Ja, offensichtlich standen die Fluchtfahrzeuge bereit", erläuterte Ecki und lachte.

„Das hat vielleicht fünf Minuten gedauert", meinte Phil.

„Funf Minute? Wie geht denn das", fragte Steven.

„Wie gesagt, das war wohl nicht das erste Mal, dass die fluchtartig eine Bühne verlassen mussten. Das Publikum hat es jedenfalls erst gemerkt, wie sie schon weg waren."

„Und dann drängten schon jede Menge Hobby-Musiker auf die Bühne, die die Chance nutzten und selbst etwas spielen wollten. Dadurch fiel es dann auch gar nicht so auf."

„Stimmt: Die Band war auch nicht besser gewesen", ätzte Tom.

„Leider haben die dann auf unseren Instrumenten rumgeschrubbt", sagte Ecki.

„War wohl auch wieder etwas Alkohol im Spiel", meinte Phil.

„Und weißt du noch, als wir den Jazz-Gig in Gütersloh hatten?", fragte Tom an Phil gewandt.

„Wo wir den ganzen Abend *Take Five* spielen sollten?"

„Genau", lachte Tom.

Der Veranstalter hatte uns gebeten so was wie das bekannte Stück Take Five zu spielen", erläuterte Phil. „Wir haben dann BeBop, Hard Bop, Cool Jazz, all so was gespielt, Stücke aus der Ära halt, aber der Veranstalter fand es nicht gut. In der Pause sagte er dann wieder, ob wir nicht so was wie Take Five spielen könnten. Wir haben ihm dann erklärt, dass wir dass ja tun."

„Take Five hatten wir natürlich schon gespielt", ergänzte Tom.

„Naturlich", meinte Jay.

„Wir haben natürlich auch gefragt, was für Stücke er denn meinte", fuhr Phil fort. „Konnte er aber nicht sagen, hat bloß immer wieder gesagt, so was wie Take Five halt."

„Kein Problem", meinte Ecki. „Wir haben also bekannte Jazzstandards wie *Girl from Ipanema, Take the A Train, Summertime* und ähnliche Sachen gespielt. Aber der Typ wurde richtig sauer."

„Da der Wirt offensichtlich nicht meinte, dass wir berühmte Jazznummern oder Kompositionen aus derselben Zeit oder Stilistik wie Take Five spielen sollten, versuchten wir es im nächsten Set mit den berühmtesten Jazzstücken überhaupt, wie *Mercy, Mercy, Mercy* oder *Cantaloupe Island,* auch wenn die ziemlich anders klingen."

„Der Wirt starrte uns jetzt offen feindselig an", berichtete Phil.

„Wir haben sogar ein paar Soul- und Pop-nummern gespielt, um zu sehen, ob er das meinte", ergänzte Tom.

„Das Problem war, dass Take Five wohl das einzige Jazzstück war, dass er kannte. Daher wollte er mehr so etwas ähnliches hören, aber alles, was wir anboten gefiel ihm dann nicht."

„Blodmann", sagte Steven.

„Schließlich kams zur Abrechnung und er wollte uns die vereinbarte Gage nicht geben, weil er meinte, wir hätten nicht gespielt, was vereinbart gewesen war."

„Da ist Olli richtig sauer geworden. Er wollte auf ihn losgehen."

„Ach, Olli war auch dabei", sagte Ecki.

„Ja, Olli war dabei", antwortete Phil und guckte traurig. „Und Olli hasst es, wenn Musiker immer wieder als unterste Stufe der sozialen Ordnung behandelt werden."

Tom fuhr fort: „Er forderte also ziemlich sauer den Veranstalter auf, endlich die sowieso nicht besonders hohe Gage herauszurücken und rückte dazu immer näher an ihn heran."

„Der Wirt war aber deutlich größer und breiter als Olli und stieß ihn zurück", sagte Ecki.

„Und das wiederum hasst Phil, wenn jemand auf einen seiner Freunde losgeht", meinte Tom. „Er packte den Veranstalter und wollte schon zuschlagen."

„Wir konnten ihn nur durch unser beherztes Eingreifen retten", lachte Ecki.

„Jedenfalls kamen wir schließlich doch mit der verabredeten Gage in der Tasche aus dem Club und machten, dass wir wegkamen, ehe noch irgendwelche Freunde des Wirtes sich einmischen konnten."

„Auf jeden Fall haben wir ihm echt Schläge angedroht", nahm Tom den Faden wieder auf. „Da hat er dann die Kohle rausgerückt."

„Rausgeruckt?", fragte Steven.

„Äh, bezahlt", erläuterte Tom.

Auch er und Phil schauten jetzt traurig drein, weil sie an Olli denken mussten.

„Wir habe mal auf eine Festival in Texas gespielt", erzählte jetzt Steven, „da ist der Veranstalter mit die ganze Gage verschwunde. Das gab eine Riese-Schlagerei.

Die Bands habe sich mit den Security geprugelt und als die Bands nicht mehr spiele wollte, habe sich auch den Zuhorer mit de Security und den Musicans geprugelt. War echt die Holle!"

„Das ist typical fur Texas", meinte Jay.

„Erzähl doch mal von deinen Tanzmucken", forderte Tom Phil auf. „Da erlebt man doch auch ne Menge lustiger Sachen!"

„Geht so", meinte Phil. „Meistens kotzen sie einem auf die Bühne oder fallen auf der Tanzfläche um. So was halt."

„Komm, erzähl schon", drängte Ecki.

„Neulich hatte ich ja noch mal ´n Tanzgig mit ´nem Pianisten, der die Stücke immer transponiert hat."

„Weil er kann sie nicht in die richtige Tonart spielen", erläuterte Steven Jay. „Er druckt einfach die Transpose-Taste und das Stuck ist in A flat ode so, obwohl er imme in C spielt."

„Genau", sagte Phil. „Bloß hatte er entweder vergessen zu transponieren oder hat in die falsche Tonart transponiert. Jedenfalls hat er ein Stück in einer völlig anderen Tonart gespielt als der Rest der Band."

„Geil", meinte Tom.

„Wie? Und das hat er nicht gemerkt?", fragte Ecki.

„Ne, er hats echt nicht gehört", antwortete Phil. „Da könnt Ihr mal sehen, mit was für Koryphäen ich da zusammen arbeite."

„Lass das nicht den Olli hören", meinte Tom. „Der kann jedes Stück in jeder Tonart spielen."

„Kannst du doch auch", meinte Phil.

„Ja, aber auf der Gitarre ist das viel leichter", erwiderte Tom.

„Olli weiß gar nicht, was ne Transpose-Taste ist", meinte Ecki.

Jay und Steven bemerkten die gedrückte Stimmung, die sich einstellte, wenn

Tom, Phil und Ecki an ihre früheren Bandkollegen dachten und nutzten die Gelegenheit, um sich zu verabschieden und auf ihr Zimmer zu gehen.

„Fünf Bier", sagte Ecki.

„Nö, drei Bier", korrigierte Phil düster.

„Und drei Schnaps?", fragte Tom.

„Yep."

„Unbedingt!"

Es war nach drei Uhr und sie waren die letzten Gäste in der Hotelbar, dementsprechend unglücklich sah der Barkeeper aus, als er zum Tresen kam und die Bestellung aufnahm.

„Letzter Drink", sagte er.

„Och neh, ne?", meinte Ecki.

Show

Jay alias John Heart kam auch als Sänger sehr gut an. Er sang gut, aber das wichtigste für seinen Erfolg war wohl seine Herkunft und seine Hautfarbe. Die Zuschauer hingen geradezu an seinen Lippen und lachten über jeden Scherz, den er machte (ob sie ihn verstanden hatten oder nicht). Er sprang auf der Bühne hin und her, stützte beim Singen ein Bein auf einer Monitorbox auf, wie es viele Sänger machten, wirbelte mit dem Mikrofonständer herum und interagierte mit dem Publikum. Bei eingängigen Refrains forderte er die Zuschauer zum Mitsingen auf. Die Band musste sich dann stark zurücknehmen, bis nur noch das Auditorium sang. Oder er teilte den Chorus so auf, dass er einen Teil sang und einen anderen die Zuhörer. Die Leute liebten das.

Tom, Phil und Ecki fanden es eigentlich langweilig, sahen aber ein, dass man das Publikum glücklich machen musste.

Mit der Zeit wurde er immer sicherer und sprang mit seinem Sendermikrofon von der Bühne und lief singend durchs Publikum. Die Leute liebten es.

Tom, Phil und Ecki fanden es doof, nahmen es aber als Teil der Show hin.

Manchmal sprang er auch auf einen Tresen und sang von dort weiter. Die Leute gerieten darüber ganz aus dem Häuschen. Es war die Art Show, von der Pete, der Besitzers von Toms Lieblingsclub, ihm immer vorgeschwärmt hatte und die Tom immer blöd gefunden hatte. Und jetzt spielte er selbst in einer Band, die solche Mätzchen machte. Aber die Leute liebten es.

Tom, Phil und Ecki fanden es peinlich.

Manchmal hielt John bei seinem Lauf durchs verzückte Publikum einzelnen Zuschauern das Mikrofon hin und ließ sie sich wiederholende einprägsame Textzeilen singen. Das war ein fragwürdiger Genuss, der die Band zwang, bestimmte Stellen immer und immer wieder zu spielen. Es klang oft grauenhaft. Aber die Leute liebten es.

Tom, Phil und Ecki hassten es. Sie hatten die Band einmal gegründet, um gute Musik zu machen.

John Heart stand jetzt total im Mittelpunkt und bestimmte alles. Alle Scheinwerfer waren immer auf ihn gerichtet. Die Musik wurde flacher und alles ging um die Show und den vordergründigen Spaß daran. Aber John war ein wirklich netter Kerl, der es nur gut meinte und eine möglichst perfekte Show abliefern wollte, um die Band nach vorne zu bringen und mehr Geld zu verdienen. Man konnte ihm gar nicht böse sein.

Auch Steven war ein sehr umgänglicher Mensch. Er spielte sehr sparsam und unterstützte seine Mitmusiker vorbildlich. Nur seine Soli wurden Phil, Ecki und Tom bald langweilig. Das Problem war nicht nur, dass er technisch nicht an Ollis Fähigkeiten heranreichte. Er hatte keine wirklich eigenen Ideen und reihte nur Phrasen aneinander ohne etwas damit auszusagen. Olli hatte in seinen Soli Geschichten erzählt und die Aussage des Stückes erweitert, das vermissten die Freunde bei Steven.

Sie hatten die Feature-Nummer für das Keyboard schon gestrichen, weil Steven sich damit nicht wohl gefühlt hatte und es auch nicht gut gespielt hatte.

„Irgendwie machen wir jetzt das, was wir nie machen wollten", sagte Tom zu Ecki und Phil, als sie wieder mal abends nach einem Auftritt an der Hotelbar saßen. Steven und Jay waren schon auf ihre Zimmer gegangen.

„Ja, alle interessanteren Teile und längeren Soli haben wir rausgeschmissen, die Refrains werden bis ins Aufdringliche durchgekaut und wiederholt, das Publikum singt mit und es geht nur noch um die Show", meinte Ecki.

„Musik wird heute eben nicht mehr gehört sondern gesehen", stellte Phil fest.

„Hauptsache, es passiert was. Richtig zuhören will eigentlich keiner mehr."

„Und wir wollten doch immer gute Musik machen", sinnierte Tom.

„Andererseits haben wir endlich das große Ziel erreicht und haben Erfolg mit unserer Musik."

„Und wir verdienen jetzt richtig Geld mit der Band!"

„Was wir ja immer wollten!"

„Die musikalischen Kompromisse sind halt der Preis für den Erfolg. Wir leben nicht mehr in den Siebzigern, wie Herr Müller immer so schön sagt."

„Ja, leider. Damals konnte man mit wirklich toller Musik noch ein Publikum erreichen!"

„Aber wir haben ja schon noch gute Stücke am Start. Und wer weiß, wenn wir noch etwas mehr etabliert sind, können wir vielleicht wieder etwas mehr machen, was wir musikalisch wollen."

„Ich glaube, da bist du etwas blauäugig. Die Leute wollen das, was wir jetzt machen. Mit John Heart als Star. Wenn wir das Konzept wieder ändern würden, würden wir schnell nicht mehr so viel Erfolg haben", gab Phil zu bedenken.

„Was machen wir denn da?", fragte Ecki.

„Weitermachen. Es ist schon noch ein ziemlich netter Job, oder? Mir machts jedenfalls Spaß, auch wenn´s nicht ganz der Traum ist, den wir mal hatten", meinte Tom und Phil und Ecki nickten zustimmend.

„Fünf Pils", sagte Tom.

Driving Home for Christmas (Chris Rea)

Sie spielten auf Festivals, in Clubs und jetzt immer öfter auch in größeren Hallen. Die Gagen stiegen mit dem größeren Publikumszulauf. Den ganzen Herbst über tourten sie durch alle Bundesländer. Kurz vor Weihnachten war ihr letzter Auftritt, danach gab es erst mal eine Pause bis Februar. Der Anfang des Jahres war für Musiker meistens eine Saure-Gurken-Zeit, in der nicht viel passierte. Sie hatten aber auch genug verdient, so dass sie sich die Pause gut leisten konnten. Und sie waren alle ziemlich am Ende und freuten sich auf die freie Zeit.

Ecki war froh, viel Zeit mit seiner Frau und den Kindern verbringen zu können. Birgit war nicht gerade glücklich damit, dass ihr Mann jetzt so viel unterwegs war. Als an Heiligabend alle Geschenkpapiere aufgerissen, die neuen Spielsachen eingeweiht, ein Großteil der Süßigkeiten verspeist und die Kinder schließlich im Bett waren, sprach sie ihn darauf an: „Macht dir denn das Herumtouren Spaß?"

Ecki witterte eine Falle. „Ja, klar", sagte er vorsichtig.

„Du hattest es doch vorher deutlich gemütlicher: Ab und zu ein Auftritt und ansonsten konntest du zu Hause in deinem Studio arbeiten. Das war doch eigentlich ganz toll!"

„Na, aber jetzt verdiene ich viel mehr. Das müsste dir doch auch gefallen."

„Ich verdiene doch genug. Hat immer gut gereicht für alles", meinte Birgit.

„Und du bist ja nicht mehr der Jüngste", fügte sie hinzu.

Ecki verdrehte die Augen und überhörte diese Aussage geflissentlich: „Wir wollten ja immer mehr spielen mit The Tribe, das weißt du doch."

„Aber Ihr seid ja gar nicht mehr The Tribe. Ihr seid doch jetzt die Begleitband von John Heart."

„Das ist nur ein anderer Name! Es sind immer noch unsere Stücke." 208

Sie sah ihn zweifelnd an. „Du hast nicht viel Anteil an den Stücken, die Ihr spielt. Und ihr spielt sie nicht mehr wie ihr sie eigentlich spielen wolltet."

Ecki rutschte unruhig auf seinem Sessel hin und her. Birgit konnte man nichts vormachen. Sie spielte selbst Klavier und verstand etwas von Musik.

„Ich habe jetzt endlich erreicht, wofür ich so lange gearbeitet habe. Natürlich müssen wir Kompromisse machen. Das ist wohl immer so. Aber wir haben Erfolg, verdienen gutes Geld und haben eine Menge Spaß", verteidigte er sich.

„Und deine Kinder kriegen dich kaum noch mal zu sehen", mahnte Birgit in scharfem Ton.

Hier schien sich ein handfester Streit anzubahnen. Ecki sagte, er müsse noch mal los, worauf seine Frau ziemlich genervt reagierte.

„Vielleicht solltest du dir doch mal überlegen, was dir wirklich wichtig ist", sagte sie.

Tatsächlich war es eine alte Tradition, dass sich Ecki, Tom, Frank, Olli und Phil an Heiligabend noch spät, wenn alle familiären Feierlichkeiten erledigt waren, in ihrer Stammkneipe trafen, die an diesem besonderen Datum allen einen Anlaufpunkt gab, die es zu Hause nicht mehr aushielten.

Ecki betrat die Kneipe und entdeckte sofort Phil am Tresen. Er setzte sich zu ihm und fragte: „Wo sind denn die anderen?"

„Keine Ahnung", erwiderte Phil. „Frank scheint ganz innig mit seiner neuen Freundin zu sein, was man so hört."

„Sabine?"

„Genau."

„Das geht ja schon ein paar Monate! Was ist denn los mit ihm? Gehts ihm nicht gut?"

„Ist auch nicht mehr der Jüngste", meinte Phil.

„Sag nicht so was! Das musste ich mir auch gerade anhören!"   209

„Du auch?"

„Du auch?"

„Yep. Anja meint, ich sei langsam zu alt zum Touren."

„Du hattest doch immer viele Auftritte."

„Ja, aber meistens in der Gegend oder nur einen Abend und dann war ich wieder zu Hause. Das Touren mit der Band geht ihr ganz schön auf die Nerven."

„Genau dasselbe habe ich gerade auch zu hören gekriegt", meinte Ecki.

„Oh, nein!"

„Prost!"

„Prost!"

„Prost", sagte Tom, der sich gerade zu ihnen an den Tresen setzte. „Wo sind Frank und Olli?"

„Frank ist wohl ganz verliebt und mit seiner neuen Flamme beschäftigt", erläuterte Ecki, was er eben erfahren hatte.

„Gehts ihm nicht gut?"

„Hab ich auch schon gefragt", meinte Ecki und sah Phil feixend an.

„Und Olli?"

„Vielleicht war ihm gar nicht klar, dass wir uns nach wie vor hier treffen."

„Wieso, das war doch immer so."

„Immerhin haben wir uns seit Juli nicht mehr gesehen."

Tom sah nachdenklich drein: „Stimmt, seit unserem Abschiedskonzert hab ich ihn nicht mehr gesehen. Und Frank auch nicht!"

„Wir waren halt immerzu unterwegs", meinte Phil.

„Scheiße! Meint ihr, die Jungs haben uns das übel genommen?"

„Kann schon sein", mutmaßte Ecki.

„Ich ruf Olli jetzt an", sagte Tom und zückte sein Handy. Er suchte in seinen

Kontakten, konnte aber offensichtlich Ollis Nummer nicht finden. „Scheiß Handy", sagte er.

Ecki verkniff sich ein Lachen und zückte selbst das Handy:

„Hey Olli, hier ist Ecki. Wo bist du denn?", rief er kurz darauf ins Telefon.

„Wieso, wir treffen und doch immer am 24. Nun komm schon!"

Er lauschte wieder eine Weile, schob enttäuscht seine Unterlippe vor und verabschiedete sich dann: „Na, okay. Schade! Wenn du noch Lust kriegst, weißt du ja, wo wir sind! Aber dann sehen wir uns die Tage, ja?"

„Ist er irgendwie sauer?", fragte Phil.

„Keine Ahnung. Jedenfalls kommt er nicht mehr", erklärte Ecki und wählte schon wieder. „Ich ruf jetzt bei Frank an!"

Nach einer Weile klappte er sein Handy zu: „Geht keiner ran."

„Ich glaube, die Jungs sind sauer", meinte Tom.

„Wir haben uns ja auch echt lange nicht gesehen", sagte Phil.

„Wir haben uns ja auch echt lange nicht gemeldet. Oder habt ihr?"

Phil und Ecki schüttelten die Köpfe.

„Scheiße!"

Sie saßen einen Moment schweigend da. Es waren nicht viel Leute in der Kneipe, an einem Tisch saßen drei Leute und unterhielten sich leise und am anderen Ende des Tresen saßen zwei Typen und schwatzten mit der Bedienung.

„Verdammt, wir haben uns so lange bei unseren alten Freunden nicht gemeldet", fasste Ecki zusammen. „Kein Wunder, dass die nicht mehr auf uns warten!"

„Wir hatten einfach zu viel zu tun mit der Band", meinte Phil.

„Aber es geht nicht, dass man dafür seine Freundschaften aufs Spiel setzt", erwiderte Ecki.

„Und seine Beziehung", ergänzte Tom.

„Ach, hast du auch zu Hause Ärger wegen der Band?", fragte Ecki. 211

„Ja! Wieso? Ihr auch?"

Phil und Ecki nickten und hoben ihre Gläser. Sie stießen miteinander an und tranken erst mal.

„Was war denn bei dir?", fragte Ecki Tom.

„Ich bin zu viel weg, sagt Susanne. Mein Kind würde mich gar nicht mehr kennen. Ich wäre komisch geworden und so. Und ich bin zu alt für so was, sagt sie."

„Du auch?"

„Ihr auch?"

„Jau!"

„Genau!"

Sie stießen wieder miteinander an.

„Mist! Kaum hat man mal Erfolg, kriegt man dafür wieder Ärger!"

„Ich weiß auch nicht wie das gehen soll", meinte Ecki. „Wie machen andere Mucker das, die viel auf Tournee sind?"

„Zerrüttete Familien."

„Oder leben alleine."

„Na, herzlichen Glühwurm!"

Andere Formationen

Die freie Zeit tat allen gut und die Damen hatten sich wieder beruhigt. Hie und da kam schon die Frage auf, ob sie sich nicht sogar mit der häufigen Abwesenheit ihrer Gefährten ganz gut abgefunden hatten. Man ging sich bereits auf die Nerven. Anja, Susanne und Birgit hatten sich daran gewöhnt, die Männer nicht ständig zu sehen und alles selbst zu managen. So wurde die Weihnachtszeit zu einer Herausforderung. Phil, Tom und Ecki begegneten dieser Herausforderung durch verstärkte Aufenthalte in den örtlichen Gaststätten.

Sie verabredeten sich auch immer wieder mit Olli und Frank. Obwohl die beiden in der Band immer die entgegengesetzten musikalischen Extreme dargestellt hatten, Olli als kompromissloser Jazzer und Frank, der auch als Singer/Songwriter durchging, hatten sie sich in letzter Zeit oft gesehen und ihre Beziehung vertieft. So waren sich die beiden und ihre alten Freunde zunächst nicht mit der alten Vertrautheit begegnet. Immerhin hatten sie sich fast ein halbes Jahr nicht gesehen und auch ihre Differenzen gehabt. Aber die freie Zeit tat ihrer Freundschaft gut. Phil hatte dieses Jahr nicht einmal eine Silvestermucke, bei der er besonders viel Geld verdiente und die er sonst nie abgelehnt hatte. Aber nach den vielen Konzerten war er froh, eine Weile nicht zu spielen und hatte alle Anfragen abgelehnt. Er sehnte sich nicht nach den saufseligen Silvesternächten mit irgendeiner Tanzband. Dafür erlebten Phil, Tom, Olli, Ecki und Frank einige extrem saufselige Nächte gemeinsam.

Ollis Jazztrio hatte einige Konzerte im Januar und Februar. Leider hatte der Schlagzeuger abgesagt, weil er mit irgendeinem „ekligen Schlagerfuzzi" auf Tournee ging, wie Olli sagte. Die Auftritte waren schon lange geplant gewesen und somit hatte Olli erwartet, dass niemand mehr absagen würde, aber der

Schlagzeuger hatte erklärt, es gehe um eine mehrwöchige Tournee und er könne es sich schlicht nicht leisten, diese zu Gunsten einiger schlecht bezahlter Jazzkonzerte sausen zu lassen. Olli war extrem genervt und überlegte wieder einmal, ob er überhaupt noch solche Konzerte geben oder es lieber ganz sein lassen sollte. Als er seinen Freunden sein Leid klagte, sagte Phil sofort, er könne die Gigs doch spielen. Olli war begeistert. Sie trafen sich mit dem Bassisten und probten das schwierige Material. Phil hatte Ollis Jazzkompositionen immer schon sehr gemocht und war begeistert, sie jetzt selbst spielen zu können. Er spielte zwar etwas rockiger als der andere Schlagzeuger, aber er verstand alles sofort und Olli war glücklich, die Konzerte nicht absagen zu müssen.

Frank hatte in den letzten Monaten einige Soloauftritte in kleinen Clubs und Kneipen absolviert. Er sang Stücke aus der Rockgeschichte und eigene Lieder und begleitete sich selbst auf der Gitarre. Jetzt fragte er Tom, ob der nicht Lust habe, die nächsten Auftritte gemeinsam zu machen. Tom hatte Lust und regte an, ob sie nicht Ecki noch mit ins Boot holen sollten.

„Klar, ob wir die paar Euro durch zwei oder drei teilen ist auch egal", meinte Frank vergnügt.

„Und wir können dreistimmig singen!"

„Stimmt! Das wird bestimmt super!"

Sie fragten Ecki und der war sofort Feuer und Flamme. Sie begannen gleich zu proben. Musikalisch verstanden sie sich blind und die meisten Stücke kannten sie sowieso alle. So hatten sie Zeit an den Gesangssätzen zu feilen.

Kneipengigs

Schon Mitte Januar hatten sie ein paar Auftritte hintereinander in ein paar Berliner Kneipen. Da sie nicht viel Instrumentarium hatten, konnten sie alle mit Franks Auto fahren und so wurde schon die Fahrt lustig. Birgit und Susanne verabschiedeten ihre Männer etwas nöckelig: „Klar müsst ihr unbedingt noch ein paar Kneipengigs machen, wenn ihr schon mal frei habt", meinte Susanne spitz.

Dagegen turtelten Sabine und Frank bis zur Abfahrt wie Teenager.

„Junges Glück", meinte Ecki leise zu Tom.

„Würg", sagte Tom.

Den ersten Abend spielten sie in einem kleinen Laden in Neukölln. Es waren nur wenige Gäste da, aber es machte einen Heidenspaß. Ecki spielte sehr sparsam, Frank spielte die Rhythmusgitarre und Tom ergänzte den Gesang einfühlsam mit seiner Gitarre. Sie spielten Stücke von den Beatles, Crosby, Stills, Nash & Young, Jackson Browne, Eric Clapton und anderen. Ihre Stimmen verwoben sich wie zu einem einzigen Wesen. Die wenigen Zuhörer waren begeistert. Nach dem Konzert blieben sie noch und redeten mit den Gästen. Frank bekam unzweideutige Angebote von einer der anwesenden Damen, lehnte aber ab.

„Was ist denn nur mit ihm los?", fragte Ecki. „Ich mach mir langsam echt Sorgen!"

„Der ist verliebt", diagnostizierte Tom. „Ist doch toll!"

„Ich weiß nicht. Frank war immer mein Held, der letzte freie Mann. Jetzt steht er bald genauso unterm Pantoffel wie du!"

„Oder du! Mach dir da mal nix vor!"

„Na ja, vielleicht ist das der Preis", meinte Ecki nachdenklich.

„Isses", meinte Tom.

„Komm, wir sind weit fort von zu Hause, lass uns was trinken."

Sie übernachteten die erste Nacht bei einem Bekannten von Tom, wo es noch einen Absacker gab, so dass sie erst gegen Morgen in ihre Schlafsäcke kamen. Am nächsten Tag spielten sie in Friedrichshain vor ähnlich überschaubarem Publikum. Die Tage darauf hatten sie Auftritte in Kreuzberg und Prenzlauer Berg. Es gab nicht viel Gage, zum Teil spielten sie sogar nur auf Kasse, aber immerhin verdienten sie genug für Unterbringung, Fahrt und Verpflegung. Dafür war nicht nur die Kreuzberger Nacht lang. Sie lernten nette Leute kennen und hatten viel Spaß auf der Bühne und danach am Tresen. Am letzten Abend, es waren nur noch einige wenige Gäste in der Kneipe, holte Frank seine Gitarre und begann am Tisch noch etwas zu spielen.

„Jungs, ich brauch eure Hilfe! Kommt her", rief er Ecki und Tom zu, die am Tresen in ernste Gespräche vertieft zu sein schienen.

„Ich hab schon einen im Tee", antwortete Tom und Ecki winkte nur ab.

Aber Frank rief sie immer wieder und die anderen Gäste, die bereits an seinem Tisch Platz genommen hatten, schlossen sich ihm an und feuerten Tom und Ecki an. Also holte Tom seine Gitarre und Ecki gesellte sich dazu. Sie spielten was ihnen einfiel, oft musste Frank die Akkorde erst suchen und den Text improvisierte er meistens, aber das war allen egal. Tom fand sich überall hinein und Ecki ergänzte Franks Gesang mit Oohs und Aahs.

„Kennst Du „Cut my hair" von Peter Frampton?", fragte Frank.

„Nee, kenn ich nicht", erwiderte Tom.

„Klar kennste das", meinte Frank und begann zu spielen. „Is in G, glaub ich."

„Nee, isses nich. Aber is egal!"

„I don`t care if they cut my hair", sang Frank.

Tom steuerte ein paar nette Gitarrenlicks bei.

„Oooohh", sang Ecki.

Sie wurden frenetisch bejubelt und so spielten sie noch Stunden. Sie waren immer erst gegen Morgen ins Bett gekommen, aber dass es draußen schon hell wurde und das mitten im Winter, als der Wirt sie bat, nun doch mal Schluss zu machen, war kein gutes Zeichen. Besonders für das Frühstück, das in dem kleinen Hotel, in dem sie untergekommen waren, nur bis zehn Uhr serviert wurde, war das ein ganz schlechtes Zeichen. Sie entschieden sich dafür, direkt aus der Kneipe zum Frühstück zu gehen.

Sie alberten beim Essen herum wie Schulkinder und gingen danach auf ihre Zimmer, um noch ein paar Stunden zu schlafen, bevor sie zurückfuhren.

Die Rückfahrt war dann nicht ganz so lustig wie die Hinfahrt.

Jazz

Olli, Phil und der Bassist Matthias spielten in einem Jazzclub. Es waren etwa dreißig oder vierzig Zuhörer da. Es gab einen Flügel, der sogar gestimmt war, so dass Olli kein Instrument hatte mitbringen müssen. Sie eröffneten den Abend mit Ollis Komposition „Once Upon a Time". Das Stück war so märchenhaft, wie der Titel vermuten ließ. Olli spielte bitonale Akkorde, die aus zwei Akkorden zusammengesetzt waren und dementsprechend ungewöhnlich klangen und setzte darüber eine traumhafte Melodie, während der Kontrabass lange, stehende Töne strich. Phil spielte dazu, wie von Olli vorgegeben, eine durchgehende Figur im doppelten Tempo, was der verträumten und ruhigen Melodie einen unwirklich klingenden Raum verschaffte. Das Publikum hörte gebannt zu, was Phil weder von den Auftritten mit der Band noch von seinen anderen Mucken kannte. Geschweige denn von seinen Tanzmucken, wo man schon froh war, wenn die Leute nicht auf die Bühne fielen.

Einige von Ollis Stücken erinnerten Phil an Kompositionen von Pat Metheny und machten ihm dementsprechend viel Spaß beim Spielen. Bei dem Werk „Hamburg – Amsterdam", das Olli wohl komponiert hatte, als er unglücklich in eine Frau aus Amsterdam verliebt gewesen war (Phil erinnerte sich, dass Olli von seinen damaligen Leiden erzählt hatte), spielte der Bass das ganze Stück über den selben Grundton. Da die Akkorde darüber ständig wechselten, merkte man das gar nicht, wenn man nicht genau darauf achtete, aber es verlieh der Komposition etwas unausweichlich monotones, was die Melancholie des Themas subtil hörbar machte. Viele Stücke waren programmmusikalisch, sie beschrieben Natur, eine Situation oder Stimmung. Olli hatte da etwas ganz eigenes geschaffen, was Phil so noch nie gehört hatte. Leider offensichtlich relativ unbemerkt vom großen Publikum. Phil beobachtete Olli beim Spielen, auch weil er die Stücke noch nicht lange kannte und so auf jedes Zeichen von Olli angewiesen war.   218

Immer wenn ihre Blicke sich trafen, grinsten sie sich an. Auch Bassist Matthias hatte seinen Spaß und so war es ein wunderbares Konzert. Das Publikum, das den ganzen Abend aufmerksam zugehört hatte, applaudierte begeistert und so spielten sie noch drei Zugaben.

Nach dem Auftritt saßen die drei noch zusammen, Matthias und Phil tranken Wasser, weil sie noch fahren mussten, Olli fuhr bei Phil mit und so gönnte er sich schon den x-ten Rotwein. Phil kannte Olli sonst eher als Biertrinker, aber vielleicht hatte die kulturbeflissene Atmosphäre ihn in der Getränkewahl beeinflusst.

„Gibt hier gar kein Bier", erklärte Olli, als er Phils fragenden Blick bemerkte.

„Ach so."

„Der Fusel knallt aber auch prima", setzte Olli hinzu, worauf Matthias das Gesicht verzog.

„War ein schönes Konzert", meinte Phil.

„Schön, dass es dir gefallen hat. Du hast aber auch super gespielt. Ich glaube, wir können die beiden anderen Gigs auch ruhig mit Phil machen, was meinst du, Matthias?"

„Ja, ich glaube, das kriegt er hin", meinte Matthias grinsend.

„Du müsstest eigentlich berühmt sein, Olli", sagte Phil. „Deine Stücke sind wirklich toll!"

„Danke! Das hab ich sogar schon öfter gehört", antwortete Olli. „Aber leider ist das noch nicht vielen Leuten aufgefallen. Und überleg mal, was Tom für irre Stücke schreibt. Der müsste ja auch eigentlich bekannt sein", setzte er dann hinzu.

„Stimmt", meinte Phil.

„In der Jazzszene geht's heute nur noch um höher, schneller, weiter", erklärte Matthias.

„Wer noch ein paar mehr Töne pro Sekunde aus seinem Saxofon holt, ist der Held. Das Einzige was zählt, ist leider Virtuosität. Gute Kompositionen oder Ausdruck spielt kaum ne Rolle."

„Gibt´s denn keine neue Richtung?", wollte Phil wissen.

„Höchstens die Ethno-Schiene", antwortete Olli.

„Genau", meinte Matthias. „Es wird immer wieder Volksmusik aus irgendeinem Teil der Welt mit ´n bisschen Jazz vermanscht und als die neue Offenbarung gefeiert."

„Egal, ob aus Kamerun, Kambodscha, Sibirien, das finden die Leute geil!"

„Na ja, das war ja aber auch immer die Stärke des Jazz, alle möglichen Musikkulturen zu vereinigen und daraus immer wieder etwas Neues zu schaffen", meinte Phil.

„Ja, aber inzwischen ists schon etwas abgegriffen, wieder und wieder aus dem hintersten Teil der Welt irgendwas ins Rampenlicht zu holen und als die neue Heilsbotschaft zu verkünden."

"Jazz mit Folklore aus Tadschikistan oder mit Klezmer verwurstet, so was läuft jedenfalls auf den Festivals, weil die Leute es kurzweiliger finden als richtigem Jazz zuzuhören."

„Was immer läuft, ist natürlich dieser Hochschul-Jazz."

Phil wusste, dass Matthias Bebop, HardBop und ähnliches meinte, was an den Universitäten hauptsächlich gelehrt wurde und dann auch gerne dementsprechend akademisch gespielt wurde. Eigentlich hatte das mit dem Wesen des Jazz nicht viel zu tun und schon gar nicht mit neuen Entwicklungen, von denen diese Musik und Kunst im Allgemeinen ja eigentlich lebte.

„Aber deine Stücke sind ja wirklich was ganz Eigenes", sagte er. „Da kommen Akkordverbindungen vor, die man so noch nie gehört hat! Wie hast du dir das denn eigentlich ausgedacht?"

„Interessiert dich das wirklich?", fragte Olli etwas skeptisch.   220

„Ja, ehrlich", meinte Phil, auch wenn er das Gefühl hatte, dass Matthias sich nicht so sehr dafür interessierte, zumindest vielleicht nicht mehr um diese Zeit.

„Ich habe mir so ein paar eigene Kompositionsmethoden überlegt", erklärte Olli. „Zum Beispiel nimmst du eine musikalische Linie, wie eine Tonleiter, und lässt jeden Akkord den jeweils nächsten Ton der ab- oder aufsteigenden Linie enthalten. So können Akkorde kombiniert werden, die sonst nicht zusammenpassen würden. Durch diese innere Linie ergibt die neue Zusammenstellung Sinn. Oder man spielt mit Hörgewohnheiten. Jeder kennt ja Chromatik oder den Quintenzirkel..."

Phil war sich da nicht so sicher. In Harmonielehre war er nie gut gewesen.

„Na, die meisten Akkorde wechseln in Quintverbindungen, das kennt jeder", erklärte Matthias, als er Phils skeptischen Blick sah.

„Und wenn man jetzt eine Stimme chromatisch wechseln lässt und die andere im Quintenzirkel, kennt jeder die Bestandteile vom Hören, nur die Mischung ist neu. Aber weil das Ohr beides kennt, akzeptiert es auch die neue Zusammenstellung."

„Auch wenns natürlich etwas gewöhnungsbedürftig ist", ergänzte Matthias.

„Toll fand ich auch das Stück, bei dem der Bass die ganze Zeit auf einem Ton bleibt und nur die Akkorde wechseln."

„Ja, das finde ich auch sehr interessant", sagte Matthias ironisch.

„Na gut, da hast du nicht sooo viel zu tun", gab Phil zu.

„Aber es drückt eben dieses Gefühl von Verlorenheit oder Einsamkeit aus, auch wenn man nicht unbedingt merkt, woher das kommt", erklärte Olli. „Überhaupt versuche ich immer, einen kompositorischen Ansatz zu finden, der das ausdrückt, worum es in dem Stück geht."

„Mir ist aufgefallen, dass viele Stücke entweder nach Naturerscheinungen benannt sind oder nach Orten oder Gefühlen."

„Ja, ich versuche oft mit musikalischen Möglichkeiten Bilder von diesen Dingen zu malen."

„Ah, deshalb die programmmusikalischen Titel" meinte Phil.

„Ja. Es soll schon was bedeuten."

„Okay, ich glaube, ich fahre dann mal", meinte Matthias, dem das Gespräch wohl zu anstrengend wurde.

„Wir auch", meinte Phil und Olli bekräftigte das.

Die Instrumente waren schon verladen und so stürzte Olli seinen Wein herunter und sie verabschiedeten sich und verließen den Club. Sie umarmten einander und verabredeten sich für den nächsten Auftritt. Dann fuhren Olli und Phil nach Hause. Sie freuten sich schon auf ihre kommenden gemeinsamen Auftritte.

Routine

Dann war ihre freie Zeit zu Ende. Der Rockmusikeralltag hatte sie wieder. Auftrittsorte zogen an ihnen vorbei, große Bühnen und kleine Clubs, Theken, Backstage-Bereiche und Hotelzimmer. Abende im Scheinwerferlicht, schweißtreibende Konzerte und grölendes Publikum. Menschen, die sie kennen lernten und schon bald wieder vergaßen, Frauen für eine Nacht und Männer für ein paar Bier. Landschaften zogen vorbei (sie hatten einen gebrauchten Neunsitzer gekauft und eine der drei Sitzbänke ausgebaut, so dass sie alle Platz hatten und auch ihre Instrumente transportieren konnten). Wer nicht gerade fahren musste, versuchte, zu schlafen oder starrte aus dem Fenster: Berge zogen vorbei, hohe Alpenketten und sanfte Mittelgebirge, endloses Flachland im Norden, Wälder, Felder, Wiesen und weite Viehweiden, Städte und Dörfer, Industriegebiete, Straßen und Autobahnen, sonnenbeschienene Weiten und verschneite Hügel, neblige Wiesen, Regentropfen, die an den Fenstern entlangliefen.

Oft wussten sie nicht, in welchem Ort sie gerade waren. Sie kamen an, checkten im Hotel ein, fuhren zum Veranstaltungsort, bauten ihre Instrumente auf und machten einen Soundcheck, dann Herumhängen im Hotel oder Backstage, warten bis zum Auftritt, immer und immer wieder warten. Dann die Show, fröhliche Gesichter in den ersten Reihen, die hinteren Reihen verschwinden im Saal und im blendenden Scheinwerferlicht. Der Sound, der aus Monitorboxen aus allen Richtungen kommt, umgeben vom Klang spielen sie, reißen ihr Programm herunter, ein ums andere Mal. Jay gibt alles. 223

Er begeistert das Publikum und spielt mit ihm. Tom legt alles in seine Soli und Phil und Ecki konzentrieren sich auf den Groove. Steven macht seinen Job gut und grinst ins Publikum, ganz Profi.

Dann ist der Auftritt zu Ende. Wieder im Backstage-Raum oder am Tresen noch ein Bier. Reden mit dem Veranstalter. Leute kommen zu ihnen und sie unterhalten sich, manchmal geben sie Autogramme, signieren eine CD. Manchmal kommt ihr Agent zu einem Auftritt und ist ganz zufrieden.

Es gibt bessere Konzerte und schlechtere, aber mit der Zeit verschwimmt auch das. Sie treffen Leute wieder an Orten, wo sie schon gespielt haben, sie begrüßen die Veranstalter fröhlich, als ob sie sich erinnern würden, hier schon einmal gewesen zu sein, sie sprechen mit Zuhörern, die schon einmal auf einem ihrer Auftritte gewesen sind und tun so, als ob sie das wüssten, aber mit der Zeit können sie sich an immer weniger erinnern.

Alles wird zu einem immer gleichen Ablauf. Fahrt, Hotel, Soundcheck, warten, Auftritt, Abbau und Kontakt zum Publikum, dann wieder Hotel. Dann wieder Fahrt, Hotel, Soundcheck, warten, Auftritt, Abbau, Kontakt zum Publikum und wieder Hotel. In der Hotelbar sitzen meist nur Ecki, Phil und Tom zusammen, genießen ihre Vertrautheit. Sie reden über alte Zeiten, reden über Olli und Frank. Sie fehlen ihnen. Phil erzählt von den Auftritten, die er mit Ollis Trio gemacht hat und wie gut ihm das gefallen hat. Tom und Ecki erzählen von ihren Gigs mit Frank und ihren langen Berliner Nächten. Dann wieder Fahrt, Hotel, Soundcheck, warten, Auftritt, Abbau, Publikumskontakt und abends wieder die Hotelbar und Musikergeschichten. Dann der nächste Auftrittsort.

Neben den Auftritten müssen sie jetzt manchmal auch andere Termine absolvieren. Sie geben Interviews in mehreren lokalen Radiosendern, die das abendliche Konzert ankündigen. So etwas hatten sie sich früher immer toll vorgestellt: Wie die Beatles herum zu blödeln, sich die Bälle zuzuwerfen und die Moderatoren zur Weißglut zu bringen. Aber jetzt sind sie kein eingespieltes Team mehr. Mit Frank und Olli wäre das toll. Mit Jay und Steven geht es nicht. Und jetzt ist es einfach kein Spaß mehr. Nur noch eine Arbeit. Ein Produkt, das verkauft werden muss.

Zweimal werden Konzerte auch von Lokalsendern mitgeschnitten.

Sie haben sogar einen Auftritt in einem regionalen Fernsehsender. Leider müssen sie da playback spielen. Der Regisseur erklärt ihnen, dass es nur darauf ankommt, dass sie immer in die Kamera lächeln und nicht, dass sie sich mit ihrem Instrument abquälen. Jay und Steven machen es prima und grinsen die ganze Zeit in die Kamera. Die anderen drei können das nicht so gut und besonders Tom wird bei der Probe immer wieder ermahnt, nicht so ein verbiestertes Gesicht zu machen. Er versucht immer weitgehend auf seiner nicht angeschlossenen Gitarre das zu spielen, was er auf der Aufnahme gespielt hat, damit es echt aussieht. Aber er wird immer wieder belehrt, dass das völlig egal sei, wichtig sei nur, dass das Publikum die ganze Zeit merke, was für eine großartige Laune sie alle hätten, jetzt wo sie es geschafft hätten.

In dem Song, der fürs Fernsehen ausgesucht wurde, kommt ein Saxofon-Solo vor und so mimt Jay (der an der Stelle ja nicht singen muss), dass er das Saxofon spielt. Er gibt alles, hampelt vor der Kamera herum und macht es täuschend echt. Dafür wird er abermals vom ganzen Team gelobt. Tom fühlt sich miserabel.

Sie kommen jetzt nicht mehr so oft nach Hause oder müssen meist bald wieder los. Aber sie verdienen jetzt richtig gut. Trotzdem hängt bei allen dreien der Haussegen schief. Susanne und Tom liegen im Dauerstreit, weil er so selten zu Hause ist, während Birgit von Ecki unverblümt fordert, aus der Band auszusteigen, sonst werde sie sich von ihm trennen. Und auch Phil hat Stress mit Anja.

Die drei beißen die Zähne zusammen und machen weiter. Sie haben so lange auf eine Bandkarriere hingearbeitet. Jetzt sind sie am Ziel und wollen nicht alles wieder hinschmeißen.

„Scheiß drauf", sagt Ecki.

„Genau", meint Phil.

„Ist schon komisch: Früher hat Susanne immer gesagt, ich solle bei The Tribe aussteigen, weil die Band kein Geld verdient. Und jetzt, wo wir richtig Geld machen, passt ihr das auch nicht!" Tom schüttelt den Kopf und greift nach seinem Bier.

„Entweder ne Band macht Kunst und verdient nix, dann kapieren die Damen nicht, dass man seine Zeit damit verbringt. Oder sie läuft und man bringt richtig Asche nach Hause, aber ist natürlich viel unterwegs. Und das mögen sie dann auch nicht", erklärt Ecki.

„Bleibt also nur Unterricht und sporadische Mucken", fasst Phil zusammen.

„Oder gleich n anderer Job", ergänzt Tom.

„Will keinen anderen Job", meint Ecki.

„Ich kann auch nix anderes", sagt Phil.

„Prost", sagt Tom.

The End (The Doors)

Bad Vibrations

Das Leben auf der Straße zehrt an ihren Nerven. Besonders Tom und Phil geraten immer wieder mit Steven aneinander, weil er ihnen zu flach spielt. Er kleistert alles mit einer Füllmasse aus Orgel- und Streicher-Sounds zu, anstatt eigene Akzente zu setzen oder auf seine Mitmusiker einzugehen. An brillante Einfälle und Soli wie sie es von Olli gewohnt waren, ist gar nicht zu denken. Selbst wenn Steven das musikalische Format dazu hätte, würde er es nicht machen.

Auch Jay geht ihnen immer mehr auf die Nerven. Er kann zwar wirklich singen und ist ein netter Kerl, aber er stellt alles in den Dienst der Show. Sein Rumgehampel auf der Bühne, sein Anbiedern beim Publikum und das endlose Wiederholen von Refrains, bis auch der letzte Hansel mitsingt, ist für Ecki, Phil und Tom nur noch schwer zu ertragen.

Sie erkennen ihre Musik kaum noch wieder: Die langen Instrumentalpassagen mit den ausgeklügelten, ineinander verzahnten Stimmen, die anspruchsvollen Satzgesänge und die langen Soli haben immer mehr schlichten Songstrukturen Platz gemacht, in denen Hooklines und Refrains bis zum Erbrechen wiederholt werden. Obwohl sie die Melodien, die Tom, Ecki und zum Teil auch Frank und Olli sich ausgedacht haben, noch spielen, wirkt alles jetzt viel gradliniger, einfacher. Tom fragt sich, was noch vom Ausdruck seiner Songs übrig ist. Die lange Form hatten sie ja nicht willkürlich gewählt, sondern um den Ausdruck der oft komplexen Texte zu transportieren. Die Botschaft kommt in dieser kommerziellen Fassung nicht mehr rüber.

Aber die Zuhörer sind begeistert. Jay ist ihr Star, der mit dem Publikum machen kann, was er will. Sie folgen jeder seiner Bewegungen, jubeln und brüllen vor Vergnügen, singen mit und klatschen im Takt, wenn er es will. Auch Toms Gitarrensoli werden frenetisch bejubelt, aber besonders, wenn er schnell und rockig spielt.

Komplexere Soli und jazzige Einlagen hat er sich abgewöhnt, weil sie vom Publikum nicht so honoriert werden. Auch kleine Solopassagen von Ecki und Phil werden vom Auditorium gefeiert. Herr Müller ist auch begeistert und sagt der Band eine große Zukunft voraus. Trotzdem geht Tom, Phil und Ecki das Ganze immer mehr auf die Nerven.

Bei einem Auftritt in Dresden passiert es: Jay singt den Refrain eines Stückes von Tom immer und immer wieder und fordert den Gitarristen auf, dazu kleine Solophrasen zu spielen. Tom gehorcht und streut immer wieder kleine Schnipsel aus Tönen in den Gesang ein.

„Give me more! Give me more", singt Jay und tanzt um Tom herum, der überhaupt keine Lust auf solche Spielchen hat. Das Publikum ist begeistert und grölt. Jay tanzt immer näher an Tom heran und fordert ihn auch auf zu tanzen.

„Dance with me! Come on!"

Da gehen Tom die Nerven durch und er stößt Jay von sich. Jay ist von diesem überraschenden Angriff völlig überrumpelt und fällt auf die Bühne. Steven, der denkt, dass Tom Jay geschlagen hat, geht sofort auf Tom los und schlägt zu. Tom ist völlig verdattert. Im selben Moment ist Phil da und verpasst Steven einen Kinnhaken, der ihn zu Boden gehen lässt. Die Zuhörer trauen ihren Augen kaum. Einige Zuschauer sind aber offensichtlich begeistert und feuern die Musiker an. Ecki hat seinen Bass weggestellt und hilft Jay auf, der immer noch am Boden liegt. Tom, der auch sein Instrument weggestellt hat, geht zwischen Phil und Steven und versucht die beiden zu beruhigen. Das Licht geht aus und in der Dunkelheit sortieren sich die Bandmitglieder. Tom entschuldigt sich bei Jay und versucht Steven zu erklären, was passiert ist, obwohl er es selbst nicht so genau weiß. Steven hält sich die Wange und wirft Phil böse Blicke zu, der aber auch noch auf 180 ist und Lust hätte noch einmal zuzuschlagen.

Im Schutz des dämmrigen Lichtes verlassen die Musiker die Bühne und verziehen sich in den Backstagebereich. Aber sie haben nicht viel Zeit, sich zu versöhnen. Das Publikum murrt und Rufe nach der Band werden laut. Zum Glück waren sie bereits am Ende des Konzertes. So gehen sie für eine Zugabe zurück auf die Bühne, als der Veranstalter in den Künstlerbereich kommt und sie inständig bittet, noch etwas zu spielen:

„Ihr müsst sofort raus und spielen, sonst ist hier der Teufel los! Die fackeln mir die Bude ab", fordert er sie auf.

Sie schaffen es, noch ein Stück zu spielen. Aber Jay macht keine Show und sie bringen die Nummer nur schnell hinter sich. Die Stimmung ist raus und auch das Publikum fordert jetzt keine Zugaben mehr.

Als es vorbei ist, bauen sie schnell ab und fahren zum Hotel. Auf der Fahrt redet keiner ein Wort.

Dann sitzen Ecki, Tom und Phil in der Hotelbar.

„Mann, was war das denn?", fragt Ecki.

„Ich weiß auch nicht", sagt Tom. „Mir ist einfach das ganze Rumgehüpfe und Geblödel auf die Nerven gegangen. Ich wollte Jay nur wegschubsen, weil er mich immer so angetanzt hat. Und da ist er hingefallen."

„Und dann ist Steven auf dich losgegangen", ergänzt Ecki kopfschüttelnd.

„Und als ich das gesehen habe, bin ich halt ausgerastet", sagt Phil, „ ...und hab ihm eine geballert", fügt er etwas reumütig hinzu.

„Wir sind ja `ne schöne Band", meint Ecki.

Phil windet sich: „Aber das Ganze hat doch auch mit unserer Musik langsam nichts mehr zu tun."

„Wir wollten es ja auch einfacher halten", gibt Tom zu bedenken.

„Aber doch nicht *so* einfach! Alle interessanten Teile sind inzwischen raus", erklärt Phil.

„Und Jay zieht jeden Refrain so in die Länge, bis es nichts mehr mit dem Stück zu tun hat."

„Aber es sind ja immer noch unsere Melodien und Texte", sagt Ecki.

„Ja, aber der Ausdruck der Stücke ist nicht mehr da, wenn man fast nur noch den Refrain singt und nicht die ganze Komposition."

„Ich weiß auch nicht: Vielleicht sollten wir die ganze Geschichte an den Nagel hängen", meint Phil resigniert.

„Willst du das wirklich?", fragt Tom. „Wir haben doch immer davon geträumt, von der Band leben zu können. Und jetzt ist es so weit!"

„Ja, aber so macht uns das doch nicht wirklich glücklich, oder?"

„Und unsere Familien und Partnerschaften gehen auch noch dabei drauf", fügt Ecki hinzu.

„Vielleicht sollten wir Frank und Olli wieder in die Band holen."

„Dann ist es nur noch eine Hobby-Band. Du weißt doch, dass Frank einfach nicht die Zeit hat, die man zum Touren braucht. Und Olli macht keine musikalischen Kompromisse."

„Und wenn wir uns einen anderen Sänger und Keyboarder holen?"

„Du weißt ganz genau, dass Müller das nicht mitmacht. Das Ganze läuft gut und es läuft nur deshalb gut, weil wir jetzt wirklich eine Ami-Band sind." Ecki macht imaginäre Anführungszeichen in der Luft. „Darauf beruht ein wesentlicher Teil unseres Erfolges."

„Und dass wir spielen können? Und unsere Kompositionen? Macht das gar nix aus?"

„Ich fürchte, das ist nicht das Entscheidende", meint Tom resigniert.

„Und zwei andere amerikanische Musiker, möglichst noch Schwarze, die sich in unser musikalisches Konzept rein finden, werden wir hier wohl kaum finden."

„Nee, das ist klar."   231

„Müller würde die Zusammenarbeit mit uns beenden und dann könnten wir unsere Gigs wieder selber abmachen ...“

„Vielleicht würden wir ja mehr Gigs kriegen als früher. Wir sind ja jetzt immerhin hier und da bekannt.“

„Ohne Jay und Steven?“

„Okay, dann liegt die Alternative zwischen Hobby-Band oder weiter diesen Kommerz-Scheiß machen.“

„Genau“, nickt Tom.

„Ihr müsst euch auf jeden Fall bei Steven und Jay entschuldigen“, meint Ecki.

„Machen wir“, erklären Phil und Tom zerknirscht.

„Aber so macht das Ganze doch keinen Spaß mehr!“

„Es ist halt auch nicht nur Spaß. Es ist eben Arbeit!“

„Aber das gerade wollten wir ja nie: Musik spielen, die anderen Leuten gefällt und uns nicht!“

„Dann hätte man auch einen anderen Job machen können.“

„Ich kann nix anderes“, erklärt Phil mal wieder.

„Ich hab ja auch mal Germanistik und Anglistik studiert“, sagt Tom. „Ich hätte auch damit was machen können und mehr Geld verdienen. Aber ich wollte nie was anderes machen als Musik.“

„Heute sagen ja viele Profimusiker, wenn sie etwas anderes hätten machen können als Musik, hätten sie das gemacht, weil der Job einfach zu anstrengend und unsicher ist und man zu wenig damit verdient“, führt Phil aus. „Aber ich habe mir nie vorstellen können, was anderes zu sein als Musiker!“

Sie waren nach den ersten Bieren nahtlos zu Whiskey übergegangen.

Phil kippt seinen Whiskey herunter und sagt: „Und ich meine damit nicht nur in einer Tanzband zu spielen.“

„Oder Gitarrenunterricht zu geben“, ergänzt Tom.

Und Ecki fügt hinzu: „Oder Gebrauchsmusik aufzunehmen.“

„Ja, wir haben doch endlich unseren Traum von einer Band, von der man leben kann, erreicht."

„Aber die spielt jetzt auch nicht mehr die Musik, die wir machen wollten!"

„Kompromisse muss man wohl immer machen."

„Besonders heute!"

„Naja, die alten Bands mussten auch Kompromisse machen. Oder sie waren nicht einig über die Richtung der Band. Bei Genesis sind ja deshalb Peter Gabriel und später auch Steve Hackett ausgestiegen. Und die anderen haben dann nur noch Müll gemacht!"

„Dabei hatten sie in den Siebzigern so großartige Musik gemacht!"

„Und Yes sind auch irgendwann zu einer Pop-Rock-Band verkommen, weil das Publikum ihre wunderbare, komplexe Musik nicht mehr hören wollte."

„Und Pink Floyd haben sich sogar vor Gericht um den Namen gestritten. Roger Waters hat dann alleine weitergemacht und auf der anderen Seite haben David Gilmour und Nick Mason unter dem alten Namen weiter gespielt. Rick Wright hatte schon früh seine Rechte verloren und war nur noch als angestellter Musiker dabei."

„Okay, ich sehe was ihr sagen wollt", meint Phil. „Ist alles nicht so einfach."

„Oder die alten Bands werden heute reformiert, um noch mal ein paar Euros einzuspielen!"

„Da dürfen die aber auch nicht spielen, was sie wollen, sondern müssen brav ihre alten Hits abliefern."

„Und wenn heute eine neue Band mit kompromissloser Musik auftaucht, hat sie auch kaum eine Chance."

„Vielleicht sollte man doch lieber eine Hobby-Band haben."

„Und von Tanzmusik leben?", fragt Phil frustriert.

„Oder Gitarrenunterricht", meint Tom.

„Und Studiomusik", fügt Ecki hinzu.   233

„Man macht immer noch Musik", erklärt Tom.

„Und, was machen wir jetzt?", fragt Phil.

„Ihr entschuldigt euch erst mal morgen bei Steven und Jay", ordnet Ecki an.

„Ja, Sir! Jawoll, Sir!", antwortet Tom und Phil salutiert zackig.

„Nochmal drei Whiskey", ruft Ecki dem Barmann zu, der etwas gelangweilt auf seinem Hocker sitzt und in einer Zeitung liest. Sie sind die einzigen Gäste in der Bar.

„Drei doppelte", ergänzt Phil.

„Und eine Lage Bier dazu", sagt Tom.

Close to the Edge (Yes)

Am nächsten Morgen herrscht Katerstimmung. In jeder Hinsicht. Als sie zum Frühstück kommen, sind Jay und Steven damit schon fertig und warten auf die Abfahrt. Tom und Phil entschuldigen sich in aller Form bei ihnen, bekommen aber nur eine einsilbige Antwort. Die Demütigung vom Abend zuvor sitzt tief.

Ecki und Tom haben einen gehörigen Kater und konzentrieren sich mehr auf Mineralwasser und Säfte als auf feste Nahrung. Nur Phil futtert ordentlich, wie immer, wenn er getrunken hat. Die anderen beiden sehen bewundernd zu, wie er Rührei, Bacon, Würstchen, diverse Brötchen mit Wurst und Käse und dann noch Joghurt und Obst verschlingt.

Obwohl sie gerne, oft und viel Alkohol trinken, machen doch alle drei nach einer solchen saufseligen Nacht meistens ein paar Tage Pause, auch wenn dieser Grundsatz in der letzten Zeit der langen Tourneen etwas ins Wanken gerät. Nur Olli hatte nach einem feuchtfröhlichen Abend immer am nächsten Morgen schon nach einem „Reparaturpils" verlangt und den anderen damit immer ein wenig Angst gemacht.

Als sie alle im Auto sitzen und zum nächsten Auftrittsort fahren, sagt keiner ein Wort. Die Stimmung ist auf dem Nullpunkt.

Im Hotel eingecheckt, gehen alle auf ihre Zimmer.

Abends stehen sie wieder auf der Bühne. Der Saal ist nicht besonders voll, das Publikum mäßig begeistert und das Konzert zieht sich so dahin. Aber Jay und Steven sind echte Profis und lassen sich nichts anmerken. Jay zieht auch wieder seine Show ab und kriegt die Zuhörer langsam in den Griff. Schließlich müssen sie noch zwei Zugaben spielen.

Dann sind sie wieder im Hotel, Jay und Steven sind auf ihre Zimmer gegangen, Tom, Phil und Ecki sitzen an der Hotelbar. Ecki und Tom trinken Mineralwasser, Phil schmeckt das Bier schon wieder.

Am nächsten Tag wieder die gleiche Routine. Aber das ist der letzte Gig für ein paar Tage und so fahren sie nach dem Auftritt nach Hause. Sie setzen Steven und Jay ab und fahren zu dritt weiter. Alle sind froh, nach Hause zu kommen und ein paar Tage frei zu haben.

Zehn Tage später geht es wieder los. Sie sitzen abermals im Wagen und fahren durch die Republik. Graue, vom bevorstehenden Regen schwere Wolken hängen tief am Himmel. Sie fahren an grauen Häusern vorbei und über graue Straßen und Autobahnen. Die ganze Landschaft, die an ihnen vorbei zieht, wirkt grau und leblos.

„Und wie wars zu Hause?", fragt Phil.

„Frag nicht", sagt Ecki.

„Hab mich die ganze Zeit nur mit Susanne herum gestritten", antwortet Tom statt dessen.

„War bei mir genau so mit Anja", meint Phil.

„Habt ihrs gut", brummt Ecki. „Birgit sagt, ich solle mir eine neue Wohnung suchen."

„Kannst bei mir einziehen", sagt Phil.

„Kann ich auch bei euch wohnen?", fragt Tom.

Abends stehen sie dann wieder auf der Bühne. Dann wieder die Hotelbar. Am nächsten Tag Fahrt zum nächsten Auftrittsort, Soundcheck, Hotel, Bühne, Hotelbar. So geht das jeden Tag. Routine eben. Sie reden wieder normal mit Steven und Jay, aber es ist kein freundschaftliches Verhältnis mehr, eher ein professionelles.

Tom, Ecki und Phil freuen sich nicht mehr auf die Auftritte, eher auf die Abende an der Bar. Aber auch die werden zur Routine.

„Wir unterhalten uns gar nicht mehr mit den Leuten", sagt Ecki irgendwann.

„Ja, das hat früher immer Spaß gemacht", meint auch Tom. „Nach dem Gig noch ein bisschen quatschen, Leute kennenlernen und in dem Club rumhängen."

„Und warum machen wir das nicht mehr?"

„Hab ich auch schon drüber nachgedacht", schaltet Phil sich ein. „Ich glaube, wir sind einfach nicht mehr stolz auf das, was wir machen."

„Ja, das kann sein", sagt Tom. „Man hats ja früher genossen, wenn jemand nach dem Konzert kam und sagte, dass es ihm oder ihr gefallen hat ..."

„Meistens eher ihm", stellt Ecki fest.

„Oder jemandem ein Song besonders gefallen hat", fährt Tom fort.

„Wenn heute jemand sagt, dass es ihm gefallen hat,..."

„Jetzt meistens eher ihr, wegen Jay", wirft Ecki ein.

„... ist mir das eher peinlich", redet Phil unbeirrt weiter. "Ich stehe gar nicht mehr hinter den Songs, wie wir sie jetzt spielen."

„Geht mir auch so", pflichtet Ecki bei.

„Ja, das stimmt leider", sagt Tom.

„Deshalb hängt man gar nicht mehr im Veranstaltungsraum rum, sondern nur noch Backstage und im Hotel", fasst Phil zusammen.

„So ist das wohl, wenn man Profi ist", resümiert Tom

„Ich glaube, ich wollte nie Profi werden", meint Ecki.

„Augen auf bei der Berufswahl", sagt Tom.

Sie geben Konzerte in Bayern und Baden-Württemberg, dann im Ruhrgebiet, dann in Leipzig, Halle und Jena, dann wieder im Norden, Hamburg, Lüneburg, Hannover, Lübeck. Sie wissen kaum noch, wo sie gerade spielen. Alle sind von der langen Tour angestrengt und die Stimmung ist dementsprechend angespannt. Sie verdienen gut, aber es macht keinen Spaß mehr.

237

„Ich mach nicht mehr weiter", sagt Ecki eines Abends, als sie wieder zu dritt in der Hotelbar sitzen.

„Waaas?", fragt Tom.

„Ich steig aus!"

„Äh, wie jetzt?"

„Ich kann einfach nicht mehr!"

„Wir sind alle ziemlich am Ende. Aber deshalb kannst du doch nicht einfach alles hinschmeißen!"

„Glaub mir, leicht fällt mir das wirklich nicht", sagt Ecki. „Ich denke schon lange drüber nach. Aber ich habe keinen Spaß mehr an der Sache. Geld verdienen kann ich auch wie ich es vorher gemacht hab mit dem Studio und gelegentlichen Mucken."

„Wenn du meinst, dass dir das mehr Spaß macht..."

„Ehrlich gesagt ja. Und meine Familie geht auch noch drauf, wenn ich so weiter mache."

„Ich versteh dich gut, Ecki", meint Phil. „Du musst deine Familie retten, Mann! Ich hab auch keine Lust mehr. Auch wenn ich nicht wild drauf bin, wieder Tanzmucke zu machen. Aber unsere Band macht ja jetzt auch kaum noch was anderes."

Tom sieht völlig entgeistert von einem zum anderen. „Ey, Jungs, ist das echt Euer Ernst?"

Ecki und Phil schauen Tom nur traurig an.

„Ja", sagen dann beide.

„Wir haben doch unseren Traum verwirklicht", stammelt Tom.

„Es ist aber nicht mehr unser Traum", sagt Ecki.

„Genau. Wir haben eher den Traum von Herrn Müller verwirklicht", meint Phil.

Tom schüttelt nur fassungslos den Kopf.   238

„Du kannst mit anderen Leuten weiter machen, Tom. Es sind ja zum größten Teil deine Stücke."

„Ohne euch? Nee! Alleine mit irgendwelchen gekauften Muckern? Vergiss es!"

„Ach komm, Tom. Für dich ist es doch wohl am meisten der Traum gewesen", meint Ecki.

„Ja, aber ohne euch mache ich das auch nicht weiter. Entweder alle oder keiner!"

Tom nimmt einen ordentlichen Schluck von seinem Bier und man sieht ihm an, dass es in ihm arbeitet.

Schließlich sagt er in das entstandene Schweigen hinein: „Es ging ja los, als wir Frank und Olli verloren haben. Danach war es nicht mehr die Band. Und dann haben andere Leute die Kontrolle übernommen."

„Stimmt", sagt Ecki. „Dabei ist unser Traum draufgegangen."

„Und mir macht es ja jetzt auch keinen Spaß mehr."

„Tut mir leid für dich, Tom. Aber ich kann auch nicht mehr anders", erklärt Phil.

„Ist schon okay. Mir ging das Ganze ja auch schon richtig auf die Nerven. Ihr braucht kein schlechtes Gewissen haben."

„Dann wars das also?"

„Ja, das wars!"

„Das müssen wir aber begießen."

„Aber hallo!"

This is the End, my only Friend

Es folgte ein fürchterlich ungesunder Abend, bei dem die drei sich schließlich alle in den Armen lagen. Der Barmann konnte sich nicht erinnern, schon mal ein ähnlich gutes Geschäft gemacht zu haben, aber auch nicht, wann die Bar einmal so lange geöffnet gewesen war. Mit zunehmendem Alkoholkonsum redeten sie über ihren verlorenen Traum, über ihre verlorene Jugend, verpasste Chancen, über die Schlechtigkeit der Welt im Allgemeinen aber auch über ihre Freundschaft und es wurde auch die eine oder andere Träne vergossen.

Am nächsten Morgen schleppen Tom, Phil und Ecki sich mit einem erschreckendem Kater und eklatantem Schlafdefizit zum Frühstück. Sie verkünden Jay und Steven ihre Entscheidung. Die beiden sind geschockt. Auch wenn die Stimmung mit ihren Mitmusikern in der letzten Zeit nicht mehr so gut war, waren sie doch froh, in einer gut beschäftigten Band zu spielen und gutes Geld zu verdienen. Sie versuchen, die drei umzustimmen, haben aber keine Chance.

Steven droht, sofort ihren Agenten anzurufen, macht aber damit auch niemandem Angst.

„Jau, mach das ma", sagt Tom und trinkt eine Flasche Mineralwasser, die er auf dem Buffet gefunden hat, auf ex.

„Wo hast du denn die her?", fragt Ecki neidisch.

„Hab ich auf dem Buffet gefunden", sagt Tom und Ecki stolpert sofort in die gewiesene Richtung.

„Bringste mir auch eine mit?", ruft Phil Ecki hinterher.

„Die Herr Muller wird ganz schon bose werden", meint Jay.

„Sollerdoch", nuschelt Phil.

„Immehin hat die Herr Muller ganz schon viel für uns getan", versucht Steven es weiter.

„Herr Müller hat einfach nur Geld mit uns verdient", meint Tom.

„Und er hat unsere Band kaputt gemacht", ergänzt Phil.

„Wieso denn kapütt gemacht?", fragt Jay.

„Wir haben unsere Musik immer mehr verflacht, weil er meinte, dass das Publikum was anderes nicht will."

„Ja, aber wir mussen schon Rucksicht nehmen auf die Geschmack von den Publikum", meint Steven. „Die Leute bezahle uns uberhaupt."

„Und irgendwann haben wir unsere Musik dann gar nicht mehr wiedererkannt", fährt Tom fort, ohne auf den Einwand einzugehen.

„Das, was wir da zuletzt gespielt haben, war einfach nicht mehr das, worum es uns ging", erklärt Phil.

„Und darauf haben wir alle keinen Bock mehr", sagt Ecki, der vom Buffet mit mehreren Flaschen Mineralwasser zurückgekehrt ist und Phil auch eine in die Hand gedrückt hat. Er hatte nur kurz seine Flasche abgesetzt und trinkt jetzt gierig weiter, genau wie Phil.

Jay und Steven sehen nur noch verwundert ihre Mitmusiker an.

„Und das ist tatsachlich eure Ernst?", fragt Jay.

„Ja, das wars", sagt Tom.

„Genau", sagt Ecki.

„Yep", sagt Phil.

Die drei schlendern zum Buffet, Tom und Ecki versorgen sich mit Nachschub an Mineralwasser und Saft, während Phil sich einen ordentlichen Berg Rührei, Schinken und Würstchen auf einen Teller schaufelt.

Herr Müller ist natürlich total sauer. Schließlich verliert er eine erkleckliche Einnahmequelle und nach seiner Einschätzung vor allem eine Bank für die Zukunft. Er versucht, Tom, Ecki und Phil umzustimmen, redet ihnen gut zu, schreit sie an und macht ihnen Vorwürfe, aber nichts kann sie von ihrer Entscheidung abringen.

Susanne, Birgit und Anja sind dagegen total froh. Sie alle hatten schon über Trennung nachgedacht und sich auch gegenseitig darin bestärkt, so sehr hatte die Band ihre Männer und ihr Leben verändert.

Olli und Frank sind erst mal total erstaunt, als sie von der Auflösung der John Heart Band hören. Als Tom, Phil und Ecki ihnen ihren Entschluss erklären, verstehen sie sie aber gut und reden ihnen gut zu. Sie sind auch froh, ihre Freunde bald wieder öfter zu sehen.

Natürlich muss die Band noch einige Konzerte spielen, die nicht mehr abgesagt werden können. Aber nach gut vier Wochen soll dann Schluss sein.

Sie reißen die Konzerte ab, aber Tom nimmt sich jetzt schon mal wieder ein langes Solo heraus und Phil und Ecki spielen auch nicht mehr so nach Vorschrift wie in der letzten Zeit. Niemand sagt mehr etwas dazu, Jay und Steven ziehen es professionell bis zum Ende durch. Herr Müller kümmert sich nicht mehr weiter um die Band. Jetzt kann es ihm egal sein, wenn die Gruppe bei den letzten Konzerten nicht mehr so kommerziell auftritt.

Dem Publikum scheint es zu gefallen. Es gerät zwar nicht mehr so aus dem Häuschen, weil Jay nicht mehr so eine intensive Show macht, aber sie erleben eine gut eingespielte Band und die Gerüchte um die baldige Auflösung machen die Gruppe wohl nochmal richtig interessant.

Dann ist es vorbei.

Zugabe

Bald sind sie wieder in ihrem alten Leben angekommen.

Phil hat schon nach kurzer Zeit wieder genug Auftritte und lästert bereits wie früher über die nervigen Tanzmucken.

Ecki kümmert sich wieder um sein Studio.

Tom hat seine Stelle an der Musikschule reaktiviert und geht jetzt sogar dreimal die Woche zum Unterrichten.

Ihre Frauen sind zufrieden und den Kindern von Ecki und Tom merkt man an, dass sie sich freuen, ihre Väter wieder mehr zu sehen. Olli und Frank freuen sich, ihre alten Kumpels wieder um sich zu haben. Frank, Ecki und Tom kümmern sich um gemeinsame Kneipengigs und Phil steigt als Schlagzeuger fest in Ollis Trio ein.

Sie treffen sich auch alle zusammen und spielen ihre Stücke in der alten Form. Alle genießen es, wieder zusammen zu spielen. Sie hören zu, wie sensibel und authentisch Frank die Texte interpretiert. Und wie wunderbar Olli die Stücke auf den Tasteninstrumenten veredelt. Tom und Olli spielen lange Soli und Ecki und Phil begleiten sie begeistert. Die beiden können endlich wieder zeigen, was für ein gut aufeinander eingespieltes Rhythmus-Gespann sie sind.

Sie spielen sich in einen regelrechten Rausch. Nachdem sie mit viel Spaß einen Kasten Bier leer geprobt haben, beschließen sie, die Band wieder zu reanimieren.

„Wir bringen die Band wieder zusammen", flüstert Ecki mit verschwörerischem Unterton in Anlehnung an die Blues Brothers.

„Wir reisen im Namen des Herrn", zitiert Olli weiter. „Lallehuhja!"

Sie wollen aber niemand mehr etwas vormachen und sich nicht mehr verstellen. Außerdem würde ihnen ja niemand mehr abnehmen, dass sie die

John Heart Band sind, wenn der Sänger, der als John Heart aufgetreten war, nicht mehr dabei ist. Unter John Heart Band würde das Publikum jetzt immer Jay als Sänger erwarten und auch seine Show und die glattgebügelten Pop-Arrangements hören wollen. Und darauf hat keiner von ihnen mehr Lust. So entscheiden sie, wieder unter dem Namen The Tribe loszuziehen. Ihnen ist klar, dass sie nicht so viele Auftritte haben werden wie vorher.

Sie hatten bei den Veranstaltern angefragt, bei denen sie in der letzten Zeit gespielt hatten. Ohne Management im Rücken und mit veränderter Besetzung wollen viele sie nicht mehr engagieren. Aber bei einigen Clubs bekommen sie wieder Gigs.

Sie spielen ihr altes Programm, aber auch neue Stücke, die allerdings wieder kompromisslose Musik sind und nicht geschönte Pop-Nummern. Das Publikum ist nicht sonderlich begeistert.

Es waren schon nicht besonders viele Zuhörer gekommen, obwohl die Clubs sie als die Urbesetzung und die Komponisten und Texter der John Heart Band angekündigt hatten. Aber die meisten Zuschauer wollten wohl besonders Jay und seine Show erleben.

„Leider hast du mit deiner Theorie Recht behalten, Tom", sagt Phil nach einem mäßig besuchten Konzert in Hamburg. „Die Leute wollen echt lieber eine Ami-Band sehen!"

„Und einen schwarzen Sänger", meint Tom traurig.

„Und sie wollen lieber nette Songs hören, wo man den Refrain mitsingen kann und gut unterhalten wird und nicht unser Gefummel", sagt Ecki.

Tatsächlich sind einige Veranstalter regelrecht sauer, weil sie etwas ganz anderes erwartet haben.

Ein paar Mal müssen sie sich sogar mit weniger als der abgemachten Gage zufrieden geben. Obwohl Phil dafür eintritt, sich notfalls auf eine handgreifliche Auseinandersetzung einzulassen.

Es gibt aber auch Veranstalter, die ihren Anspruch verstehen und sie klasse finden. In diesen Clubs werden sie wieder spielen.

Und es gibt, wie früher, Zuhörer, denen man anmerkt, dass sie in die Musik eintauchen und sie ihnen wirklich etwas gibt, die nah an der Bühne stehen, mit der Band mitfiebern und jede überraschende Wendung genießen.

Manchmal steht jemand mit geschlossenen Augen vor der Bühne und lässt sich vom Klang in eine andere Welt tragen. Für diese Zuhörer zu spielen ist großartig. Ihnen etwas zu geben, beflügelt die Band. Auch wenn das nicht mehr die Menschenmengen sind, vor denen sie früher mit Jay und Steven gespielt haben.

„Wird wohl nix mehr mit reich und berühmt", meint Frank.

„Tja, wir werden wohl keine Rockstars mehr", ergänzt Tom.

„Schade eigentlich, hatte mich schon damit abgefunden", sagt Ecki.

„Ich persönlich bin für so was auch langsam zu alt", meint Phil, der vor ein paar Tagen fünfzig geworden ist.

„Ich habe mich auch nie wie `n Rockstar gefühlt", erklärt Olli und wischt an einem auffälligen Fleck auf seinem T-Shirt herum.

„Wir sind halt alte Säcke", sagt Frank. „Kein Wunder, wenn wir nicht mehr auf dem Mainstream-Geschmack schwimmen."

„Vielleicht sind wir einfach schon zu alt", meint Ecki. „Es macht ja auch Sinn, dass die meisten Bands mit 20 oder 30 raus kommen. Die sind dann im selben Alter wie die Zielgruppe, die auf Konzerte geht."

„Aber wir haben früher ja auch schon solche Musik gemacht", gibt Phil zu bedenken.

„Und das wollte damals auch schon keiner hören", ergänzt Olli.

„Na, am Ende bin ich einfach glücklich, jeden Tag Musik zu machen", sagt Tom. „Das ist doch wirklich ein Traum! Ich meine, ich habe die Gitarre jeden Tag in der Hand. Ob ich unterrichte, probe oder auftrete, ich mache nichts anderes als Musik. Ist doch echt toll!"

„Und du kannst sogar davon leben", ergänzt Ecki.

„Irgendwie jedenfalls", lästert Phil.

Erstaunlicherweise werden sie jetzt auch regelrecht bedrängt, in ihrer Heimat zu spielen. Mehrere Clubs und Kneipen sprechen sie darauf an und auch die Veranstalter des Festivals, auf dem sie im letzten Jahr gespielt hatten, fragen sie, ob sie nicht wieder dort spielen können. Plötzlich gilt der Prophet etwas im eigenen Land, wundert sich Tom. Natürlich kriegen sie nicht mehr die Gagen, die sie als John Heart Band bekommen haben, aber das ist ihnen egal. Sie spielen jetzt für sich und zum Spaß.

Man spielt sowieso nur für sich selber und die Kollegen, wie Phil immer sagte. Aber sie spielen auch für die Leute, die ihre Musik verstehen und genießen. Und sie spielen für sich und ihre Freunde. Das ist es, was es ausmacht. Musik ist, wie Tom einmal gesagt hatte, vielleicht das Schönste, was die Menschheit hervorgebracht hat. Musik zu spielen und erst recht, Musik zu erschaffen, ist etwas Unbegreifliches und Wunderbares. Und Musik zu machen, ist ein großes Privileg, eine tiefe Freude und Befriedigung. Musik mit anderen Menschen zusammenzuspielen, sie mit seinen Freunden zu teilen, ist einfach wunderschön.

Danksagung

Mein Dank gilt meinem alten Freund Markus Sassenhagen, der das Manuskript auf Fehler überprüfte.

Das Foto des Autors auf der Vorderseite machte Wolfgang Heermann, wofür ich mich herzlich bedanke!

Zeitfracht Medien GmbH
Ferdinand-Jühlke-Straße 7
99095 Erfurt, Deutschland
produktsicherheit@kolibri360.de